CW01509688

UN DÉSIR FOU
DE DANSER

Né en 1928 en Transylvanie (Roumanie), Elie Wiesel fut déporté à l'âge de 15 ans à Auschwitz. À la fin de la guerre, l'Œuvre de secours aux enfants prend en charge 400 jeunes rescapés de Buchenwald qui refusaient de rentrer chez eux en Europe centrale. Elie Wiesel était parmi eux.

Reçu docteur *honoris causa* par plus de cent universités, il est titulaire d'une chaire d'études de sciences humaines à l'Université de la ville de Boston. Parmi les nombreux prix internationaux qui lui ont été décernés, on peut citer le prix Nobel de la paix en 1986, la Médaille d'or du Congrès américain, le prix Médicis en 1968 pour *Le Mendiant de Jérusalem*, et le Prix international de la Paix attribué en 1983 pour *Le Testament d'un poète juif assassiné* et *Paroles d'étranger*.

Elie Wiesel

UN DÉSIR FOU
DE DANSER

ROMAN

Éditions du Seuil

TEXTE INTÉGRAL

ISBN 978-2-7578-0366-0
(ISBN 2-02-085916-5, 1re publication)

© Éditions du Seuil, avril 2006

Pour Eliahu
fils d'Elisha
fils d'Eliézer
fils de Shlomo
fils d'Eliézer

Arbaa nikhnessu lepardés : ils étaient quatre Sages à pénétrer dans le verger de la connaissance secrète. Le fils d'Azzaï a regardé et a perdu la vie. Le fils de Zoma a regardé et a perdu la raison. Elisha, le fils d'Abouya, a regardé et a perdu la foi. Seul Rabbi Akiba est entré en paix et est sorti en paix.

Le Talmud, dans Traité Khagiga.

Pourquoi dis-tu, mon jeune ami, que le bonheur n'existe pas ? Que l'amour n'est qu'illusion ? Même si c'est vrai ; pourquoi le dire ? Et pourquoi le dire puisque c'est vrai ?

Autrefois, tu as aimé une femme gracieuse et belle qui vivait de l'autre côté des océans et des montagnes. Et tu en souffrais.

Eh bien, dans ce lointain Orient où elle espérait partager des moments privilégiés avec toi, elle reste gracieuse et belle. La tête inclinée, en souriant, elle t'attend. Et chaque fois que mon regard rencontre le sien, je sais que l'amour rend fou et heureux.

Paritus le Borgne, dans son « Message à un élève qui a peur de vieillir ».

Chapitre 1

Elle a des yeux sombres et un sourire d'enfant effrayé. Je l'ai cherchée toute ma vie. Est-ce elle qui m'a sauvé de la mort muette que caractérise la résignation à la solitude ? De la folie en phase terminale aussi, je dis bien terminale, comme on parle d'un cancer quand il est incurable ? Oui, cette folie dans laquelle on pourrait trouver un refuge, sinon le salut ?

C'est d'elle, de la folie, que je vous parlerai, de la folie chargée de souvenirs et qui a des yeux comme tout le monde ; mais dans mon histoire ils sont comme ceux d'un enfant souriant qui tremble de peur.

Vous me demanderez : Un fou qui sait qu'il est fou, l'est-il vraiment ? Ou encore : Dans un monde fou, le fou conscient de sa folie n'est-il pas le seul à être sain d'esprit ? Mais ne courons pas trop vite : Si vous deviez décrire un fou, comment l'évoqueriez-vous ? Un étranger à la figure de bronze ? Souriant mais sans joie, les nerfs à vif ; quand il entre en transe, ses membres s'agitent, toutes ses pensées se bousculent ; il a, souvent, des décharges électriques non pas dans son cerveau mais dans son âme. Ce portrait vous convient-il ? Continuons : Comment parler de la folie sinon en se servant d'un langage réservé à ceux qui la portent en eux-mêmes ? Si je vous disais qu'en chacun de nous, malade ou bien portant, se trouve une part cachée, une zone secrète qui s'ouvre sur la folie ? Un faux pas, un mauvais coup du destin suffisent pour nous faire glisser ou tomber sans espoir de jamais nous relever. Fautes d'inattention, fêlures de la mémoire ou erreurs de jugement peuvent provoquer une série de chutes. Impossible alors de se faire comprendre par ce que l'on appelle, plutôt bêtement, son âme sœur. Si vous n'admettez pas cela, ce sera grave pour moi, mais vous ne devrez pas me plaindre. Les larmes creusent parfois leurs sillons, mais jamais en profondeur, en tout cas pas assez.

Voilà ce que, pour commencer, vous devez savoir.

Cela étant, puisque je tiens à tout vous dire, sachez que cette histoire, je vous la raconterai sans me soucier de la chronologie. Elle vous fera découvrir des époques et des lieux multiples de façon désordonnée. Que voulez-vous ? Le temps du fou n'est pas toujours celui de l'homme dit normal.

Tenez, commençons ce récit, il y a cinq ans, dans le cabinet de Thérèse Goldschmidt, une guérisseuse de l'âme qui, bien payée, je vous dirai comment plus tard, escompte à l'aide de son immense savoir me pousser dans l'obscur tréfonds de la connaissance de mon ego pour m'aider à vivre avec moi-même sans mon dibbouk, mais cela est une hypothèse sur laquelle je compte revenir.

Plus loin, je vous parlerai de Thérèse, je vous parlerai beaucoup d'elle. Inévitable, incontournable Thérèse. C'est elle qui m'a fait parler. C'est son métier. Elle passe sa vie à sonder l'inconscient, coffre-fort et poubelle du savoir et du vécu, ces archives souterraines qu'on doit, qu'on peut décrypter, à poser des questions enfantines ou farfelues. Et dans mon cas, ces questions n'appelaient pas des réponses, mais des histoires.

Pourquoi se moque-t-on des fous ? Parce qu'ils perturbent ? Molière n'a-t-il pas ridiculisé le malade imaginaire ? L'homme qui se croit malade n'aurait-il pas besoin de soins ?

12

Est-ce que je déraille ? Je ne pense pas être totalement irrationnel. Être fou, est-ce être infirme ? Peut-on parler d'un esprit gangrené, d'une pensée battue à mort, d'une âme mutilée, maudite ? Peut-on être fou dans le bonheur comme on l'est dans le malheur ? Peut-on entrer dans la folie comme on entre en religion ou en poésie ? Peut-on s'y glisser à pas lents, feutrés, hors d'haleine, comme pour ne pas déranger quelque démon secret qui feindrait l'absence ou l'ascèse ? Parfois j'ai peur de fermer les yeux : je vois un monde irréel, avec ses disparus. Je les rouvre ; la peur ne m'a pas quitté. La folie, c'est peut-être une sensation prégnante de futilité : comme dans le château de Franz K., devant la porte fermée, sur le palier, on attend ce qui est déjà arrivé et qui, paradoxalement, arrivera trop tard. Suis-je dément ? Thérèse allait me le dire. Le mot vous dérange ? Vous préféreriez ne plus l'employer ? J'en ai d'autres à votre disposition : déréglé, déséquilibré, inconscient, déstabilisé, toqué, maboule, dingue, insensé, inadapté, retardé, demeuré. Suis-je paranoïaque, schizophrène, hystérique, névrosé ? Souffrant d'un banal complexe d'infériorité ou de culpabilité qu'un simple antidépresseur pourrait guérir ? Possible. Coupable d'avoir librement abusé de ma liberté ? Ou simplement d'avoir vécu une vie qui n'était pas la mienne en succombant à la torture tout ensemble d'un désespoir trop vague et d'un espoir trop transparent ? Donc, d'avoir survécu grâce à ma folie, dans ses phases diverses et dans ses profondeurs ténébreuses ? Mais qui dit que culpabilité et folie sont ou ne sont pas compatibles ? Et qui déciderait que je n'aurais pas droit en même temps à la folie *et* au désespoir ? Et que les fous sont humainement irrécupérables, donc désespérément condamnés, sauf dans le domaine privilégié de l'art ? Van Gogh, avant de mourir, murmura : « La tristesse durera toujours. » La tristesse ? Non. La durée de la folie est bien plus longue. Tolstoï disait que songer à l'avenir est le début de la folie, mais Maïmonide déclare que le monde sera sauvé par les fous. Lequel des deux parviendrait à me conduire vers une réalité autre ?

J'ai pensé : Thérèse m'aidera, elle me sauvera, moi. Elle est diplômée. C'est son travail, son but, sa mission. Sauver par l'écoute, par la parole. Ouvrir des portes. Fouiller dans les ténèbres. Pas facile dans mon cas. Elle l'a admis. Peut-on forcer la folie comme on force la mémoire ? Difficile, me dit-on. À la fois salutaire et subversive, la folie emprunte un chemin qui change constamment de direction ; elle trébuche en s'élevant, ment en criant « croyez-moi » ; elle va de l'avant en reculant, veut plaire et déplaire en même temps, recherche la compagnie des autres pour sublimer la solitude. Elle cherche les origines de la création pour sombrer dans l'eschatologie : Kleist, le grand poète fou, n'évoquait-il pas l'existence comme un pont allant du néant au néant ? Il ajoutait : que c'est donc dur de vivre entre deux néants…

Je me souviens disant tout cela à la doctoresse, je lui parle, je lui parle, tantôt librement, tantôt sur ses injonctions, de mes délires muets et de mes colères dont je parviens momentanément à apprivoiser la violence, je lui raconte mes déceptions, mes ambitions refoulées et mes fantasmes vécus, la lueur de mes soleils orgueilleux comme leurs chutes aveuglantes, je lui révèle des choses pour en cacher d'autres, plus intimes, plus vraies, celles qui remplissent mon âme assoiffée de sens autant que de vérité – et je cite Augustin déclarant à propos des Maccabées que les hommes apprennent comment mourir pour la vérité ! –, j'évoque des souvenirs anciens qui naîtront demain ou même qui ne verront jamais le jour. Mais je ne lui dis rien de ma conscience à l'intérieur de laquelle tout respire le malheur et la maladie. J'ai le temps, remarque-t-elle pour me rassurer. Tôt ou tard, nous y arriverons. Tard pour qui ? Pour l'homme vieillissant que je suis et qui, tel le mendiant invité à la foire des dieux, quémande à l'avenir l'aumône de quelques années ?

Il se souvient, oui, le malade se souvient : enfant, il craignait d'être enlevé par des voleurs. Et une nuit, dans un songe éveillé sans doute, le rapt a bien eu lieu. Des inconnus ont pénétré dans sa chambre ; un grand moustachu et une femme à la poitrine lourde l'ont soulevé. Il voulut appeler au secours, mais aucun son ne sortit de sa gorge. L'instant d'après, il se trouva sous des couvertures épaisses, sur un chariot tiré par deux chevaux en furie. Et la femme à la poitrine lourde lui dit : « Ce n'est pas toi qu'on emmène, mais des années de ta vie, on les vendra au marché… »

Encore un rêve, puisque la thérapeute adore les rêves :

Je voyage en avion. Le commandant de bord annonce que des problèmes mécaniques l'obligent à se poser sur la mer. Cris d'angoisse dans la cabine. Un enfant pleure. Sa maman n'arrive pas à le calmer. Coup de chance : l'appareil atterrit sur une île. Une foule en liesse nous accueille avec des danses bizarres. Certains font des discours que personne ne comprend. Une femme essaie de m'entraîner, ses yeux en sang dévorent son visage ; je résiste. Je me dis : elle est sorcière ou folle, folle à lier, folle à enfermer, ils sont tous fous. J'ai raison. Ce n'est pas la loi, mais la folie qui règne ici. Elle a pris le pouvoir. Je cherche l'avion ; il a disparu, sombré dans la mer. Le pilote ? Disparu lui aussi, avec les passagers, peut-être torturés, châtiés, sacrifiés. Et tous inconnus. Je n'ai échangé aucune parole avec eux. Et s'il s'agissait d'une conspiration ? Et si c'étaient eux qui m'avaient tendu ce piège ? La femme dit : « Nous sommes au théâtre, nous montons une pièce sur la folie. C'est un monde dominé par la folie. Chacun y joue un rôle. Et toi aussi. Tu peux choisir : tu seras le bourreau ou le condamné. » Envahi par la panique, respirant avec difficulté, je crie : « Je refuse, vous m'entendez ? Je refuse. »

La femme insiste. Elle appelle au secours. Un énergumène au torse nu me saisit par les cheveux. Il hurle : « Tu es chez nous, obéis ! Sinon, tu te réveilleras la tête coupée ! » Je réponds : « Non, vous êtes tous dans mon rêve à moi, j'ai le droit de vous en chasser… »

Et le rêveur s'est réveillé en sueur.

Pourquoi ces cauchemars, docteur ? Les songes, ce fameux produit et guide de l'inconscient, c'est votre domaine de prédilection ; vous vous y orientez comme dans votre chambre à coucher. Expliquez-moi : Pourquoi, en fermant les yeux, ai-je toujours ce sentiment de me trouver en territoire hostile ?

Un autre rêve : Enfant, toujours, j'entends une voix qui me dit : « Tu vois cette route, elle te conduira vers Dieu. Cours, cours mon garçon, au bout, c'est Dieu qui t'attend ! » Alors je cours à perdre haleine, je cours pour arriver au plus vite. Mais une fois parvenu au bout du chemin, la voix me dit : « Tu t'es trompé, enfant ; Dieu t'attend à l'autre bout. » Puisant dans mes dernières forces, je reviens sur mes pas – mais la voix s'est tue. Et l'enfant de crier : « Où es-tu, Seigneur ? » Pas de réponse. « Et la voix que j'ai entendue, où est-elle ? » Pas de réponse. Alors, je me souviens d'un livre qui ne me quitte jamais. Je commence à le feuilleter. Et à la page 13, je lis : « Dieu, c'est aussi le chemin qui te conduit en avant et en arrière. » Commentaire : « Si tu souhaites vraiment L'aimer, il te faut sacrifier la raison, la connaissance humaine des choses et des êtres. »

Me suis-je vraiment égaré dans mes paroles comme dans ma vie ? À mon âge, c'est bien possible, voire normal. En tout cas, même si elle le pense, Thérèse ne me fait pas de reproche. D'ailleurs, je peux tout me permettre ; je ne suis pas malade pour rien.

Souvent, ma « guérisseuse » me fait peur comme je me fais peur moi-même : peur de trop en dire ou de tout dissimuler, bref, de me vider de ce que je suis, une sorte de

16

fou amputé de l'âme, à la recherche de son passé trop riche ou trop lourd, pour ne pas le voir s'éteindre avant sa mort. Mais le passé de ce fou-là n'existe plus ; des voleurs l'ont emmené dans une cité perdue, emportée par les rayons sanglants d'un crépuscule violent et pourpre. Là, toute femme est une déesse, une jeune déesse aux cheveux roux, aux mains fines et douces, qui empêche les joies de s'abolir dans la haine, le bruit d'un baiser de devenir vrombissement d'enfer et les voix mélodieuses des enfants heureux de se muer en hurlements. Mais cette femme, cette déesse, a un visage à nul autre pareil, un visage aux yeux d'enfant, d'enfant souriant qui a peur de moi.

Installé sur un tabouret, il m'arrive de passer des heures à fixer le vide dans l'espoir de le combler avec le sable porté par les larmes des veuves et des orphelins, ou le rire des mendiants appelant le bonheur pour le fuir dès qu'il arrive ; j'ai alors le sentiment que je sais tout mais ne comprends rien, ou bien que je ne sais rien mais que je comprends des choses qui échappent aux autres.

Par ailleurs, tout m'arrive et pourtant tout passe : je ne retiens rien. Réfractaire au bonheur puéril et à la honte, victime et auteur d'hallucinations à la fois morbides et drôles, avide de raccourcis, je me veux insensible à la durée. Visions et images éclatent sous mes paupières pour aussitôt se dissiper, brûlantes. La mémoire avance ou recule par à-coups. Je suis pris de nausée, j'ai mal au crâne. Vertige constant, inlassable et oppressant. Je parle quand je me tais, je me tais quand je hurle. Passé et avenir se confondent. En un éclair le monde familier chavire, et moi, qu'est-ce que je fais là-dedans ? Tout en moi se déroule par spasmes : spasmes de colère, de décisions, de désirs ; ils ne durent qu'un instant. Ah, si je pouvais devenir un nuage incendié par le soleil, un torrent qui renverse des armées puissantes sur son passage. Si je pouvais une fois pour toutes dénouer le tissu de rêve et de fantasmes qui m'habite, démêler le temps et la durée dans la conscience des philosophes, la connaissance amusée des psychologues, l'expérience vécue des saints séduits par la violence : serais-je un épiphénomène, moi ? Un clin d'œil de dieux morts ? Est-ce que je cours vers le sommet ou m'en éloigné-je à grands pas, tout en restant immobile ? On me demande comment je m'appelle, et je réponds de travers qu'il fait beau quand le ciel est sombre. Ou bien je déclare que j'entends le rire déchirant des cieux à travers la pluie des étoiles. Et je dis que... diable, je ne sais plus ce que je dis.

Souvent, mais je ne sais plus depuis quand, ni pour combien de temps, j'ai l'impression de vivre en vase clos : aucun son ne me parvient du dehors. Les amoureux qui soupirent, les malades qui geignent, les chevaux qui hennissent, les loups qui ricanent, les nuages lourds qui approchent en malfaiteurs : je ne vois rien, je n'entends rien. Je ne sens rien. Le temps est comme suspendu, attendant un signe pour se remettre en marche. Je suis seul, irrévocablement seul car emmuré. Mais le lendemain ou l'instant d'après, dans mon cerveau, c'est une cohue de gens haletants, à l'air égaré et cruel, qui courent dans tous les sens vers des précipices. C'est la gare où, devant des guichets fermés et des portes closes, des voyageurs hagards s'insultent les uns les autres parce qu'ils ont raté leur train, comme si c'était leur dernière chance d'échapper à un ennemi invisible.

Après ces crises, je me dis que je vais devenir cinglé, que je le suis déjà. Alors une grande lucidité s'installe en moi. Je me convaincs que c'est moi que traque chaque tortionnaire, c'est moi que maudit chaque geôlier.

Si j'habitais encore chez mon oncle, je me demanderais si je suis possédé. De quel dibbouk serais-je la cible ?

Je vous écris, ma chère maman et mon cher papa, parce que je sais que tôt ou tard nous allons nous retrouver. Après une longue, très longue séparation, nous serons de nouveau réunis. Du moins, je l'espère. Car elle dure, cette séparation, elle dure depuis trop longtemps, en fait depuis toute une vie, ma vie d'avant.

Tout le monde change, mais pas vous. Vous restez figés dans l'éternité, si jeunes, si souriants, à la recherche d'un avenir qui se dessine sur mes traits.

Je vous écris pour que vous sachiez tout de moi : qui je suis et ce que je vais devenir. Me reconnaîtrez-vous ? Savez-vous ce que j'ai traversé, acquis et perdu depuis que votre dernier regard s'est posé sur moi avec tendresse et confiance ? Ce regard, je l'ai fait mien. Ensemble, nous chercherons des réponses à des questions qui définissent l'homme et son destin.

Est-ce que j'existe encore dans votre mémoire comme vous existez dans la mienne ?

Je vis dans la crainte. La crainte de vous décevoir.

Je ne vous raconterai rien d'héroïque, ni de glorieux. Seulement des choses d'apparence simple qui remplissent une existence menacée.

Comme vous, je n'ai pas connu la déportation. L'insurrection du ghetto de Varsovie en 1943 et la libération de Paris en 1944, je les ai découvertes dans les livres. Nous avons subi ensemble la mort de ma grande sœur et celle de mon petit frère : nous les avons entourés de silence pudique, mais non d'oubli. La peur des sélections, le nœud dans la gorge, la résignation, la terreur, les coups, la mort à l'intérieur des barbelés : des images, des mots rencontrés dans les récits des rescapés. Ainsi, par moments, il m'arrive de sentir une odeur âcre, doucereuse, écœurante, de chair brûlée. Et je suis pris de nausée. Mais quand je songe à la liesse populaire le jour de la victoire ou trois ans plus tard, pour la déclaration de l'indépendance d'Israël, j'ai envie de danser dans la rue.

Tous ces événements me sont parvenus de loin, du dehors. Ils ont glissé sur ma conscience comme de l'eau tiède, ou comme du sable.

Cependant, ce n'est pas cela que je voudrais vous raconter. Tout ce qu'avec un peu de chance je pourrais vous dire s'est surtout déroulé en moi-même. J'imagine que vous possédez d'immenses pouvoirs sur moi, mais seriez-vous capables de lire ce qu'on ne dit pas à voix haute ? Devinerez-vous ce que le cœur sait dissimuler au cerveau, dites ? Savez-vous ce que c'est que de sentir la folie en soi comme on sent le sang qui coule dans nos veines ? Kaléidoscope vivant de couleurs et de formes, de visages et de destins : est-ce mon être qui se dédouble ? Je me sens à la fois enfant et vieillard ; se détestent-ils ? Mais non ! Voilà qu'ils s'embrassent. Au bord d'un fleuve, je me vois sur la rive opposée. Un moment je vis parmi les personnages bibliques, mais l'instant suivant je suis au milieu de la foule qui applaudit le lancement d'un vaisseau spatial emmenant des voyageurs sur la lune de leurs rêves.

Là où vous êtes, vous vous regardez peut-être en souriant, et vous vous dites avec fierté : Ah, quelle imagination, hein ? Seulement il ne s'agit pas de cela. Il s'agit d'une chose beaucoup plus grave.

Je vous écris parce que je vous aime beaucoup. Et aussi pour me préparer et vous préparer à notre inévitable réunion. Sera-t-elle verrou ou ouverture ?

Savez-vous à qui je dois beaucoup ? À un mécène mort. Et, sur un autre plan, à un vieux clochard érudit – à moins que ce n'ait été un jeune dieu déchu qui se prenait pour un vieillard invalide. Un soir d'automne, il m'a proposé de m'enseigner la vérité.

Je vivais encore chez mon oncle. Je flânais dans Brooklyn, au milieu de ses hassidim barbus aux regards soupçonneux et fiévreux, m'attendant à être abordé par un exalté qui m'inciterait au repentir, lorsque cet inconnu d'apparence malade me pria de l'aider à marcher : il se débrouillait mal avec ses béquilles. Une image me traversa l'esprit : et si c'était le Messie qui, selon le Talmud, attend l'Appel parmi les blessés et les malades devant les portes de Rome ? Comment lui refuser mon aide ? D'une voix faible, il me demanda :

– Veux-tu que je t'enseigne la vérité ?

Après avoir fait quelques pas, je lui répondis :

– Naturellement. Cela fait longtemps que je la traque.

– Eh bien, figure-toi que je l'ai trouvée, moi.

– Bravo, dis-je, feignant l'admiration. Expliquez-la-moi.

– La vérité est un masque qui se cache sous d'autres masques.

– Vous me décevez, répliquai-je.

– La vérité, c'est qu'il n'y a pas de vérité.

Un jeune hassid s'approcha et nous demanda si nous avions déjà récité nos prières du soir.

Mon compagnon du moment se fâcha :

– Tu nous déranges. Ne vois-tu donc pas que nous sommes en train de prier ?

L'air dépité, l'intrus murmura :

– Vous irez en enfer, vous brûlerez dans ses flammes et alors vous vous souviendrez de moi.

Le mendiant ne daigna pas répondre ; il se contenta de ricaner.

– Et Dieu là-dedans ? lui demandai-je.

Il s'arrêta, me dévisagea avec pitié :

– Pauvre idiot que tu es, siffla-t-il. Tu n'as pas encore compris que…

– Ne dites plus rien, le suppliai-je.

Soudain, la panique m'envahissait. Je sentais que mon interlocuteur allait me faire basculer dans le blasphème.

– … Tu ne comprends donc pas que Dieu n'est pas

Dieu, car l'homme n'est plus humain ? que dans un monde fou, dominé par la violence et la haine, au service du Mal et de la Mort, Dieu Lui-même est comme moi, comme toi… Que Lui aussi a besoin qu'on Le libère, qu'on L'aide à ne pas perdre espoir ?

– Mais alors, m'écriai-je…

– Alors quoi ?

– … alors, que vaut notre quête de Dieu, que faire de notre soif de Dieu, de notre foi en un Dieu tout-puissant et miséricordieux ?

Le mendiant me contempla en hochant la tête avec commisération :

– Un jour, mon pauvre, tu comprendras…

Eh oui, un jour, me dis-je, un jour je serai à bout, et je comprendrai.

Je comprendrai quoi ? Que parfois la folie est préférable à ce qui paraît rationnel ? Qu'on peut s'y installer sans redouter déceptions et trahisons ?

Et ce jour serait-il déjà arrivé ?

À Thérèse, qui est censée me guérir, je ne mentionne pas mon dibbouk mais j'évoque Rina, que j'ai connue le temps d'une rencontre hâtive, correction : que je crois avoir approchée le temps d'un sourire. Adepte de tout ce qui relève de l'occulte, cette femme étrange méprisait la vie, et la vie le lui rendait bien. Avait-elle jamais été amoureuse ? Comment le savoir ? La trentaine ou la quarantaine, elle s'habillait comme une vieille grand-mère. En l'évoquant, je ne sais pourquoi je pense à mon premier et dernier véritable amour. Seriez-vous trop jeune pour moi ? Votre maturité contredit votre âge. Je vous aime pour votre sourire, même si c'est celui d'un enfant qui a peur. Peur de grandir ? Oui, peur de grandir dans un monde qui, malgré ses protestations grandiloquentes, n'aime pas les enfants ; il les prend plutôt comme cibles de son dépit, de son manque de confiance en lui-même, de sa vengeance.

– Parlez-moi de Rina, insiste la doctoresse.

– Je pense à elle sans joie.

– Pourquoi ?

– C'était une diseuse de bonne aventure, ou plutôt : de mauvaise aventure.

– Pourtant, le mysticisme ne vous est pas indifférent.

Indifférent ? Rien ne m'est indifférent. Je lui parle de mon attrait pour le bouddhisme. En Inde, dans certains ashrams introuvables dans les guides on enseigne la sagesse et la sérénité, et dans d'autres la folie. Oui, on y vient pour devenir fou. Là, on peut voir une femme qui se promène nue en riant, une autre en chantant, une troisième en gémissant, mais en fait, c'est toujours la même.

Images insoutenables pour un simple visiteur : un adolescent vieilli en une minute, un vieillard aspiré vers les cieux. Voilà le voile qui enveloppe l'existence et le monde des hommes.

– Donc, une illusion ?

– Une belle illusion qui cache une réalité qui ne l'est pas.

Me revient alors le souvenir de ma rencontre avec Rina :

– Qui es-tu ? me demanda un jour, d'une voix douce et lente, une femme qui croyait en l'impuissance de l'amour à changer la vie.

C'était après mon premier voyage en Terre sainte. Nous étions dans un autobus longeant la Cinquième Avenue. Jour morne d'automne. Déprimant. J'avais marché des heures durant pour fatiguer mon cafard. Je me disais que ma vie était ailleurs, de l'autre côté. Je me revoyais enfant. Mes parents ne se doutaient de rien : les voleurs avaient laissé à ma place un petit garçon qui me ressemblait. Et qui, en plein délire, contemplait le monde et ne le trouvait pas bon.

Je descendis à un arrêt proche de Central Park. Je

m'assis sur un banc. L'instant d'après, emmitouflée dans un manteau noir, une jeune femme, cheveux bruns, courts et bouclés, prit place à côté de moi. Et je me rendis compte que c'était la femme qui m'avait interrogé dans le bus. M'avait-elle suivi ? Elle me regarda d'un air bizarre comme si je n'étais pas là, comme si je n'étais pas moi, à la fois terriblement présente et terriblement lointaine, sans voir ni sentir la neige qui tombait sur ses cheveux ébouriffés. Et je me demandai : Serait-ce la voleuse à la lourde poitrine ? Non : elle est mieux habillée. Elle restait silencieuse. Parce qu'elle me croyait toujours distant ? Pourtant, j'avais besoin d'entendre sa voix. Comprenez-moi, docteur : je la regardais, ses yeux devenaient plus bleus que le bleu du firmament, et leur pupille plus sombre que le courroux des dieux jaloux. Soudain elle s'est levée. D'un geste, elle m'invita à l'imiter. Nous fîmes quelques pas dans la rue jusqu'à un café-restaurant où il faisait chaud.

— Tu ne m'as pas répondu : qui es-tu ?
— Je suis quelqu'un qui cherche un enfant.
— Et moi, qui suis-je ? me demanda-t-elle.
— Comment voulez-vous que je le sache ?
— Je m'appelle Rina.
— Et que faites-vous dans la vie ?
— Ceux qui me connaissent pensent que je suis sorcière.
— Ah bon, vous aimez les démons.
— Non. Pas les démons. Seulement leur maître.
— Ah bon.
— Satan.
— Dans nos sources à nous, on l'appelle Ashmedaï.
— Tu es juif.
— Oui. Juif.
— Donc tu sais qu'Ashmedaï a une épouse.
— Elle s'appelle Lilith.
— Je sais. C'est moi.

24

Je restai coi, pensant : Elle se vante ! Dans les textes, Lilith est très belle. Rina sembla lire dans mes pensées :

— Tu ne me crois pas.

— En effet, je ne vous crois pas.

— Cela risque de te coûter cher.

— … De me coûter quoi ?

— Le châtiment de mon époux.

— Par exemple ?

— Nous pouvons te rendre incapable d'aimer.

Elle venait d'entrer dans ma vie, un instant plus tôt elle n'existait pas encore, mais, sans savoir pourquoi, je lui dis que je la détestais, que je la détestais depuis ma naissance, et peut-être bien avant.

— Tu es fou, répondit-elle. Fou à gifler ou à lier.

Elle hésita et enchaîna :

— … Et peut-être fou à aimer.

Elle s'arrêta de nouveau comme pour m'inviter à comprendre moi-même que dans le monde froid et cynique où nous vivons il faut être fou pour aimer.

Voix froide, sans couleur, neutre. Prête à s'enflammer ? Visage de pierre, mais de pierre vivante, humaine, oui, elle avait des yeux sombres, maléfiques, d'une fixité surprenante, dans un sourire proche du ricanement. J'eus un instant envie de le toucher, oui, le toucher pour me punir en rendant chacun de ses traits un peu moins humains. Elle me tendit la main et j'eus peur de la saisir.

— Alors, serais-tu assez fou pour m'aimer, moi, l'épouse de l'autre roi de l'univers ?

Pour ne pas tomber dans son piège, je laissai ma pensée aller rejoindre mes parents : Où sommes-nous ? Où suis-je ? Dans la jungle de Paris ou de Manhattan ? Dans la vallée des dieux avec leurs jardins en fleurs, où le printemps est éternel ?

Répondez-moi, pour l'amour du ciel, et pour la haine des êtres comme Lilith et Ashmedaï. Dis quelque chose, père. Réponds-moi, mère. Ne serait-ce que pour briser le silence qui hurle dans ma tête en feu, dans mon cœur en folie.

Quand les morts ne veulent pas parler, personne au monde ne peut les y obliger. Fermés, renfermés comme dans une forteresse hostile, ennemie.

Et, comme eux, je restai silencieux tout simplement pour écouter un chant qu'eux seuls pouvaient capter et déchiffrer : le chant des pierres qui se plaignent d'être pierres.

Du coup, je me sentis envahi d'une force nouvelle. Rina ne me faisait plus peur. Je me penchai vers elle pour la contempler et prendre la mesure de ses dons. Existait-il meilleure façon de réagir ? Enfin, quelque chose bougea sur son visage. Un mot voulut sortir de sa gorge et s'arrêta net. Encore un. Puis d'autres. Je pouvais les voir, je les voyais s'agiter comme des mouches.

— Je sais que tu as des questions ; je t'écoute, dit-elle. Elles m'intéressent autant que toi.

— Je préfère écouter les vôtres, répliquai-je.

Elle ne répondit pas tout de suite.

— Aurais-tu peur de souffrir, de mourir peut-être ?

— Je n'ai plus peur.

— Je continue : imaginons que je tombe amoureuse de toi, que dirais-tu ?

— Je dirais que vous êtes folle.

— Et si je l'étais, ça changerait quelque chose ? Tu m'aimerais d'amour, dis, si tu savais tout ce que je sais et ce que je sais faire ? Tu m'aimerais jusqu'à la déraison ?

— Vous êtes folle, vous dis-je.

Et j'ajoutai que pendant mes études, j'avais appris beaucoup de choses sur le monde des démons. Leurs pouvoirs, leurs penchants, leurs perversités. Mais nulle source ne mentionne leur démence. Il va falloir que je corrige cette lacune.

– Tu ne sais rien de nous, siffla-t-elle entre ses dents. Tu ignores qui nous sommes et quels sont nos désirs. Tu refuses mon amour non parce que je suis qui je suis, mais parce que tu es qui tu es : un homme condamné à ne pas aimer. Dommage pour toi comme pour moi. Si tu l'avais voulu, tu aurais pu me sauver en m'aimant. Eh oui, cher monsieur le pur, sais-tu que j'habite dans la boue, dans la boue du monde ? Et dans la malédiction, dans la malédiction de ses créatures ?

Je divaguais, oui, j'étais en train de divaguer, mais je ne pouvais rien faire d'autre. Lui raconter ma vie bête-ment vécue, mutilée, accaparée par des dieux malfai-sants ? L'étendue de ma maladie, les raisons de ma culpabilité réelle ou imaginaire ?

– Je te maudis ! cria Lilith. Puisses-tu rester sans amour toute ta vie !

Savait-elle que j'étais fou, donc infirme ? L'avait-elle oublié ? Serait-elle devenue folle, elle aussi ? Que cher-chait-elle en moi : l'amour pur et innocent que, dans mon subconscient, je tenais en réserve pour la femme de mes rêves dont je ne veux pas encore parler ? Mais l'amour pur existe-t-il ? Depuis des années, chaque fois que je rencontre un inconnu, je me le demande, jusqu'à quand vais-je devoir me le demander ? D'ailleurs, tous ceux qui me connaissent ou qui croient me connaître à travers mes paroles ou mes silences se posent la même question : celle de la solitude érigée en écran, en muraille, en miroir aussi. Contagieuse, la folie ? Tous ceux qui m'approchent, pourquoi sont-ils frappés par cette malé-diction ?

Bon, j'exagère un peu, beaucoup peut-être. Tous ne sont pas atteints, et ceux qui le sont ne sont pas vraiment maudits. Et après ! S'ils sont libres de choisir la raison et le bonheur, moi, je le suis de ne vouloir ni l'une ni l'autre. Ma hantise : une minute avant de sombrer entièrement, crier la vérité à la face des hommes, quitte à les rendre fous.

Ainsi que fait le dibbouk, je me réfugie dans ma folie comme dans un lit chaud, une nuit d'hiver.

Oui, c'est cela. C'est un dibbouk qui me poursuit, qui m'habite. Qui prend ma place. Qui usurpe mon identité et me donne son destin. Plus de doute : il s'agit d'un dibbouk déguisé en Doriel. Je est-il donc vraiment un autre ? Et l'autre serait-il moi ? D'où mon constant désarroi, ces changements, ces métamorphoses brusques sans explications ni rites de passage, ce vague à l'âme proche de l'abrutissement, ce flottement d'être qui caractérise mon mal ? Autrement dit : vivrais-je la vie d'un autre, celle d'un inconnu précisément ? Et qui est le dibbouk de l'autre ?

— Un dibbouk, c'est quoi ? demande la thérapeute, véritablement intéressée.

— Mauvaise question, docteur. Il faut dire : qui ?

— Je suis désolée, mais je ne comprends pas.

— Il faut dire : un dibbouk, c'est qui ?

— Soit. C'est qui ?

Je lui parle de la pièce de S. Anski, l'une des grandes œuvres du répertoire mondial. Deux étudiants talmudiques se sont liés par un serment : plus tard, si l'un d'eux avait un garçon et l'autre une fille, leurs enfants se marieraient. Mais l'un devient riche et l'autre reste pauvre. On imagine la suite. Léa n'épousa pas Hanan. Celui-ci mourut de chagrin. Et son âme entra par effraction dans celle de sa promise.

— Mais alors, votre dibbouk devrait être une femme.

— Pas toujours, docteur. Un dibbouk peut être un étranger, un voleur d'identité, qui dit moi par ma bouche, à ma place. C'est une âme errante, exilée, perdue dans l'immense néant que sont l'univers des hommes et la mémoire de Dieu. Pour des raisons connues ou inconnues, le dibbouk se dissimule à la vue des anges et des démons. Il ne se sent en sécurité que dans l'âme d'un autre être. Je suis sa cachette. Sa vie devient la mienne ; elle est faite d'excès, d'angoisse et de remords mal définis. Je crains que mon dibbouk ne soit fou, et je me démène pour saisir le germe de sa folie. Est-ce chez lui le rejet d'une religion qu'il jugerait trop peu exigeante, ou au contraire qui ne vaudrait pas mieux ? Est-ce tout simplement une révolte de la pensée contre elle-même ? Elle ne piétine jamais, la pensée du dibbouk, elle court jusqu'à perdre haleine et je lui cours après pour la retenir. Le cœur du dibbouk ne connaît ni amour ni haine mais est jaloux de ceux qui ressentent l'un ou l'autre. Peut-être refuse-t-il la tradition au nom de toutes les traditions, un rejet de l'héritage bêtement accepté, pour se sentir plus libre.

La thérapeute se retient de hocher la tête d'un air incrédule :

— Mais qui de vous deux est le malade ? De qui suis-je censée m'occuper ?

— De moi. De lui. Plus précisément : de moi qui suis lui.

Et je lui explique en quelques mots hâtifs : Lorsqu'il envahit une personne, le dibbouk est omniprésent, rusé, mais pas toujours diabolique, puisqu'il souffre. Cependant, lui aussi est motivé par un besoin qui relève du domaine du sacré. Son âme, bien que damnée, n'aspire-t-elle pas à la paix promise par la transcendance ? Agile, imprévisible, déterminé et sans scrupule, il m'entraîne comme un prisonnier chargé de chaînes ; son salut dépend du mien, mais en même temps le mien est conditionné par le sien.

— Et moi, dit la thérapeute sans me regarder, qu'est-ce que je fais là-dedans ?

Le dibbouk éclate de rire, et moi aussi.

Dans toute folie couve le désir de s'évader afin de se retrouver, de se renouveler, de mourir pour renaître, de hurler pour se taire…

J'ai tant de choses à taire, tant de choses à dire, mais où sont les mots ? Ils se cachent, les mots, ils me fuient, ils me détestent, voilà ma folie, docteur. Ce sont les mots. Les mots dont j'ai besoin pour m'accrocher à la vie, pour retrouver ma ferveur et prier, oui : pour vivre. Où se trouvent-ils ? Pourquoi ont-ils disparu ? Par peur d'être isolés ? Il y a des sons et des mots qui ne supportent pas de rester seuls ; chacun appelle le suivant et s'y enchaîne : nulle force ne peut les séparer sans les réduire à l'impuissance. Est-ce cela le secret de la poésie et de la musique ?

Et de la folie ?

J'ai trop utilisé les mots, leur souplesse ou leur densité, afin de subjuguer le premier passant rencontré dans la rue ou à la foire, et l'envie me prend de les répudier. Alors, surtout le matin, j'éprouve un besoin irrésistible de seulement mordre dans la vie à pleines dents, et au diable la peur des autres, la honte de vivre parmi eux. Il s'agit après tout d'aimer ce qu'on possède et ce qu'on est pour mieux s'en débarrasser. Au diable les plaisirs des lendemains dans les cieux, la terre est là pour nous donner à savourer ses fruits, et le corps pour réclamer un bonheur impossible. Espérance vaine ? Cris lancés vers un monde sourd ? Et si l'on me prend pour un fou, tant pis. Rappelez-vous, docteur, Zarathoustra qui s'exprime par la bouche de cet autre grand fou, suicidé après un long silence : « Il fait nuit. Voici que s'élève plus haut la voix des fontaines jaillissantes ; et mon âme, elle aussi, se fait fontaine jaillissante. » Croyez-vous que son silence l'a noyé dans ses propres délires ?

Je ferme les yeux : quelque part, dans mon village en Pologne. Un petit nuage, un sourire sombre, la neige qui tombe et tombe sur le visage comme pour y effacer le sourire de l'orphelin égaré… Ne me demandez pas où est le rapport, pas vous, quand même docteur, surtout pas vous… C'est vous qui ne cessez de m'agacer avec votre manie de me rappeler que l'association d'idées est essentielle à la thérapie… C'est vous qui me demandez, qui exigez et m'ordonnez au nom de tous les saints de la thérapie divine de laisser courir ma pensée, qu'elle aille en galopant cueillir une image à droite, arracher un soupir à gauche… Bah, docteur, moi je ne crois pas à toute cette théorie catastrophe selon laquelle la vérité du monde et de l'homme se cacherait parce qu'elle a peur ou qu'elle a honte…

– Peur ? Honte ? Pourquoi ?

– Je n'en sais rien, docteur. Vous tenez à ce que je dise tout ce qui me passe par la tête, absolument tout, même ce qui n'est pas clair, même ce qui n'a pas de sens, alors je vous le dis, compris ? Je vous laisse me guider, mais j'ai aussi le droit de vous demander si ce qui sort de mon cerveau nous aide à progresser, est-ce vrai ou non ? Vous ne dites rien ? Bon, alors moi aussi je vais me taire.

– Si nous revenions à la peur et à la honte ?

– J'ai aussi prononcé le mot « vérité ». Vous vous rappelez ? Le Gaon de Vilno, vous connaissez ? Il disait que le but de la Rédemption est la rédemption de la vérité. Non, je vois que vous ne le connaissez pas. Mais Platon, vous connaissez mieux, hein ? *Amicus Platon*, Platon m'est cher, mais pas autant que la vérité.

– Laissons le ga… gaon… Oublions la peur et la honte. Parlons de la vérité.

– Mais vous ne comprenez donc rien ? Tout ça est lié. Les gens comme vous pensent sûrement que la vérité fait honte, qu'elle fait peur. Mais si quelqu'un vous disait que ce n'est pas ça du tout ? Que la vérité est la peur comme la honte ?

Elle continue de sa voix monotone à me faire réagir,

31

et moi, je pense qu'elle a peur du petit nuage qui sourit à l'orphelin… Elle veut me faire parler de la place des femmes dans ma vie, et je n'en ai pas envie. Lui dire qu'elles m'ont toujours intimidé ? Que je ne sais pas quel comportement adopter à leur égard ? Je préfère rester sur mon nuage. Le nuage aussi est orphelin… Et il pleure… Ses larmes se muent en flocons de neige et de sang… Je les attrape dans ma bouche et un hurlement s'en échappe : j'ai peur de m'étrangler… C'est que j'imagine l'étrangleur, sa face tordue, ses mains monstrueusement larges et lourdes et malpropres, j'imagine et je vois ses grimaces de vainqueur, j'entends ses ricanements de conquérant… Comme s'il déclarait à qui voulait entendre : Je suis le destin, je suis au-dessus du temps et des cieux, je suis la force qui vous écrase… L'ai-je vu ou seulement aperçu dans un film, dans un livre illustré peut-être… Un enfant juif caché, débusqué par des yeux sournois, entouré d'assassins aux poignards étincelants… Il est seul, le futur petit orphelin, tellement seul, mon petit frère… Qui l'a trahi ? Je sais que je devrais courir vers lui, prendre sa main, faire n'importe quoi pour le protéger, pour lui témoigner ma solidarité et mon affection… Il a peur et j'ai peur, il a peur et j'ai honte… Et c'est cela la vérité… L'effleurer sans la violer, la souhaiter sans l'atteindre : si seulement je le pouvais… Et si je vous disais qu'il est peut-être temps de dénouer les liens qui attachent l'homme à son destin, de dénoncer l'imposture : Rina n'existe pas, le fou de ce récit ne se confie pas à sa thérapeute, il est à la fois sa propre question et sa propre réponse, et son refus de l'une comme de l'autre. Thérèse Goldschmidt n'existe que dans ma maladie, et moi aussi.

— Donc, qu'est-ce que la folie, docteur, sinon, dans mon cas, un dibbouk ? Une ascèse ? Un châtiment divin ?

Elle ne le sait pas.

Mais vous, à qui j'écris, vous êtes censés tout savoir, tout prévoir. Alors, dites-moi ce que j'apprendrai de vous un jour ou l'autre : la folie humaine, c'est quoi au juste ? Basculer dans un état second ? Fustiger la raison jusqu'à en perdre le souffle ? Entendre le silence exploser dans son cerveau sans pouvoir en ramasser les éclats ?

Je est-il donc moi ? Et l'autre, qui est-il quand il dit je : Est-il encore moi ?

Vous voyez ? Je vous dis tout, du moins je m'y applique. Il m'importe de savoir que vous allez m'accepter malgré tous les obstacles. Votre consentement n'aura un sens que s'il est offert comme un acte suprême de lucidité.
Voulez-vous me suivre ?

Chapitre 2

Une image :

Un village quelque part en Pologne. C'est dimanche. L'église doit être pleine. Ses cloches emplissent la nature, comme pour des obsèques. Une chambre dans une maison à l'orée du bois. Un lit, un vieux sofa, deux chaises. Des livres sur une étagère, des journaux par terre. Un petit garçon frustré, malheureux. Effrayé, les sens en éveil. Son père lui dit de faire attention, d'être prudent le jour où, avec un peu de chance, ils auront le droit de sortir dans la rue, et alors de ne jamais montrer qu'il a peur. Trop d'ennemis, trop de dangers les guettent dehors. Mais il fait beau dehors. Le ciel est bleu, sans nuages. Et tout est si calme sous les arbres fruitiers. L'enfant veut sortir. Se réchauffer au soleil, jouer. Cueillir une pomme, des prunes. Non, dit son père. Pas aujourd'hui. Pourquoi pas aujourd'hui ? Parce que. Quand pourra-t-il sortir ? Demain. « Mais demain tu me diras encore "pas aujourd'hui". – Non, demain je dirai : "Attendons." » Le petit garçon, c'est moi. J'ai six ans, je suis trop jeune, je ne sais pas comment répondre. Alors je dis : « Si maman était là… » Je m'interromps : si maman était là… quoi ? Elle serait plus gentille avec moi ?

– Mais elle n'était pas avec vous, remarqua la doctoresse. Vous lui en vouliez ?

Non. Mais le petit garçon a envie de pleurer.

35

Est-ce à cause des souvenirs incomplets et pleins de rebondissements au milieu desquels je me cache, vieillissant et fatigué, depuis que je me suis retrouvé seul ? La doctoresse parle, je lui réponds mais je pense à autre chose, je suis ailleurs. Va-t-elle m'aider ? Vais-je lui faire mal ? Tant d'interlocuteurs rencontrés au cours de mes pérégrinations ont tôt ou tard perdu l'espoir ou la raison, et pour le moins une part de leur être. On dirait que je mets mes ombres sur ceux qui me parlent et jette un sort sur ceux qui me regardent. Un médecin à la retraite, veuf et désorienté, un escroc libéré de prison sans avoir renoncé à ses forfaits, une actrice au chômage, un ancien industriel qui trichait aux échecs, tous ont été marqués. Il y avait parmi eux des jeunes et des moins jeunes, des étrangers et des autochtones, des intellectuels et des ignorants, des poètes et des techniciens : chacun à sa manière, tous ont connu le même sort.

Serai-je le dernier ?

Tout éclate en moi : images, regards, bruits et souvenirs, anges chimériques et monstres démoniaques. Comment trouver ce qui m'apaiserait ? L'homme qui me poursuit a escaladé tant de montagnes et suivi tant de pistes, comment le nommer ? D'où vient-il ? Qui l'a envoyé ?

Un matin, un passant entendit mon ennemi pousser des hurlements de bête égorgée. Alertée, la police dut enfoncer la porte de son appartement. On le trouva sur son lit, la tête ensanglantée. Interrogé sur l'identité de son agresseur, il ne put que répéter la même phrase, toujours : « Elle avait un sourire d'enfant innocent. Dommage. J'aurais préféré dire un sourire d'enfant effrayé. » Mais qui est l'ennemi ? Pas moi ?

— Je ne comprends pas, dit la thérapeute.

— C'est pourtant simple : dans ma tête, l'enfant que je vois a toujours un sourire effrayé.

— Mais vous avez mentionné une femme. Qui est-

elle ? Une ensorceleuse ? Une amante ? Une inconnue ?
Un homme l'accompagnait-il ? Comment ont-ils pu
s'introduire chez vous puisque la porte et les fenêtres
étaient fermées ?

Comme un aveugle cherchant son chemin, ou du
moins un appui, son interlocuteur préférait penser à son
rêve plutôt qu'à l'assaillant ; il ne put que murmurer les
mêmes mots :

– Elle avait un sourire, un sourire d'enfant innocent
mais pas effrayé, pas du tout effrayé...

L'inspecteur de police, je me le rappelle : un grand-père
moustachu au sourire sage et bon, il hocha la tête à plusieurs reprises, comme pour dire qu'il me comprenait.
Pour qui me prenait-il ? Pour un orphelin abandonné en
pleine foire ? Pour l'idiot de Khelm, le légendaire village
dont les habitants étaient tous réputés pour leur touchante
naïveté selon les uns et pour leur bêtise selon d'autres ?

– Je me souviens, dit le blessé. Nous nous sommes
rencontrés sur un nuage.

– C'est elle qui vous a mis dans cet état ? Rassurez-
vous, nous la retrouverons. Elle ira en prison.

– En prison ? J'irai la rejoindre.

– Elle était comment ? Il nous faut son signalement.

– Des cheveux longs, des yeux sombres. Et le sourire
bouleversant d'un enfant qui attend mais qui n'a pas
peur. Elle n'aimait pas mon nom.

– Ah bon, votre nom. Et comment vous appelez-
vous ?

Je me souviens :
*Après avoir réfléchi un long moment, maman, tu avais
pris un air grave :*
– Qui es-tu ?
– Je m'appelle Doriel.
*Je ne sais plus pourquoi, mais je respirais avec difficulté.
Tu ne l'aimais pas. Ce n'est pas un nom, ça, me disais-*

tu. Moi, je l'aime. Il n'appartient à personne. C'est une
déclaration, un message ancien, un programme inédit.
Et puis, oui, c'est un nom, un nom bien à moi, un nom
qu'il m'arrive de haïr ou d'aimer pour rien, mais il est à
moi, m'entends-tu, m'entendez-vous tous ? Il faudra
bien que je le garde, même si je dois le traîner comme
un fardeau, un sac rempli d'ombres.

Dans ma tête, un échafaudage de bruits et d'images,
de visages ricanants ou fermés, d'hommes qui courent
dans tous les sens et de soldats qui avancent vers un
cimetière sans fond. Voilà que l'édifice s'effondre et
que, sous le coup de ce tonnerre, mon cerveau éclate. Je
cherche un appui et il se multiplie en cent quarante-
quatre points. Je veux comprendre et ma confusion
devient plus épaisse que jamais.

Quoi de plus naturel, je me réfugie là où personne ne
peut me suivre. D'abord ce fut dans les rêves, mais la
clôture n'était pas solide, alors j'optai pour la folie.

Depuis les multiples débuts de ma vie consciente ou
rêvée, je n'ai cessé de surprendre mon entourage. Encore
au berceau, je jouais avec ma mère en pinçant ses joues
ou sa poitrine ; je l'entendais se vanter devant les visiteurs : « Regardez-le donc, mon grand voyou. S'il n'était
pas si petit, je dirais qu'il est fou de moi. » Mes cheveux
changeaient de couleur de manière soudaine. Bruns le
matin, blonds l'après-midi. Noirs dans mes songes. Il
m'arrivait d'avaler mon repas en un clin d'œil, alors que
la veille j'y avais consacré quatre heures. « Eh oui, disait
une vieille Gitane à la peau craquelée et à la voix
rauque, désagréable. Il est fou, le petit. Fou de la vie que
chasse la mort, ou inversement. »

Le soir, abandonné par mon père qui dormait tranquillement dans un coin de la grange, je me voyais dans
les bras ou sur l'épaule d'un étranger qui courait vers le
bois où des prêtres à moitié nus célébraient des victoires

ou des défaites anciennes selon un rite tribal diabolique en dansant autour d'un feu aux flammes sauvages.

Eh oui, je me voyais parmi eux, muet et effrayé, anticipant le moment où l'on me porterait vers l'autel pour expier des péchés oubliés. Je craignais la douleur plus que la mort, mais tout au fond de moi-même, c'est autre chose qui arrivait : j'étais sauvé par une femme aux cheveux foncés qui tombaient sur sa forte poitrine. Était-ce la femme qui m'avait jadis enlevé et qui se repentait ? S'interposant entre les danseurs et moi, elle me murmure à l'oreille des mots rassurants et tendres – ne pas avoir peur puisqu'elle est là ; lui dire quand j'ai soif, elle me donnera à boire. Je lui demande si c'est ma mère ou mon père qui l'a envoyée. Alors elle plonge son regard sombre dans le mien et hoche la tête : « Ne pose pas de question, mon petit, pas de question, pas encore, apprends à attendre, c'est un art, tu le comprendras quand tu seras grand. » Dans un éclair, je me vois projeté dans l'avenir : jeune prince presque adolescent, je suis perdu au milieu des danseurs ; là aussi, c'est un petit garçon qu'ils se préparent à sacrifier, je le scrute, je le scrute de toutes mes forces, et brusquement je détourne la tête pour ne plus voir la sienne. Est-ce mon petit frère Jacob ? Est-ce moi ? Un sursaut de frayeur me réveille. Mais j'ignore si le réveil ne fait pas partie du rêve.

La femme, de quelle couleur étaient ses yeux quand elle souriait ? Aurais-je oublié l'essentiel ?

– À qui ressemblait-elle ? demanda la thérapeute, curieuse, comme toujours.

– Je ne sais pas, je ne sais plus. Dans le rêve, tout est défiguré.

– Ressemblait-elle à Rina ?

– Que savez-vous de Rina ?

– Rien. Mais l'avant-dernière fois, à un moment, vous avez cité son nom.

– À quel propos ? Vous avez dû mal entendre.

– Mais la femme du rêve : ressemblait-elle à votre mère ?

– Laissez donc ma mère tranquille.

– Vous ne pensez plus à elle, c'est ça ?

– Laissez-la tranquille, vous dis-je.

– Bon. Parlons de la femme aimée.

– Laquelle ?

– N'importe laquelle.

– Je ne l'ai pas aimée.

– Pas même un instant ?

– Un instant innocent d'ivresse, de délire, ça ne compte pas.

– Pour ce qui nous occupe, tout compte.

– Je dis non.

– Je parle de…

– … de qui ? De la femme aimée ? Elle ne compte pas. Elle ne compte plus. Elle n'a jamais compté. Je ne l'ai même pas touchée.

– Mais vous en avez eu envie.

– Oui, peut-être. Envie de la toucher, c'est tout. Mais ça n'a duré qu'un clin d'œil. Rien à voir avec le désir.

– Mais le clin d'œil…

– Ne soyez pas si pointilleuse. J'ai fait un tas de choses dans ma vie sans vraiment les faire. Un beau matin, les traits décomposés, je me suis réveillé troubadour ; je me voyais chantant dans les rues, paumes ouvertes, implorant les passants de m'écouter, de reconnaître mon existence. L'ai-je fait ? Bien sûr que non. C'est pareil pour Maya.

Je ne sais plus qui m'a mis en contact avec elle. Un ami commun qui voulait m'aider ou me jouer un tour ? Un ennemi qui espérait me voir sombrer dans l'opprobre ? Un tribunal, céleste ou terrestre, peut-être soucieux de me protéger du dibbouk qui m'entraînait à violer des interdits en m'en prenant aux autres et à moi-même ? Mais non. J'ai rencontré Maya par le plus étrange des hasards. Me mettant en route pour Israël, dans les années cinquante, je m'étais arrêté à Marseille où je voulais me recueillir sur la tombe de mes parents. Et je me suis retrouvé en ce lieu où, d'après une connaissance de Brooklyn, des réfugiés juifs d'Europe centrale se réunissaient pour affaires ou simplement pour passer le temps. Pourquoi donc a-t-il fallu que j'entre dans une salle où se tenait une conférence à laquelle je n'avais pas été invité ? Je ne connaissais pas le conférencier, j'ignorais tout de son sujet. Était-ce un colloque d'intellectuels ou une réunion politique ? Je ne comprenais pas leur langue. En fait, j'avais vu des gens bien habillés entrer dans un immeuble à la façade élégante qui avait l'air d'un théâtre ou d'un musée. Mû par une curiosité inhabituelle, je les ai suivis. Simplement pour voir. La salle était bondée. Ambiance plutôt mondaine. Certains soupiraient, d'émotion sans doute, d'impatience peut-être, d'autres bavardaient pour chasser l'ennui. Soudain, tous se levèrent : l'orateur venait d'arriver. Il monta sur une petite estrade et se mit à discourir, et tous de hocher la tête. Ne comprenant rien, surtout pas ma présence en ce lieu, j'eus bientôt hâte de m'en aller, mais trop timide pour attirer l'attention, je promenai mon regard autour de moi. Pour voir si mes voisins trouvaient comme moi le discours obscur – normal : le conférencier s'exprimait dans un français parsemé de mots et de noms yiddish et hébreux – et surtout long, terriblement long, sur un ton doucereux et pour moi ennuyeux. Une jeune femme aux cheveux bruns était assise devant moi, parfaitement immobile. Quelque chose en elle m'intrigua. J'eus l'étrange impression qu'elle n'était pas seule et que pourtant personne ne l'accompagnait. Solitaire comme moi ? Et si c'était l'inconnue de mes rêves, l'un de mes premiers amours

41

inaccomplis, auquel je songeais souvent avec remords et honte car je lui devais tant ? Rien que d'y penser, je sentis le sang affluer dans mon cerveau. Était-ce un souvenir ou un rêve déjà étouffé et consumé dans un brouillard soudain et encore plus vite dissipé ? Ah ! Seigneur, faites que ce soit elle. Si seulement je pouvais la voir de face. Et si je lui touchais l'épaule pour qu'elle se tourne vers moi ? Oserais-je ? J'osai. Elle se retourna et me regarda d'un air plus amusé que fâché. Ce n'était pas l'inconnue de l'autobus. Mais elle aussi me sourit. L'instant d'après elle se leva et sortit. Je la suivis dans la rue. Une pluie fine nettoyait les rues et les maisons. En silence, la femme prit mon bras. Nous entrâmes dans un café et nous assîmes à une table donnant sur la terrasse. Elle commanda du thé pour deux. Sa voix, grave et sensuelle, me troubla.

— Parlez, je vous écoute.

Je lui dis que je ne comprenais pas le français. Heureusement, elle parlait le yiddish. Elle voulut savoir pourquoi je l'avais suivie ; je répondis que je ne le savais pas moi-même. Le but de mon séjour dans cette ville ? Je le lui dis.

— C'est votre première visite ici ?

— Oui.

— La première depuis la guerre ?

— Oui.

— Autrement dit, vous ne connaissez pas la ville.

— Non.

— Comment ferez-vous pour trouver le chemin du cimetière ?

— Je compte sur vous, lui répondis-je d'un air sérieux.

C'était vrai. Elle m'était inconnue, mais je comptais sur elle. Peut-être était-ce parce que son yiddish savoureux me plaisait.

— Vous avez une drôle de manière de dévisager les gens, reprit-elle.

– Non.

– Comment non ?

– Je regarde les yeux qui me regardent. Et moi, comment me regardez-vous ?

– Je me demande si vous appartenez à mon passé ou à mon avenir.

– Je ne connais pas le premier, mais vous tombez bien : le second m'intéresse.

Nous bavardâmes un long moment. La chance me souriait ce jour-là. Elle paraissait plus âgée que moi et travaillait pour une organisation juive. Je me convainquis qu'elle allait m'aider.

– J'ai une proposition à vous faire, dis-je. Soyez mon guide. Ne me quittez pas jusqu'à mon départ dans deux jours. Emmenez-moi au cimetière. Montrez-moi la ville. Le quartier juif, s'il en reste un. Je vous paierai bien. Ne dites pas non. Pas encore. Il est trop tôt. Vous me le direz la prochaine fois.

– Vous êtes un drôle de bonhomme. Ce sera quand, la prochaine fois ? Et où ? Dans quelle ville ? Dans quelle vie ?

Lui dire que j'étais descendu à l'hôtel Splendide ?

– Je n'en sais rien. Laissons le destin décider.

Brusquement, un sentiment de panique m'envahit. J'enchaînai vite :

– Mais si l'on ne se revoyait plus ?

– Il resterait quand même une belle histoire.

C'est alors que je me rendis compte qu'elle avait le sourire d'un enfant innocent et paisible, et les yeux cernés de noir.

Comme ma mère ?

Brusquement, je constatai avec gêne que je ne me souvenais plus de la couleur de ses yeux.

Mais tout ce que je n'ai jamais osé dire ou même penser de ma mère, je peux maintenant le dire de Maya.

Les yeux de Maya étaient sombres, du moins je le

croyais. De ma vie je n'en ai vu de pareils. Quiconque les voyait y plongeait comme dans un fleuve où tout est appel au rêve et à l'aventure.

Je n'ai pas oublié ces yeux ; je ne les oublierai jamais. J'insiste là-dessus car, même si je me trompe, cela me semble important pour l'histoire : ils étaient rieurs, d'un bleu-noir singulier, irrégulier, à la fois troublant et apaisant. Bleu foncé comme une nuit de printemps sur l'océan, ou l'azur au-dessus du désert. Un moment, ils semblaient brûlants jusqu'à la douleur ; puis, sans sourciller, sans aucune transition, sous les paupières fines, ils s'ouvraient comme une offrande. Et l'on avait envie de les scruter encore et encore, de les caresser du regard, de les charger d'un sens secret, de les embraser. Ce que poètes et romanciers disent des yeux et de leur pouvoir est à la fois vrai et faux. Miroir de l'âme ? Fenêtre sur l'inconscient ? Oui, sans doute. Mais ceux de Maya étaient plus, beaucoup plus : ils vous remuaient l'estomac et vous secouaient les entrailles. Qu'elle dise un mot en me regardant et j'étais prêt à l'emmener jusqu'au bout de la terre. Qu'elle me prenne la main et j'aurais laissé la mort m'emporter vers le bonheur ultime avec lequel on ne transige pas.

C'est à cause d'elle que le bleu reste ma couleur préférée.

— Vous me regardez et je vous regarde, disait-elle avec son petit sourire aux commissures des lèvres. Cela suffit pour imaginer l'impossible et même le vivre, n'est-ce pas ?

— Cela suffit pour qui ?

— Pour les couples qui se créent, dit-elle, tandis qu'une lueur espiègle s'allumait dans son regard. Est-ce que je me trompe, monsieur… comment ?

— Doriel. Je m'appelle Doriel.

— Quel drôle de nom. Je ne l'aime pas.

Elle m'emmena au cimetière et, discrète, me laissa

44

seul. Je visitai des tombes anciennes avant celle de mes parents. Je récitai des Psaumes pour accompagner ma prière : Reconnaissez-vous votre fils ? Veillez sur lui dans les égarements qui l'attendent.

Voilà donc l'histoire de Maya. Cette rencontre m'attache à d'autres rencontres, d'un autre genre, c'est ainsi dans la vie. Chaque être humain est unique mais ses histoires ne le sont pas. D'un point de vue quasi mystique, on pourrait même dire qu'elles se ressemblent toutes. Et pourtant j'ignorais que, beaucoup plus tard, je retrouverais d'autres Maya sur mon chemin, avec leurs noms à elles, souriantes comme un enfant sage caressé par la peur, mais jamais assez proches pour pouvoir parler d'amour accompli.

Rougissant comme un collégien lors de son premier rendez-vous galant, le cœur galopant comme un fauve poursuivant sa proie, je me revois avec Maya au bord de la mer à Marseille. Silencieux, nous venions de quitter le cimetière. Je me sentais proche d'elle. Rien n'est effacé. Ainsi le passé survit-il dans le présent. Muet, je me revoyais dans le petit village polonais dont j'aimais les montagnes. Maintenant, j'aimais la mer. Hypnotisé, je contemplais les vagues qui me racontaient leurs éternelles histoires d'amours perdus et engloutis au fond de leurs insondables mystères. Soudain, sa voix me frappa. Plus affectueuse qu'avant. Elle me souriait. Elle avait l'air d'un enfant inquiet, mais elle souriait. Que voulait-elle me faire comprendre ? Que voyait-elle en moi ? Sa propre jeunesse peut-être ? La perte de sa foi ? L'occasion de me communiquer son expérience du désir partagé ? Du coup, j'en vins à oublier toutes les inconnues que, craignant Dieu et troublé par leur vue dans les rues de Manhattan, j'avais essayé sans succès d'effacer de ma conscience. Aucune n'avait son charme ni sa fantaisie. Ni sa liberté. Elle me parlait sans retenue, comme si nous étions seuls au monde. Pour Maya, tout paraissait simple, à portée du regard. Le verbe innocent, le geste beaucoup moins ; tout en elle respirait le naturel.

– Vos parents morts, ce sont eux qui vous affligent ? me demanda-t-elle toujours en yiddish. Moi aussi, j'ai perdu les miens. Il ne faut pas les laisser nous accabler, ajouta-t-elle. Le désespoir pourrait avoir une sorte de beauté, mais à condition de rester dans le domaine du souvenir. Les vôtres vous paralysent, les miens non.

Elle voulait célébrer la vie mais instillait en moi une angoisse qui me tirait vers le bas. Comment avait-elle deviné mon état d'âme lamentable ? Comment savait-elle que j'étais malheureux ? Elle prit ma main et la garda un long moment et, dans mon cœur, l'obscurité fit place à une bouffée d'enthousiasme et d'allégresse. Mais si son corps disait oui, le mien répondait non. Est-ce ma faute ? Dois-je me sentir coupable de cela aussi ? Coupable de ne pas avoir prolongé, fécondé ce lien qui, face à la mer et au ciel, aurait pu nous unir dans un moment de bonheur, fût-il fugitif donc mensonger ? Et si je restais à Marseille, et si j'annulais mon voyage en Israël pour l'emmener avec moi aux États-Unis ? Toutes ces idées traversèrent ma tête en tourbillonnant.

Bien des choses se sont passées ensuite. Était-il trop tôt ou trop tard ? Toutes aboutirent au temps de la séparation. Mais qu'importe. Dans le cerveau malade, le temps suit un rythme particulier. Autrefois, chez mon oncle, la vie semblait mieux ordonnée. Autrefois ? C'était quand autrefois ? C'était quoi ? Une pause, une invitation ? Un avertissement du destin ? Mettons un carrefour. C'est loin, autrefois.

– S'agissant du destin, tout est un défi, disait Maya. Mais qui en sort vainqueur ? Voilà la question.

Notre deuxième rencontre a eu lieu quelques années plus tard à Tel-Aviv, cette ville qui grandit sans cesse dans une succession de tourbillons de fureur et de joie, dans un café au bord de la mer. Était-ce le hasard? Le destin? La tradition juive, car voyez-vous, docteur, je m'en souviens, ne croit pas à la fatalité. Et pourtant. Dans l'existence de chaque créature, tout relève d'un grand dessein. Même la pierre qui roule ou l'arbre qui tremble. Tout est inscrit. J'aurais pu ne pas passer par ici aujourd'hui. J'aurais pu arriver chez vous plus tôt, ou plus tard. Et vous ne connaîtriez rien de ma vie. Pareil pour Maya. Cela vous paraîtra sans doute enfantin et absurde, mais une voix en moi m'avait chuchoté que je la reverrais en Israël. À Jérusalem? Dans un kibboutz? Mais pourquoi voulais-je la retrouver? Par curiosité? Pour me prouver que tout simplement j'étais capable d'aimer? Ou bien pour donner une suite à notre pauvre histoire, de toute façon vouée à l'échec? Maya n'était pas au rendez-vous. Je n'étais pas si important dans sa vie. Et elle dans la mienne? Où et pour qui avait-elle tissé des rêves depuis des mois?

Je l'ai aperçue arrivant avec un jeune officier qu'elle tenait par le bras. Elle irradiait de fierté. N'ayant d'yeux que pour son compagnon, elle ne m'a pas vu. Le cœur lourd, je me demandai si je devais attirer son attention.

Je quittai le lieu à pas feutrés par une porte dérobée. Comme un voleur.

J'ai tant de choses à taire, tant d'épisodes à taire, et je cherche, je cherche les mots. Ils se cachent, ils me fuient, pourquoi n'essayez-vous pas de les capter pour moi? Vous m'avez tant donné, et en premier lieu la vie, offrez-moi aussi les mots dont j'ai besoin pour aimer, pour comprendre, pour m'ouvrir à la sérénité...

Fin novembre 1973. Assis dans un café près du centre de Jérusalem, j'attends un vieil ami de mon oncle, aussi *harédi,* aussi pieux que lui. J'écoute distraitement la discussion entre deux journalistes installés à la table voisine. Ils évoquent la débâcle du début de la guerre du Kippour. L'échec honteux du Service de renseignements militaires israélien. L'existence de l'État juif n'a jamais connu pareil danger. Et jamais l'on n'a autant parlé d'interventions divines, de miracles. Les premiers jours surtout : aidées par les Soviétiques, dans le Sud, les armées égyptiennes avaient traversé le canal de Suez et progressaient dans le désert tandis que, dans le Nord, l'armée syrienne remportait des victoires sans précédent. Un peu partout, tanks et avions hors de combat étaient trop lentement et parcimonieusement remplacés. Dans certains milieux, on mentionnait à voix basse la possibilité de la destruction du Troisième Temple que symbolise le nouvel État juif. Ce sont de jeunes soldats qui, par leur courage, stoppèrent l'invasion. Le prix fut élevé : trois mille morts au combat, plus de dix mille blessés. Et l'Europe restait indifférente à l'angoisse et à la souffrance des Juifs. Lorsque les États-Unis avaient finalement consenti à livrer des armes à Israël, aucun pays européen n'avait donné l'autorisation nécessaire aux avions militaires pour faire le plein sur l'un de ses aéroports. À la limite, cela pouvait signifier que la France, l'Allemagne et les autres avaient accepté l'hypothèse d'une tragédie juive à l'échelle de l'Histoire. Pourtant antisioniste, l'ami de mon oncle ne m'avait caché ni son chagrin ni ses craintes. Heureusement, Tsahal, l'armée d'Israël, avait à son tour traversé le canal de Suez, surprenant l'armée égyptienne sur ses arrières et menaçant Le Caire.

Je sirote ma citronnade en pensant non pas à mes études si fréquemment interrompues mais à mon oncle et à ma tante. Ils habitent New York et doivent se morfondre : je vais avoir trente-cinq ans, mais si quelque chose m'arrivait maintenant, ils sombreraient dans une dépression peut-être irrémédiable. Or, dans un pays en guerre, le drame n'est pas seulement dans la mort mais dans l'incertitude. Ainsi leur angoisse n'a-t-elle cessé de me hanter durant mes longues nuits d'errance à travers le monde.

– Et notre avenir, où en est-il ? demande soudain une voix en yiddish dans mon dos.

Je sursaute et m'exclame :

– Maya ! D'où viens-tu ? Qu'est-ce que tu fais ici ? En mission extraordinaire ?

– Je suis venue te surprendre.

– Tu savais que j'étais dans le pays ?

– Pas du tout.

– Mais alors ?

– … alors, rien. Je suis contente de t'avoir surpris.

– Tu es la déesse des surprises.

– Tant mieux.

– Pour qui ?

– Pour les couples qui se forment à l'improviste.

Le couple… Là encore, ce sont presque les mêmes pensées qu'elle avait exprimées la première fois, à Marseille. Elle y fait de nouveau allusion puis, adoptant un ton de professeur, elle explique : si la surprise n'existait pas, la vie ne serait qu'un mauvais roman sur la médiocrité. Elle a toujours sa belle voix grave, suggérant des profondeurs insoupçonnées. Mais ce n'est pas sa voix qui la rend attrayante ; ce sont toujours ses yeux sombres habités et son sourire d'enfant… pas effrayé mais amusé. Serait-ce une maladie, docteur, dont les psychiatres vont devoir s'occuper, celle des « yeux bleus » et du « sourire d'enfant » ?

– Tu me regardes et j'ai envie de te sourire, continue Maya dans son yiddish mélodieux. Et de te parler de nous, de moi aussi peut-être. Je te regarde et tu parais aussi égaré et malheureux que la dernière fois. À cause des années perdues ?

– Nous n'y sommes pour rien. Si nous venons de nous retrouver, c'est que cela devait arriver.

Est-ce que je l'aime encore ?

Cette question, je me la suis posée il y a longtemps. Aujourd'hui, en vous parlant, à vous qui n'êtes plus là, et à toi aussi, Liatt, tandis que je vous écris, je répondrais : quelque chose de cet amour est resté en moi. Ce n'est pas rien, mais pas plus. Aujourd'hui, c'est à vous que j'écris, pas à elle.

Oui, je l'aime à ma manière, pas à la sienne. Je l'aime parce que sa voix me ramène à mon enfance et à ses instants miraculeux. Et qu'elle a des yeux bleu foncé cernés de noir. Et un visage ouvert. Et qu'elle n'oublie rien. Elle demande, elle exige que je tienne le pari de lui raconter un roman sans complaisance sur l'avenir qui aurait pu être le nôtre. J'invente brièvement des fiançailles langoureuses, des noces célébrées par des mendiants mystiques dans une forêt envoûtée… Et puis, je l'aime parce que c'était un amour pur, naïf, innocent… Je lui dis qu'autrefois je pensais que je plaisais aux femmes, que je les attirais. Maintenant, aucune ne me sourit… Aucune, sauf elle. Puis, à son tour, Maya évoque la même période, depuis notre première rencontre, mais en s'arrêtant sur les divers aspects d'une vie de couple empreinte d'un amour inassouvi aboutissant à une cruelle maladie. Elle décrit une chambre d'hôpital, les médecins, les visiteurs, les fleurs sur la table, la vue depuis la fenêtre donnant sur une rivière… Elle dit s'être mariée pour faire échec au destin : elle avait cru être capable de lui montrer qu'elle détenait des pouvoirs sur lui. Mais à la fin, c'est toujours lui qui gagne. Elle paraît si jeune encore. Et déjà veuve.

– Tu me regardes et j'ai envie de sourire, répète-t-elle dans son yiddish mélodieux.

Et moi de pleurer.

Ce fut notre troisième rencontre, bien qu'il n'y en ait pas eu de véritable deuxième.

Je me souviens : c'est elle qui parle le mieux et moi qui me tais le mieux, pas comme avec vous, docteur. Elle répète des mots simples mais bizarres. Comme si elle récitait, toujours en yiddish, des poèmes de Markish, des contes de Peretz, des vers tirés d'ouvrages ésotériques anciens du Tibet, d'Égypte et de Babylone sur la mort. Je l'écoute avec la même inquiétude que la première fois. Docteur, étais-je déjà à cette époque-là l'homme que vous voyez ? Le dibbouk m'habitait-il déjà ? Maya évoque en rêvant nos heures de bonheur imaginaire, et moi, c'est à la souffrance ultime que va ma pensée. L'ange de la Mort, le seul qui ait échappé à la folie, fait maintenant sentir sa présence sous ses masques anonymes et indifférents. Mauvais, pernicieux, il rôde dans les rues peuplées d'enfants juifs et arabes et sur les collines ensoleillées de la Judée, prêt à frapper les descendants de Moïse et de David.

De nombreuses années se sont écoulées depuis lors. J'ai vécu d'agréables aventures, et d'autres moins belles mais jamais fades. J'ai fait des études, quelques percées dans l'interprétation de textes, traversé des contrées exotiques, approché de grands Maîtres, joué avec les enfants de mes amis, dépensé beaucoup d'argent à droite et à gauche, fondé des centres d'accueil et de soins pour les déshérités et aidé du mieux que je pouvais les êtres résignés à retrouver un brin d'espoir. Je m'occupe des malheureux orphelins dont les parents furent les victimes de guerres en tous genres.

Quand je suis malade, ce qui, à mon âge, m'arrive de plus en plus fréquemment, des enfants viennent me rendre visite. Irène, si jeune et si souffreteuse, embrasse ma main. Le petit Avrémele, qui a perdu sa mère, me regarde d'un air triste, il veut savoir où j'ai mal. Je lui réponds que je ne le sais pas. Il s'étonne : Si je ne sais pas où j'ai mal, c'est que je n'ai pas mal, logique, pas vrai ? Alors, il me caresse le front et me dit : Voilà, tu n'as plus mal. Et ma poitrine : Tu vois, tu n'as plus mal. Je lui souris et lui dis que je l'aime. Entre deux séjours à l'hôpital, j'ai un travail qui, parfois, me procure un sentiment de satisfaction. Je donne à des adolescents des cours particuliers sur l'histoire juive médiévale... C'est mon domaine, ne me demandez pas pourquoi, docteur... C'est peut-être parce que j'ai pensé, à mon âge avancé, faire plaisir à mes vieux parents qui étaient morts jeunes, si jeunes... J'ai d'abord pleuré la mort de ma mère. Puis celle de mon père. Pourtant ils sont morts ensemble, le même jour, je sais quand, en quel lieu et dans quelles circonstances... Je sais également que j'aurais dû faire plus et mieux pour eux... Je pleure la disparition de ma sœur Dina, de mon frère Jacob... Elle si gracieuse, si intrépide ; lui, si frêle, vulnérable... Est-ce à cause d'eux que j'attends si peu de choses de la vie ?... Je raconte tout cela à Maya qui m'interrompt :

– De la vie ? De quelle vie parles-tu ? De la tienne ou de la mienne ? Ou encore de celle que te suggère ton imagination ?

Quand deux destins se font signe, docteur, les dieux interviennent toujours. Ou bien ils applaudissent ou bien ils se fâchent.

– Et toi, dis-je pour la blesser à mon tour, de quel couple parles-tu ? Du tien ou du mien ?

– Mais du nôtre, pauvre idiot. Nous aurions pu vivre ensemble, répandre le bonheur dans un monde condamné à souffrir et à faire souffrir. Nous aurions pu...

Elle rêve.

L'interroger sur notre « deuxième » rencontre ? Un officier l'accompagnait. Qui était-ce ? Son futur mari ? Et si je l'avais rejointe, moi, l'aurait-elle quitté ?

52

Nous rapprochons nos têtes. Autour de nous, le monde continue de s'agiter. Pour nous, le temps s'arrête.

Aux frontières du désert, la guerre est trop épuisée pour frapper encore, des centaines de familles pleurent la mort héroïque des leurs, les journalistes parlent de scandales touchant militaires et politiques, les commentateurs exigent des démissions, mais nous, dans ce café, ne songeons qu'à notre petite querelle.

– Raconte-moi une histoire, réclame Maya, dont les yeux bleus deviennent plus bleus que le ciel.

– Une histoire ? dis-je, à moitié étonné. Ici ? Maintenant ?

– Pourquoi pas ? réplique-t-elle d'un air sérieux. Y a-t-il un temps spécial pour les histoires ?

Je pourrais répondre que oui, il est un temps pour les histoires révélées et un autre pour celles qui restent tapies dans l'ombre, un temps pour les larmes et un autre pour les chants, sauf que les larmes peuvent se muer en chants.

– Un souvenir t'irait-il ?

– À la place de l'histoire ?

– Pourquoi pas.

– Je préfère les histoires. Les souvenirs sont souvent trop tristes.

– Et les histoires ne le sont pas ?

Maya cesse de sourire. Elle prend un air grave. En pensée, elle doit peser le pour et le contre.

– Soit, tranche-t-elle. Va pour le souvenir.

Comment faire pour ne pas l'attrister ? Je lui raconte la tradition qui existait dans ma famille, transmise de génération en génération. Elle concerne mon arrière-arrière-grand-père maternel. Il habitait dans un petit village enfoui dans les Carpates. Aubergiste et tavernier, il y vivait avec sa femme et ses enfants. Malgré les temps difficiles pour notre peuple en cette région, il ne se plai-

53

gnait jamais. Était-il heureux ? Comme tous les Juifs en Diaspora, oui et non. Le Shabbat, avec toute sa famille, il rayonnait de bonheur. Pourtant, il avait sa part d'épreuves. Endetté jusqu'au cou, menacé et parfois battu par des houligans fanatisés, surtout lors des fêtes chrétiennes, il était convaincu que seule la venue du Messie ferait disparaître les malédictions qui pesaient sur sa maison ainsi que sur la grande Maison d'Israël. Grâce à cette attente, il surmontait tourments et malheurs. Puis, une nuit d'hiver, alors que tout était fermé dans le village endormi, on frappa à la porte. Un visiteur pauvrement vêtu, probablement un paysan ou un cocher, demanda s'il pouvait dormir à l'auberge jusqu'à l'aube. Il était épuisé et sans le sou. Mon arrière-arrière-grand-père voulut savoir qui il était et d'où il venait, mais le visiteur se déroba en disant : « Peu importe d'où je viens ; en fait, je viens d'où tu viens, toi. Et tu iras là où je vais. » Là-dessus, il se détourna et se dirigea vers l'âtre pour se réchauffer. Mon arrière-arrière-grand-père lui apporta du thé chaud, une pelisse de fourrure pour se couvrir, des fruits secs et une lampe à pétrole. Inquiet, il ne retourna pas se coucher, mais veilla sur le visiteur ensommeillé. C'était Rabbi Israël fils d'Eliézer et de Sarah, celui qui allait devenir le Baal Shem Tov, le Maître du Bon Nom.

Maya attend que je continue, mais je garde le silence.

— C'est tout ? s'écrie-t-elle, déçue.

— Non, dis-je. Ce n'est pas tout. Ce n'est que l'entrée en matière.

— Mais alors, dis-moi la suite ! Il y a une suite, non ?

— Oui. Ce souvenir ou cette histoire a une suite.

— Laquelle ? Ne sois pas cruel !

— Je ne le suis pas, tu le sais bien.

Je lui demande de ne pas insister :

— Sois patiente. Tu sais déjà que je connais la suite, et qu'un jour tu la connaîtras aussi. Que cela te suffise.

C'est dangereux de courir trop vite. Seuls les fous en prennent le risque.

Intelligente, Maya prétend être triste, mais n'insiste pas.

Mais je sais, docteur, je sais ce que les gens disent : Il est devenu fou, le pauvre Doriel est devenu fou. Eh oui, fou, moi. Je reviens à la question qui accompagne toutes nos séances : Qu'est-ce que c'est, docteur, être fou ? Entre un conteur normal qui raconte la vie d'un fou, et un fou qui évoque la mort d'un homme normal, lequel aurait besoin de vos soins, docteur ? Si le monde me dit que je suis fou alors que, moi, je sais que je ne le suis pas, lequel de nous deux a raison ? Donc, être fou, c'est quoi ? Commencer une histoire ou une phrase et ne pas les finir ? Inventer une existence qu'on n'a pas vécue ou aimer une femme rencontrée dans une autre vie ? Est-ce s'accrocher à des désirs inassouvis ? Avoir la tête en feu et le cœur glacé d'effroi ? Vivre aux confins du temps dans un pays où tout est ordonné comme d'autres vont vivre et danser au bout du monde ? Eh oui, je suis enchaîné à ma folie, à sa fureur, happé par sa violence. J'ai le cerveau en bouillie, docteur, l'esprit en miettes. Et l'âme, docteur ? L'âme possédée, violée… L'âme du fou s'en va-t-elle avec sa raison ou devient-elle folle, elle aussi ? Mais alors, cette folie, en quoi consiste-t-elle ? Est-elle attirée par les flammes noires d'un incendie semblable à ceux qui, pendant un pogrom, dévorent le cœur et le corps des morts et des vivants, et même des bébés à naître ? Et cette âme malade, prostrée ou déchaînée, comment la guérit-on sans connaître la véritable nature de ses entraves et de ses blessures ?

Eh oui, il est fou, le pauvre Doriel ou le brave Doriel, c'est selon, voilà ce que marmonnent les gens qui prétendent avoir le droit de juger, de condamner quelqu'un qui refuse de leur ressembler, quelqu'un qui, attaché à sa vie comme si elle était une planète endormie ou en ébullition, pourrait les ruiner en les démasquant.

Que savent-ils donc du dibbouk qui me nargue, ces hommes et ces femmes qui n'ont jamais subi les affres de la faim et de la peur ? Depuis quand un ventre plein se prend-il pour un directeur de conscience, et le client du meilleur tailleur s'érige-t-il en expert ès morale sociale ?

Tous ces gens bavardent matin et soir, en travaillant et en se reposant ; ils disent n'importe quoi sur n'importe qui, sans se demander si leurs propos reflètent un désir d'enrichir le monde d'une vérité nouvelle ou d'une promesse ancienne. Je suis sûr que les parents de mes élèves me reprochent jusqu'à l'ignorance de leur progéniture... Les professeurs m'accusent de leur faire concurrence... Et les malades imaginaires de leur voler leurs médecins... Je reste impassible. Je trouve plus d'intérêt, de vie et d'indépendance dans les mots que chez ceux qui les prononcent. Parfois, à un moment toujours inattendu, un mot s'évanouit ; impossible de le rattraper car il est déjà devenu visage. Et ce visage, étourdissant de beauté et fascinant de laideur, à la fois jeune et décrépit, grossier et majestueux, s'amuse à m'attirer et à me repousser, et je me dis en riant et en pleurant : c'est le visage d'un dieu frappé par la folie des démons, et ce fou, c'est moi.

J'ai une question pour vous, docteur : Le fou pense-t-il qu'il est le seul à être fou ou que tous les hommes le sont ? Suis-je fou *pour* être seul ou parce que je le suis *déjà* ? Parfois, dans un accès de je-ne-sais-quoi, il m'arrive de m'interroger : Puisqu'il existe un tel lien entre solitude et folie, comment savoir si les hommes, dans leur opacité, dans leur mesquinerie, n'ont-ils pas réussi à rendre folle la Création tout entière, saturée et écœurée par leur bêtise ?

Parfois le fou a envie de leur lancer leurs quatre vérités à la figure. Leur rappeler les fantaisies puériles du pouvoir qu'ils se vantent de fuir pour mieux s'en emparer. Le fou est moins rusé mais plus expérimenté qu'eux ; ses souvenirs viennent de plus loin. Mais à quoi bon attirer leur attention ? Ils ne se fâcheront même pas ; ils s'esclafferont en se tapant sur les genoux : Ah, il est drôle, notre pauvre Doriel, il divague, ça l'aide sans doute, ça l'amuse. Eh bien, non : ça ne l'amuse pas. Il lui arrive tout simplement d'assumer le rôle du rêveur solitaire qui voit la lumière arriver d'un autre âge. Et soudain, elle se transforme en un feu, c'est le feu, le feu qu'aperçoit une femme démente dans le train qui la conduit, elle et ses enfants affamés, et leurs grands-parents silencieux, vers le royaume où toute vie bascule dans la mort ; elle voit des flammes gigantesques mordant le ciel qui, embrasé, s'ouvre comme une tombe où s'éteignent les étincelles des âmes que l'on dit immortelles. Alors, le rêveur fou se met à sangloter de toutes ses forces et se dit que s'il verse assez de larmes, qui sait, elles éteindront peut-être l'incendie ; et Dieu lui-même, dans un sursaut de remords ou de gratitude, lui dira merci.

Ah, rêveur, où est le feu qui a incendié la nuit ? Vous le savez, vous, docteur, où elle en est, cette nuit fiévreuse et terrifiante que le fou porte en lui-même et qui s'acharne à m'écraser du poids de ses fantômes écorchés vifs ?

Je vous parle, docteur, même quand je sais que vous ne comprenez pas, que vous ne me comprendrez jamais. Je vous parle comme je parlais à une femme que j'ai crue proche : elle m'a quitté comme une illusion et, dans sa fuite, elle a escamoté plus que mes habits terrestres. Elle ne s'est pas contentée de me dérober les joies et les espoirs qui nous sont proposés le temps d'une vie. Elle m'a dépossédé de mes rêves et de mes désirs d'absolu.

Vous m'écoutez, c'est votre rôle, c'est votre devoir. Pour m'amadouer, vous faites semblant de vous ouvrir à ma voix. Vous dites : « C'est pour votre bien que je me tais ; c'est pour vous permettre de laisser courir votre pensée dans le paysage labouré, connu et inconnu de votre mémoire. C'est pour vous guérir de vos complexes. » Vous pensez au complexe de culpabilité que chaque fils éprouve à l'égard de son père, et chaque être à l'égard de son aîné ou de son héritier, et voilà pourquoi vous tenez à me faire parler librement de moi-même, sans me censurer, c'est cela ? Mais se soumettre à votre méthode ne va pas de soi. Bien sûr, il m'arrive de me considérer coupable mais pas responsable d'un tas de bêtises, d'erreurs et d'autres méfaits, coupable de vivre une vie qui n'est pas normale, qui ne l'a jamais été, mais comment le sauriez-vous si je ne me livrais pas ? Et si je meurs au milieu de mes aveux, au milieu d'une phrase qui devait révéler une vérité à vous faire frémir ? Qui saura l'achever pour nous ?

Certes, je vous ai parlé de Maya. Maya, c'est le passé. Ce qui ne m'empêche pas d'évoquer, bien plus que la sensualité de ses lèvres ou le timbre mélodieux de son yiddish, la beauté si intense, si vraie de ses yeux bleus à peine atténuée par leurs cernes noirs, et son sourire, oui son sourire aussi. C'est bien simple : Maya est ma jeunesse passée. J'aimais être avec elle. Pour mieux m'isoler ? Mais non. L'amour implique le refus de l'isolement. Quand on aime, on aime tout le monde. Quand je songe à la femme aimée, j'aime jusqu'à ces murs qui me séparent du monde et de moi-même. Mais vous allez m'interrompre, je le sais, je le sens. Non ? Je me trompe ? Bon. Dans ce cas, je devrais peut-être commencer par vous raconter comment je suis devenu fou, quand le dibbouk m'a possédé. Mais je vous le répète, docteur, répondez-moi, vous qui avez appris à tout savoir. Un dément, ça se voit comment ? Ça commence où ? À quoi le reconnaît-on ? À ses ruptures soudaines ou à leur logique interne ? À son besoin de chasteté ou de débauche ? Que doit-il faire ou dire pour qu'on le sache miné par un mal qui n'arrive pas à se définir ? Si je me mets à rire, à vous faire rire en vous racontant d'un air drôle des histoires tragiques qui devraient vous faire pleurer, vous me prendriez pour un fou ? Et si je racontais des histoires déchirantes pour vous divertir, pour vous faire éclater de rire, ce serait pareil, dites ?

Tenez, docteur. Cela fait des mois que nous nous voyons régulièrement, que nous semblons nous plier aux exigences d'un rite dont une part demeure obscure. Est-ce que je vous connais un peu mieux ? Non. Est-ce que vous me connaissez mieux ? Non. Alors, quel serait le but de nos rencontres sinon de nous faire admettre qu'elles sont irrévocablement vouées à l'échec ? Si au moins je pouvais, en vous parlant, ou en opposant ma volonté à la vôtre, tomber amoureux de vous… Vous remplaceriez Rina, Maya, Ayala – oui, il y a aussi eu Ayala… Après tout, pourquoi pas ? Il suffirait d'un geste de votre part pour que… Mais votre conscience professionnelle vous empêchera de faire ce geste, ou est-ce que je me leurre ? Non, sûrement pas. Vos maîtres, ceux dont vous vous réclamez, nous surveillent : vous n'oserez jamais leur déplaire. Cela vaut également pour les miens, bien que pour des raisons différentes, éthiques plus que professionnelles.

Les miens, où sont-ils ?

Parfois, je pense à ce qui est arrivé à ma sœur Dina et à mon petit frère Jacob, mais je ne les vois plus. Pourquoi se dérobent-ils soudain à mon regard, docteur ? Serait-ce un autre signe de ma maladie : ne plus voir l'invisible ? Absorbés par une foule dense, hagarde et confuse, ils ont perdu leur identité. Me cherchent-ils comme je les cherche ? Cherchent-ils nos parents ? Parmi les vieillards aux pas mal assurés, lequel est mon père ? Parmi les femmes immobiles, laquelle m'a serré sur son sein ? Aidez-moi, docteur : de qui suis-je le fils ?

Qu'ai-je fait, quelle faute ai-je commise pour ne plus pouvoir me souvenir de mes racines ? Est-ce donc cela, ma maladie : choisir l'oubli pour justifier sa vie ? La mémoire serait-elle l'outil dont se sert mon dibbouk ? Serait-ce la raison pour laquelle votre Freud s'en méfiait ? Pourtant, vous m'avez souvent expliqué qu'on peut souffrir mentalement non pas parce qu'on oublie tout, mais parce qu'on s'acharne à tout retenir.

Je n'oublie pas mes parents, docteur. Je ne les ai jamais oubliés, croyez-moi. Chaque fois que je songe à eux, j'ai envie de pleurer, mais je me retiens. Je songe à eux pour permettre aux larmes de couler, mais elles ne coulent pas. Et si elles m'étouffent, tant pis. Qu'elles décident. Je suis prêt à les laisser me porter vers les rivières proches et les cimes lointaines. Ma vie deviendrait donc une larme ?

Et après ! Qu'elle fasse déborder l'océan.

Maya, tu voulais que je te raconte une histoire ? Écoute :

En Orient, en quête de solitude et de sérénité, je me lie à un ascète fugitif condamné à l'errance, pénitent comme moi. La nuit, sous un ciel aux mille étoiles proches et lointaines, nous écoutons les bruits des arbres pliés par le vent qui annonce la pluie bienfaisante.

Mon ami, encore jeune, plus jeune que moi, me parle de son passé qu'il qualifie lui-même de criminel, et moi je songe au mien dont je ne saurais dire s'il est tout à fait innocent.

– Écoute-moi, frère, me dit-il. Écoute-moi bien, du début à la fin, tâche de ne pas m'interrompre, pas même pour réclamer une précision, un éclaircissement. Écoute-moi et tu me diras ensuite lequel de nous a le plus à se reprocher. Attends, j'ai dit du début à la fin. Ai-je eu tort ? Et si l'envie me prenait de commencer par la fin ou par ce qui précède le commencement ? Et puis, frère, t'ai-je donné l'impression de vouloir te raconter une seule anecdote, une seule pensée, un seul épisode ? Et si j'en avais plusieurs dans ma besace, même mille, pourquoi pas ? Lesquels te présenter d'abord ? Attends, je n'ai pas fini de t'interroger en m'interrogeant : j'ai dit « mille épisodes », donc mille anecdotes, mille lueurs, mille moments. Et si c'était le même destin, toujours, qui tenait à être conté, mais à un rythme constamment changeant et selon une structure éternellement renouvelée ?

Je me souviens avoir pensé en l'écoutant : Je pourrais m'approprier sa parole, dire la même chose, sur le même ton. Moi aussi, j'évolue sous le signe de l'interrogation, j'ai moi aussi « mille histoires » qui bouillonnent dans mon cerveau et ne demandent qu'à sortir pour revivre au soleil dans la récompense du partage ou pour se dissiper dans la brume de la souffrance anticipée. Je pourrais… Mais je ne le ferai pas. Si un jour je me mets à parler, mes lèvres raconteront le visage mélancolique de mon père, le sourire noble de ma mère, le jour où je les ai quittés, ou plutôt : le jour où ils m'ont quitté. Je les vois, et du coup je me sens incapable de prononcer la moindre parole pour les évoquer. Serait-ce la raison pour laquelle je me sens tellement mal à l'aise et fautif ? Est-il trop tard pour essayer ? J'aurais dû me livrer à mon ami ascète, mais je n'en ai pas eu la force. J'étais vidé.

Là-bas, en Orient, misérables tous les deux, chacun à sa façon, errant loin de nos racines et de nos foyers, mélancoliques mais pas désespérés, proches l'un de l'autre, nous avons tiré de notre rencontre un sentiment de plénitude que seule l'amitié est capable de procurer.

– Au commencement, dit mon ami sur un ton empreint de nostalgie, il y a eu le bonheur…

J'ai pensé que je pourrais en dire autant : au commencement, il y a sans doute eu le bonheur. Je ne m'en souviens pas toujours. Quand je ne suis pas moi-même, je ne retrouve sa trace ni dans mon corps ni dans mes souvenirs. Pourtant, avec chaque fibre de mon être, même si je ne peux vraiment l'appréhender, je sais qu'il a dû exister en un temps et en un lieu déterminés. Quand j'étais avec les miens, tous les miens, avant l'éclatement de notre petit noyau familial. Et plus tard, lorsque mes parents ont été à nouveau réunis. Mais après ? Eh oui, voilà la tragédie de l'homme : il y a toujours un après.

– Je me souviens, dit mon ami. Un homme de quarante ans, son épouse encore rayonnante, et un petit garçon, inhabituellement sage. Ils sont assis à table, éclairés par une lumière jaune, fatiguée. Quelque part au loin, dans une autre ville, ou dans un autre quartier de la même ville peut-être, la guerre fait rage. Au canon et au couteau. Frères et voisins, mus par un besoin de vengeance ou de conquête, définissent ce qui les lie par le sang et la violence. C'est la mort qui les unit. Alors, après une brève méditation, le père soupire et incline la tête comme pour prier. « Nous sommes pauvres, mais ne nous plaignons plus de rien. Car nous sommes plus heureux que les riches. Nous avons du pain devant nous, et de l'eau fraîche. Et pas de haine dans nos cœurs. Cela suffit. Le reste ne compte pas. Le reste viendra en son temps. » Et après un silence, il reprend : « Que Dieu me pardonne. Je me suis mal exprimé. J'ai dit que le reste ne comptait pas. Il compte, il doit compter puisque, pas si loin de chez nous et de gens comme nous, des êtres humains tuent ou se font tuer. Pour eux, le reste ne viendra plus. Et pourtant, notre bonheur, notre sérénité ne sont-ils pas entiers ? Ne devrions-nous pas nous sentir diminués, fautifs, ou du moins concernés ? » Alors moi, ajouta mon ami ascète, en moi-même, je me suis dit : mon père n'est pas coupable mais fou ; et s'il ne l'est pas, moi, je le suis.

– Soit, remarquai-je, ton père était fou. Mais qui était coupable ?

– Moi, dit mon ami.

– Coupable, toi ? De quoi ? Le petit garçon, c'était toi, pas vrai ?

– Oui, c'était moi. Et j'étais innocent, encore plus que mon père. Mais je suis devenu coupable plus tard, quand j'ai choisi la mauvaise voie. Je me suis révolté contre la pauvreté et la misère. L'idée était romantique, les moyens l'étaient moins. Avec des copains, nous avons dévalisé un banquier. Nous ne savions pas qu'il était cardiaque. Il est mort quelques jours plus tard.

– Mais pourquoi as-tu fait cela ? Tu t'es mis à aimer l'argent ?

– Au contraire : je l'ai haï. Pour le haïr, il me fallait d'abord l'avoir.

Lui parler de Samek et de son cadeau ? Comment m'aurait-il jugé ?

J'ai essayé de lui répondre par un sourire qu'en bouddhiste convaincu il aurait compris, mais je me suis ravisé. Le cri le plus profond et le plus puissant, disait un Rabbi hassidique, est celui qu'on retient enfermé dans sa poitrine.

Comme le remords. Et le désir.

Chapitre 3

De là où vous êtes, proches de tout ce qui est éternel, vous connaissez mon passé. En fait, même mon avenir, peut-être le connaissez-vous déjà. Comment vous expliquer pourquoi j'ai entrepris cette thérapie ? Quel est son but véritable ? En savoir plus sur vous et moi ? Va-t-elle trop me rapprocher de vous ou, au contraire, ériger entre nous une clôture inamovible ? Est-ce ma maladie qui vous incite à me répondre, ou mon hypothétique guérison ?

Quoi qu'il arrive, puisque je vous dois tout, je vais tout vous dire.

Oui, tout.

Extrait des notes du Dr Thérèse Goldschmidt
... Début avril 1998

Doriel Waldman m'a été recommandé par un confrère non juif, le Dr John Gallagher, qui pensait que, étant donné mes origines, ma formation professionnelle et mon expérience en thérapie dite juive, son cas m'intéresserait. En vérité, j'ai d'abord voulu refuser. Je n'aime pas cataloguer la science médicale selon des critères ethniques ou religieux. La thérapie spécifiquement juive n'existe pas. Un bon thérapeute protestant ou agnostique peut parfaitement s'occuper d'un patient musulman, de même qu'un spécialiste juif devrait pouvoir traiter un schizophrène catholique ou un neurasthénique athée.

Freud et Jung, que tant de choses séparent, s'adressent tous les deux à l'être humain et à ses maux, quelles que soient ses racines et ses affinités. Mais mon éminent confrère a insisté : «Reçois-le et tu verras. J'ai confiance en ton jugement. Te souviens-tu de nos trois patients d'il y a cinq ans ? Ils nous ont aidés à mieux comprendre certaines pulsions sombres et dangereuses en l'homme. – Tu veux dire que celui-là leur ressemble ? – Non, il est différent. – Et tu crois que je lui serai utile ? – Reçois-le et tu décideras.» Bon, ne soyons pas trop rigide.

Gallagher méritait que je lui fasse confiance. Les trois cas extraordinaires que nous avions traités ensemble m'avaient beaucoup appris. Gallagher savait-il qu'ils présentaient des similitudes passionnantes mais perturbantes avec les expériences qui avaient hanté le sommeil et les rares joies de mes parents ? Ils avaient vécu le temps des horreurs… J'ai donc reçu son protégé tout en pensant, je ne sais pas pourquoi : c'est bizarre tout de même qu'il ne l'ait pas gardé, lui.

Rendez-vous fut pris avec mon nouveau patient dans un mois et trois jours. Un jeudi après-midi. Involontairement, je l'ai fait attendre : je devais calmer une jeune actrice de cinéma en proie à une violente dépression nerveuse. Impossible de la renvoyer dans l'état où elle était. Retard d'un quart d'heure. Je prends quelques minutes pour jeter un coup d'œil sur le dossier remis par le Dr Gallagher. Éléments biographiques : la soixantaine, célibataire, études juives approfondies, activités multiples mais sans emploi fixe, militant dans plusieurs associations d'aide aux défavorisés, voyages d'études en Israël, en Afrique et en Asie. Insomniaque, solitaire. Se plaint de fréquentes crises d'angoisse, de maux divers qui l'empêchent de travailler. Et d'être heureux. Et bien pis : ils perturbent son existence même. Bref, il est malade.

Assise à mon bureau, je lui tends la main et l'invite à

prendre place. Doriel Waldman dissimule mal son mécontentement. Comme de coutume, je suis correcte, cour-
toise, aimable même, mais pas trop. Je lui demande ce
qui semble l'agacer. Ses premières paroles, prononcées
dans un sifflement : « Je déteste attendre. » Impression
immédiate : il est en colère ; le monde entier lui veut du
mal, et moi aussi puisque je ne l'ai pas reçu tout de suite.
Bah, je n'ai pas gaspillé mon temps à la faculté : j'y ai
aussi appris à ne pas répondre aux provocations ; cela
fait partie du métier. Je lui dis :

— Il paraît que vous avez besoin de mes services.

Il répond avec un haussement d'épaules :

— Qui vous l'a dit ? Le Dr Gallagher ? Il refuse de me
soigner.

— Il pense, sans doute à tort, que je suis mieux quali-
fiée que lui.

— Possible, mais ce n'est pas la vraie raison.

— Ah oui ? Qu'est-elle donc ?

— Il est antisémite, voilà la raison de son refus. Il ne
veut pas aider le Juif que je suis.

Je ne peux m'empêcher de rire :

— Il se fait que le Dr Gallagher est un ami proche.
C'était mon professeur préféré. Je lui dois un peu ma
carrière. C'est quelqu'un de bien, d'honorable. Tout ce
qui est raciste, tout ce qui est laid lui répugne.

— Eh bien, on peut être antiraciste *et* antisémite.

Très vite, quelque chose m'intrigue chez lui. Intelligence nerveuse, susceptibilité maladive, emportement
contre ses fantômes. À l'évidence, il a beaucoup souffert. Trop peut-être ? Cela ne veut rien dire. Chacun sa
mesure. Chacun sa conception de ce qui est trop et trop
lourd à porter. Hegel parle d'excès de connaissance.
Existe-t-il un excès de mémoire ? Une remarque à peine
méchante pour l'un est aussi insupportable qu'un coup
de massue pour l'autre. Donc ? Tout en observant mon
visiteur, prenant mentalement des notes de cette première

rencontre – devrais-je dire : de ce premier affrontement ? –, je me demande, comme on dit chez nous, « ce qui le fait courir ». En d'autres termes : Qu'est-ce qui motive son comportement ? Quel nom attribuer à son mal ? Qu'est-ce qui le dérange dans ses rapports sociaux ? Quels sont les dérapages, dans sa tête, qui perturbent sa perception du réel ? Quelles aberrations traversent son passé ? Qu'est-ce qui lui fait mal, la nuit, et peur le matin ? Souffre-t-il tout simplement de la nostalgie maladive d'un paradis perdu, escamoté par des inconnus ?

Je lui explique brièvement ce que j'envisage – de une à deux séances (bien rétribuées) par semaine, pour commencer, durée du traitement imprévisible – et je m'attends à ce qu'il me dise que je suis trop chère, mais il m'interrompt :

– Oubliez les questions d'argent. C'est très aimable de votre part de vouloir m'accepter comme patient, mais moi aussi j'ai un mot à dire là-dessus, non ?

Surprise, je réponds avec hâte :

– Vous ne pouvez pas payer ?

– Payer ? Je vous paierai tout ce que vous demandez. Et plus, si c'est nécessaire.

– Donc, l'argent ne vous pose pas de problème…

– Vous vous moquez de moi, ou quoi ? Je peux payer, j'ai toujours tout payé. Et ne me demandez pas la source de mes revenus, cela ne vous regarde pas. D'ailleurs, ce n'est pas de cela que je voudrais vous parler. Auriez-vous la gentillesse de m'écouter ?

– Certainement. Allez-y, je suis tout ouïe.

– Puisque nous allons passer beaucoup de temps ensemble, il m'importe de savoir qui vous êtes.

– Cela ne vous concerne pas, dis-je sèchement.

– Désolé de vous contredire, mais si je vous comprends bien, c'est ma santé mentale sinon ma vie qui est en jeu. N'ai-je pas le droit de vouloir apprendre entre les mains de qui je les place ?

Je m'efforce de garder mon calme et lui explique, très sommairement, la conception freudienne de la psychopathologie que j'essaie d'adapter aux circonstances. L'association d'idées. La confiance indispensable des deux côtés. La distance impérative entre thérapeute et patient : la supprimer mettrait la cure en péril.

Il proteste :

– J'ai beaucoup lu sur l'hystérie, la névrose, la psychose et la schizophrénie. J'ai même étudié le délire de la double personnalité. Mais Freud est mort, qu'il repose en paix. Ce n'est pas avec lui, mais avec vous que je vais marcher – ou vivre – pendant les mois ou les années à venir. Vous allez tout découvrir à mon sujet. Les choses les plus secrètes que je conserve en moi, si je saisis bien le sens de votre démarche, je vais devoir vous les révéler. Et moi, je ne saurais rien de vous ? D'où vous venez ? Qui sont vos parents ? Avez-vous des frères, des cousins ? Des amis dévoués ou hypocrites ? Êtes-vous mariée ? Aimez-vous votre mari ? Vous est-il arrivé de le tromper, même en pensée ? Et puis : Êtes-vous heureuse quand vous est seule ? Et pour finir : Allez-vous, oui ou non, répondre à mes questions ? Si c'est non, je vous quitte, et que ce salaud d'antisémite de Gallagher aille au diable !

Fronçant les sourcils, je me tais pendant un long moment. Que lui répondre ? Que je suis juive, fille unique de survivants qui refusent d'évoquer leur passé ? Que j'aime ce que je fais ? Que je suis mariée, fidèle et sans enfants ? Que les gens heureux peuvent avoir des problèmes mais pas d'histoire ? Je me contente de répondre avec toute la sincérité que je crois pouvoir me permettre :

– Soit, monsieur Waldman. Votre argument n'est pas dénué de valeur. Je vous propose un marché ou, si vous le voulez bien, un pari : procédons sur la base du principe de l'échange. De mon côté, je ferai tout pour mieux vous découvrir ; et du vôtre, vous ferez la même chose. Et nous verrons bien qui réussira le premier.

Marché conclu – et je me demande lequel d'entre nous le regrettera le plus vite. Et pour quelle raison.

Je lui demande de quoi il vit ; il répond par un haussement d'épaules. A-t-il vraiment les moyens de me payer ? Nouveau geste presque de dédain. Il parle et se comporte comme si c'était son dernier souci. Est-il donc vraiment si riche ? Serait-ce là son problème ?

Début mai

… Voilà, c'est parti. C'est ainsi que le traitement a débuté. Ce n'était pas facile. La première séance de cinquante minutes a plutôt mal tourné. D'abord, il refusa de s'étendre sur le canapé. Puis il n'admit pas que je me tienne derrière lui, mon carnet à la main. Discussion désagréable – elle faillit s'achever sur une rupture – qui prit tout le temps que j'avais décidé de lui accorder. En se levant, il me dit : « Je ne suis pas sûr de vouloir revenir. » Je lui répondis qu'il était libre : il n'aurait qu'à téléphoner à ma secrétaire pour annuler le prochain rendez-vous. Il sortit de sa poche une enveloppe qu'il posa sur mon bureau : elle contenait un chèque couvrant tout un mois de traitement. Un de ces jours, pensai-je, si nous continuons, il faudra tout de même que je l'interroge – discrètement – sur ses ressources financières.

Il n'a pas téléphoné.

Pour la deuxième séance, qui débuta mal mais se termina de façon cocasse, il arriva de mauvaise humeur :

– Je ne crois pas que vous puissiez m'aider, me lança-t-il sur le seuil de la porte. Si je suis revenu, c'est parce que vous m'intéressez. J'ai l'impression que vous avez besoin de moi plus que moi de vous.

Je lui répondis que si je perdais mes patients, mon mari ne serait pas content.

70

Et voilà que, de nouveau, il refuse de s'étendre. Tant pis. Ayant perdu la première bataille, puisqu'il a réapparu, pourquoi ne pas lui permettre de gagner la suivante ? Il insiste pour que nous soyons assis face à face. Soit, nous disposons deux chaises selon son souhait. Il n'a pas l'air à l'aise, et moi non plus. Le silence qui s'installe devient lourd, hostile. Je lui demande sur un ton sec, froid, neutre :

— De quoi allons-nous parler ?

— C'est vous, le médecin. À vous de faire des suggestions.

— Nous pourrions commencer par le présent : Qu'avez-vous fait ou éprouvé ce matin en vous réveillant ? Vous êtes-vous souvenu de vos rêves ? Étiez-vous de bonne humeur ?

— J'aimerais entendre votre seconde suggestion.

— Nous pourrions parler de vos parents.

— Pourquoi ?

— Pour mieux vous connaître.

— Non.

— Vous arrive-t-il de rêver de votre mère ?

— Oui.

— Quand ?

— Quand je suis éveillé.

— Jamais dans votre sommeil ?

— Dans mon sommeil, il m'arrive de la voir. Alors, ce n'est plus du sommeil.

— La voyez-vous autrement qu'en rêve ?

— Parfois.

— Comment est-elle vêtue ?

— Chemisier blanc, jupe bleu clair.

— Que fait-elle ?

— Elle se repose.

— Et votre père ?

— Il se repose.

— Et vous ?

– Je les regarde se reposer.

– Est-ce qu'ils s'embrassent ?

– Ils m'embrassent, moi.

– Et quand ils sont seuls ?

– Vous m'embêtez, docteur. Je n'ai plus envie de parler d'eux.

– Pourquoi ?

– Parce que je ne comprends pas en quoi ils peuvent vous intéresser.

– Mais tout ce que vous dites m'intéresse.

– Ma mère surtout, pas vrai ? C'est elle qui vous nargue. Vous voudriez m'entendre dire que j'étais amoureux d'elle, allez, je connais la chanson. Vous n'êtes pas la seule à avoir lu l'oncle Sigmund, comme on l'appelle dans certains cercles lettrés. Soyez donc un peu plus originale, docteur. Et un peu plus audacieuse. Si vous commenciez par jeter votre questionnaire habituel à la poubelle ?

Du coup, il se renferme. J'essaie en vain de le bousculer. J'aborde d'autres sujets ; rien à faire. Le silence se prolonge et devient malsain. Doriel se lève cinq minutes avant la fin de la séance, se dirige vers la porte et, sans se retourner, me lance comme un avertissement :

– Je vous ai dit beaucoup de choses cet après-midi. Si vous n'avez rien entendu, ne vous en prenez qu'à vousmême. C'est votre faute, pas la mienne. Mieux : si vous ne savez pas encore, malgré vos études et vos expériences, que chaque être possède ses propres questions, et sa façon particulière de les élucider, vous devriez changer de métier. De toute façon, ce que j'ai à vous déclarer maintenant est simple : la séance qui vient de s'écouler ne mérite pas d'honoraires.

Il est parti sans me dire s'il allait revenir.

J'espérais que oui.

Mi-mai

– Ainsi, pour m'aider à guérir, vous tenez à tout apprendre de… ma maladie, de mon mal. Et de ma vie. Eh bien, je vous promets de faire un effort.

– Je vous écoute.

– J'ai peur. Et quand je n'ai pas peur, j'ai peur de ne pas avoir peur. Peur de perdre ma stabilité, ma raison. La folie, docteur, en un mot, et il faut bien le prononcer, c'est elle que je redoute. Quand surgit mon mal, il ne vient pas des autres mais de moi-même. Son pouvoir séducteur autant que sa puissance destructrice, sa capacité de tout secouer, de tout envahir, de tout envelopper : je les crains. Pour échapper à son emprise, il m'arrive d'employer les images bibliques des châtiments et des malédictions : le matin, j'appelle la nuit, et la nuit, j'attends le jour. C'est un ennemi toujours aux aguets, un poignard dans chaque main, prêt à me blesser. Parfois, l'envie me prend de courir me cacher à l'autre bout de la planète. Mais je ne bouge pas. Je sais que, dans ma vie, il n'y a pas de refuge contre ce qu'on appelle maladie mentale ou folie, me comprenez-vous, docteur ? Pensez-vous vraiment, en toute sincérité, être en mesure de m'indiquer que ce refuge existe, et de me dire où ?

Sixième séance : jeudi après-midi pluvieux

Doriel est à l'heure. Maussade, taciturne, il ne me salue pas et va s'asseoir sur le divan. L'instant d'après, il se lève et reprend sa place sur sa chaise habituelle.

Il ne me regarde pas. Immobile, il fixe un point précis dans l'espace. Comme si je n'existais pas ? Plutôt comme si j'étais seule à exister. Pour pouvoir mieux se préparer à m'affronter, me défier, me nier.

Sur la petite montre-bracelet en argent que Martin m'a offerte pour notre premier anniversaire de mariage, les aiguilles avancent péniblement, obstinément.

– Et si vous me racontiez votre journée d'hier ?

Il fait semblant de ne pas entendre. Dans le monde clos où il s'est enfermé, peut-être est-il incapable d'entendre. Un homme né sourd entend-il des bruits dans son sommeil ? Pense-t-il que tous ses semblables sont comme lui, sourds à la musique des mots et des sons ?

— Doriel, lui dis-je, puisque vous êtes là, c'est que vous me supposez en mesure de vous aider. Mais si vous persévérez dans votre silence, vous m'empêchez de continuer.

C'est comme si je n'avais rien dit.

Il essaie de m'énerver, c'est clair. Me déstabiliser, me rendre vulnérable. Dans quel but ? Pour me prouver ma faiblesse devant sa volonté de créer entre nous un espace que l'explorateur de l'âme que je suis à ses yeux ne pourra jamais franchir ? Eh bien, il ne réussira pas. Je sais être forte, plus forte qu'il ne l'imagine. D'un ton calme, très calme, imperturbable, je lui parle :

— Apparemment, Doriel, vous aimez le silence. Cela arrive. Il y a des hommes comme vous. Ils ont renoncé à la parole. Désespérant du langage, ils choisissent le mutisme. Comme but ou comme moyen ? Ce n'est pas pareil. Comme moyen, le silence peut durer indéfiniment. Alors, il s'explique et se traduit par le refus du langage qui est une autre forme du silence. Mais en tant que but, le silence implique la parole s'il tient à s'approfondir et à se justifier.

Doriel se tait, muré dans sa détermination à rejeter toute tentative d'approche de ma part.

Et, imperceptiblement, nous dépassons la moitié de la durée de cette séance.

— Est-ce parce que je ne vous ai rien dit de moi-même que vous vous taisez ? Vous vous taisez pour me punir ? Pour me forcer à me livrer à l'inconnu que vous êtes encore pour moi et pour vous-même ? Pour m'infliger une leçon de modestie peut-être ? Allez, mettez-moi à l'épreuve, posez-moi des questions, une seule pour commencer, sur ma vie professionnelle ou privée. Demandez-moi n'importe quoi. Dans votre situation, le défi sera moins offensant et plus fécond que l'enfermement.

Je me penche vers lui. Toucher son bras, son épaule ? J'en ai envie. Je ne peux tout de même pas attendre qu'il se secoue, qu'il se réveille de sa torpeur. Mais je me ravise. Dans ma profession, tout contact physique avec le patient est interdit. Mais s'il reste comme hypnotisé et aphasique encore quinze minutes ? Comment vais-je lui signifier la fin de la séance ? Elle s'achève et nous sommes assis là, conscients l'un comme l'autre de notre impuissance, condamnés à nous soumettre à l'éternelle absence de communication entre des êtres humains qui ne vivent pas le même moment, de la même manière, bien qu'ils poursuivent la même quête.

Je me lève. Après un instant, il se lève à son tour. Il avance vers la porte. Il l'ouvre et s'arrête, hésitant sans doute à me quitter sans un mot. Il décide de se retourner. Et, brusquement, son visage change. Un sourire y apparaît pour aussitôt s'effacer. Signe de victoire, comme pour dire : « Vous voyez, docteur, j'ai gagné » ? J'ai envie de lui faire comprendre, par gestes, que ce que nous faisons n'est pas un jeu.

Mais il n'est plus là.

Angoisse mêlée de dépit. Rupture définitive ?

Le soir, à table, contrôlant mal le tic qui lui fait battre les paupières, Martin me dévisage d'un air troublé :

— Mauvaise journée ? Trop dur, le travail ? Tu n'as pas l'air dans ton assiette.

Mon mari me connaît : il devine ce que, parfois mais rarement, je cherche à lui cacher. Pourquoi le soucier ? Il a déjà assez de problèmes. À la bibliothèque, de riches donateurs lui compliquent l'existence comme à plaisir. Jamais satisfaits, ils exigent de lui des tâches absurdes sinon réalisables. Chacun a son idée pour attirer plus de public. Les uns aimeraient voir des vedettes de cinéma photographiées en lisant le dernier roman d'un écrivain en vogue. D'autres proposent que des étudiants fassent du porte-à-porte pour distribuer de vieux livres. Ou bien, accompagnés de journalistes et de photographes, aillent faire la lecture aux vieillards dans leur maison de retraite. Martin leur explique en vain que, en tant que directeur général, la publicité n'est ni son domaine ni son rêve, et que s'ils tiennent à leurs lubies publicitaires, ils n'ont qu'à engager un professionnel – mais avec quel budget ? L'institution connaît des besoins autrement plus graves en matière de finances. Têtus, les donateurs reviennent sans cesse à la charge.

– Alors ? ajoute Martin. Tu ne dis rien. Elle était donc pire que mauvaise, ta journée ?

Je la lui raconte. Insupportable, mon huitième patient. Il demande à être aidé, mais fait tout pour ne pas l'être. On dirait du pur sabotage.

– Oh, ça lui passera, dit Martin. Il finira par tomber amoureux de toi, et tous ses problèmes seront résolus. Et les miens commenceront.

C'est le remède miracle de Martin. Convaincu que les hommes se divisent en deux catégories : ceux qui sont déjà tombés amoureux de moi et ceux qui le deviendront demain, il m'attribue des pouvoirs occultes. Et dès que je proteste, il réplique : « N'as-tu pas utilisé le même moyen pour résoudre mes problèmes à moi ? » Et moi de trancher : « Tu es incorrigible. » Mais pas ce soir. Soudain, je me demande : « Et si cela arrivait ? Si Doriel perdait la tête ? » Impossible ? Au contraire, plutôt probable. En analyse, le transfert est fréquent : le patient s'éprend de l'analyste. Et alors, que ferais-je ? D'un geste de la main, je rejette cette pensée prématurée sinon franchement indécente. En toucher un mot au Dr Gallagher ? Lui demander conseil ? Après tout, c'est lui qui m'a refilé ce fardeau, à moi son ancienne élève.

– Tu as raison, dis-je à mon mari. Cela passera.
Naturellement. La prochaine fois ça ira mieux. S'il y a
une prochaine fois.

Quatre jours plus tard
Décision : Ne pas revenir en arrière. Ne pas mention-
ner l'incident. Éviter les pièges. Le mot silence : tabou.

D'ailleurs, je n'ai pas de raison de m'inquiéter. Doriel
semble de bonne humeur. Aimable, docile. Prêt à tout.
À peine assis, c'est lui qui entame la séance :

– Alors, on y va ?

– D'accord.

– Vous savez que je viens d'un milieu religieux. Mais
la littérature et la philosophie ne me sont pas étrangères.
Et vous ? Nietzsche, vous connaissez ? Pas le philosophe
ni le poète, mais le psychologue. Il dit quelque part que
le plus cher ennemi de l'homme, c'est lui-même : Est-
ce vrai pour vous aussi ? Redoutez-vous que cet ennemi
triomphe de vos résistances, de vos espoirs ? Avez-vous
jamais eu peur, oui peur, de vous retrouver désarmée
devant des adversaires invisibles, dans un univers hostile où toute victoire vous est d'avance refusée ? Peur de
ne plus comprendre, ni d'accepter ce qui vous arrive en
bien ou en mal ? Vous êtes-vous jamais sentie tout d'un
coup détachée de votre environnement, séparée de vos
semblables, jetée dans le gouffre par ceux-là mêmes qui
vous aimaient ou que vous aimiez ? En d'autres termes,
docteur : avez-vous jamais eu peur de perdre vos repères,
votre raison ?

Je note ses questions dans mon carnet. Je sens qu'elles
ont une signification. Elles contiennent des clés qui me
seront utiles. Je souligne Nietzsche. Son influence ? Sentiment d'arrachement. Après une crise de démence à
Turin en 1889, il n'écrivit plus une ligne jusqu'à sa mort
en 1900. Si mon patient veut m'impressionner, il y réussit parfaitement.

– J'attends, dit Doriel.

Comme je ne réponds pas, occupée que je suis à tout noter, même sa dernière réplique, il la répète :

– J'attends.

– Ah bon, qu'attendez-vous donc ?

– Vos réponses à mes questions. Je sais, elles sont peut-être trop personnelles, voire trop intimes, mais si vous consentez à y répondre, docteur, notre travail commun en profitera, vous le verrez. Je vous le promets.

– Bien sûr, comme tout le monde, il m'arrive d'avoir peur. C'est humain. Peur de la solitude. De l'échec. De la séparation. Peur des maladies. De la honte et de l'humiliation. Peur de la mort. Celui qui n'a pas peur n'est pas humain.

– Vous n'avez pas mentionné le seul mot qui m'importe : la folie. Je vous demande si vous avez jamais eu peur de devenir cinglée, dingue, maboule ou tout simplement folle.

Il n'est pas bête. Rien ne le désoriente. Si un mot l'accroche, il ne le lâchera plus.

– Comment vous répondre, Doriel ? Étudiante, j'ai vécu parmi des malades mentaux ou à leurs côtés. Tenez, les cours de votre cher Dr Gallagher traitaient de psychopathologie. Une fois par semaine, nous assistions à ses conversations avec des malades. Et, pour satisfaire votre curiosité, ils m'ont souvent inspiré de la peur.

– Pourquoi ? Pourquoi la peur plutôt que la répulsion, le désarroi ou l'indifférence ?

– C'est de la peur que j'éprouvais. Peur de voir quelqu'un vivre dans une réalité qui, à tout jamais, me demeurerait inaccessible.

– Mais non pas la peur de vous réveiller un beau matin prisonnière de cette même réalité ?

– Probablement cette peur aussi.

– Et que faisiez-vous alors, que feriez-vous maintenant pour la surmonter ?

Sa question me déroute. Comment me dérober ? Elle touche à une zone secrète de mon être. Je me dis : il est fort, le bonhomme. Voilà que, tout à coup, c'est lui le thérapeute et moi la malade. Et je suis obligée d'inventer une réponse, ne serait-ce que pour ne pas perdre la face.

– Je regarde les malades et je me dis qu'ils ne connaissent pas ma peur à moi ; quant à la leur, ils la dissimulent peut-être en l'intégrant dans leur vie éclatée sinon escamotée. Pour eux, tout se tient, alors que le monde est en mille morceaux. Ils évoluent dans un milieu de démence organisé, structuré, figé dans des acrobaties mentales. Je les écoute et je me dis : pour eux, les réponses sont toutes faites ; pour moi, elles redeviennent des questions. Ainsi, en suivant le mouvement de ma pensée, inconsciemment je me défais de ma peur.

Doriel ne m'a pas quittée des yeux. Son sourire, glacé depuis le début, s'évanouit. Il y a quelque chose de grave, de douloureux, dans son regard. Je dois faire un effort pour ne pas m'en émouvoir.

– Merci, dit-il à voix basse, en inclinant légèrement la tête. Merci de votre franchise. Vous avez joué le jeu avec une honnêteté qui inspire confiance. À mon tour, je ferai de même. Écoutez, toujours en Orient, mon ami ascète m'avait dit ceci : « Quand tu atteindras la soixantaine, tu seras en grand danger quelque part, loin d'ici ; appelle-moi et je viendrai à ton secours. » Eh bien, le rendez-vous qu'il m'avait donné, je m'y trouve. Je l'ai appelé et il n'est pas venu. Que dois-je faire, docteur ? Je lui ai écrit, il n'a pas répondu. Est-il encore en vie ? Libre ou de nouveau enfermé ?

Malheureusement, nous ne disposons que de trois minutes devant nous. Et l'horaire, comme l'oncle Sigmund le proclamait, est immuable, sanctifié, sacré.

Le soir même, pendant le dîner, je ne peux m'empêcher de revenir sur le sujet qui me préoccupe de plus en plus. Je dis à Martin que, dans le comportement de mon patient, il y a quelque chose de grave qui m'échappe. Certes, la séance de l'après-midi était plutôt encourageante, mais je sens qu'il m'en veut, qu'il me traite avec animosité, alors qu'avec les autres il doit être beaucoup plus docile, généreux et même chaleureux. D'un côté, c'est lui qui me paye ; il doit donc avoir confiance en moi. De l'autre, il s'énerve, il s'emporte et ne cesse de m'observer, de me juger, de récriminer… Pourquoi cette attitude spéciale, singulière de sa part ?

— Tu veux mon avis ? Comment t'en donnerais-je un alors que je n'ai jamais vu ton bonhomme ?

— Précisément. C'est parce que tu es, comment dire, en dehors du jeu que tu pourrais peut-être avoir une vue plus objective de la situation.

— Eh bien, tu veux que je devine ?

— Vas-y.

— À mon avis, il est plus sévère, plus dur avec toi justement parce qu'il a peur.

— Peur ? De quoi ? de qui ?

— De toi. Peur que tu ne découvres la vraie nature de son mal, et ses vraies racines.

Chapitre 4

Tout en flânant dans les rues, guère pressé de rentrer chez lui, Doriel essaie de voir plus clair en lui-même. À qui se confier ? Sa pensée le ramène en Orient où il retrouve son ancien ami. À lui, il pourrait se livrer. Pourquoi ce sentiment ambigu mais fort que cette femme, Thérèse Goldschmidt, éveille en lui ? Va-t-il vraiment finir par lui parler à cœur ouvert ? Qu'a-t-elle donc de si particulier pour qu'il succombe à l'envie de la contredire en tout ? Est-ce que, dans son subconscient, il l'admire ou la convoite ? Elle n'est ni la plus belle ni la plus brillante des femmes qu'il a côtoyées ou aperçues. Et puis elle est mariée et visiblement amoureuse de son mari bibliothécaire. Est-ce pour regretter sa vie de célibataire que, parmi tant de thérapeutes figurant dans l'annuaire des médecins, il a fini par tomber sur une femme mariée dont il pourrait s'éprendre ?

De loin, son ami d'Orient, toujours présent, affectueux mais délicat, lui répondrait les yeux fermés :

– Frère, tu as fait beaucoup de choses dans ta vie. Certaines t'ont rendu plus sage, d'autres plus rebelle. Tantôt tu rêvais de t'élever jusqu'aux cieux, tantôt tu étais prêt à t'enfouir dans les ténèbres. Tu as parfois voulu vivre dans l'avenir et parfois dans le passé, dans le malheur de l'amour déçu comme dans le bonheur d'un amour rare parce que vrai. Que veux-tu, frère, il t'arrive de tout confondre. Et ainsi tu as oublié l'essentiel : pour l'homme qui cherche à se désaltérer à la source, l'intelligence et la passion ne sont-elles pas des impostures ? Pour que l'homme s'accomplisse, dans l'extase ou la chute, il lui faut s'accrocher au présent. Bien que fugace, l'instant conserve sa propre éternité, tout comme l'amour et même le désir conçoivent leur propre absolu. Si tu aspires à métamorphoser l'être et le temps, et les rapports qui les lient, tu en viendras à faire tienne une pensée platonicienne qui, à la limite, éloigne l'homme de son destin en le laissant dans le champ vague, brumeux et encombré de la déchéance d'abord, puis de la démence. Dans cet univers ambigu, plein d'embûches et de fanfaronnades, la force réside dans l'acte de se forger sa propre lucidité, d'apprivoiser sa propre vérité. Celui qui aime, qui crée ou recrée ne serait-ce que le temps d'un clin d'œil, a déjà remporté une victoire sur l'absurde fatalité.

Doriel imagine son ami si sage : il s'interrompt, cesse de respirer et lui lance un bref regard en souriant, comme pour lui conseiller de suivre son exemple.

– Tu me diras : et l'avenir là-dedans ? Il existe, frère, bien sûr qu'il existe, mais comme menace. La maladie est une prison, la vieillesse une humiliation et la mort une défaite. J'en sais quelque chose : j'avais des parents heureux, je t'en ai parlé ; leur félicité faisait l'envie du village. Ce que je ne t'ai pas dit, c'est qu'ils furent emportés par une épidémie qui a dévasté la région. Et mes camarades d'école : la plupart ont été tués à la guerre. Pendant des années j'ai vécu dans la colère ; je n'arrêtais pas de hurler contre l'injustice du ciel et des hommes. Puis, guidé par un grand Maître, je compris que les lèvres nous ont été données non seulement pour crier mais aussi pour chanter et embrasser. Affronter les dieux en leur disant : « Vous voulez m'empêcher de connaître le bonheur, eh bien, j'y mordrai à pleines dents ! », voilà, face à la souffrance, la seule réponse valable. Refuser la joie sous le prétexte qu'elle n'a pas le droit d'exister, qu'elle ne peut qu'être imparfaite, ce serait m'avouer vaincu dès le départ.

Doriel lui répondrait qu'on est vaincu bien avant ce départ, que naître est plus un exil qu'une libération. À peine arrivé avec le projet de s'imposer à un monde indifférent, il est déjà trop tard.

– Trop tard pour qui ? Pour le nourrisson peut-être, mais pas pour ses parents. Ni pour ses futurs enfants à lui. À force de vouloir conférer un sens au destin, tu risques de te prendre pour lui ou, ce qui est pire, de te substituer à lui dans ses fonctions. Voilà l'erreur ! Tu peux être l'ami de ton semblable et même son ennemi, mais pas son destin. Le destin, il le porte en lui-même.

Propos sages, non dépourvus de sens et d'humanisme. Tout en y réfléchissant, Doriel se secoue. Il se souvient que, en Orient, il avait caché quelque chose à son ami si pauvre. Il ne lui avait pas parlé de sa richesse.

Chapitre 5

EXTRAIT DES NOTES DU DR THÉRÈSE GOLDSCHMIDT
6 juillet. L'après-midi

Aujourd'hui, pour la première fois, Doriel Waldman
s'étend sur le divan et y reste. Bravo. Comment remercier les dieux pour mes petites victoires ? Sans attendre
ma première question, il revient à sa hantise de la maladie :

– Généralement capricieuse, elle s'infiltre doucement
ou fait irruption avec violence dans le quotidien banal
plus encore que dans le temps privilégié des drames. Un
mouvement de la tête ou du bras, une caresse retenue ou
maladroite, un mot de trop suffisent au monde qui m'entoure ou qui m'habite pour s'effondrer et m'emporter
avec lui. Alors, images et dessins, souvenirs de pleurs
et de rires se télescopent, s'imbriquent les uns dans les
autres avant de se séparer dans un flou neutre, une
étrange ambiance d'apesanteur en dehors de la durée.
Certes, par moments, il y a des percées, des lueurs même
dans le brouillard, mais un instant plus tard, tout recommence. Et je ne sais plus qui est qui, et qui je suis dans
ce marasme.

Comme je note tout dans mon carnet sans desserrer les
lèvres, il enchaîne :

– Eh oui, docteur, il a suffi d'un baiser fugace et coupable, rien d'autre, ni avant ni après, pour que l'ordre
des choses soit à jamais perturbé. Ne me demandez pas

si je parle d'expérience – je parle peut-être de la vôtre.

Il a parlé d'un baiser… Lui demander de développer ? Mieux vaut ne pas l'interrompre. Il est en verve, qu'il continue :

– Par conséquent, aveugle devant l'avenir, dépossédé de toute espérance, le pauvre amoureux d'hier n'a plus rien à attendre d'autrui et moins encore de lui-même. Il y avait pourtant cru de toutes ses forces, de toute son âme, il n'y croit plus. Là encore, ne me demandez pas si le pauvre rêveur, c'est bien moi ; je ne vous le dirai pas. C'est comme pour la foi en l'humanité de l'homme : j'y croyais autrefois, malgré lui, de toute mon âme. Je n'y crois plus. Tel que vous me voyez, je vous raconte peut-être la vie et l'agonie d'un homme que je ne connais pas ; je sais seulement que c'est un être humain comme vous et moi, mais au destin manipulé, défiguré, amputé. Voilà la maladie…

Pour prendre des notes, sans rien omettre, je continue de l'écouter sans le regarder, même de biais. Je me concentre sur certains mots et suis étonnée par la sécheresse du ton. Nulle trace de sentimentalité ou d'apitoiement sur lui-même. On dirait la lecture d'un rapport de police. Et pourtant. À chaque phrase, je m'attends à ce qu'il fasse allusion à une dépression nerveuse, à une crise de neurasthénie, à une tentative de suicide manquée qu'aurait provoquée ou évitée sa maladie.

Il s'arrête pour respirer et j'en profite pour lui lancer une petite question, comme par inadvertance :

– Et le baiser ?

– De quoi parlez-vous ?

– Tout à l'heure vous avez prononcé ce mot.

– Moi, je parle ; à vous d'écouter.

– Mais…

– Le dernier mot que j'ai prononcé, si je ne m'abuse, était non pas baiser mais maladie.

– Bon, parlons-en. Cette maladie, chez vous, elle date de quand ?

– Vraiment, docteur, vous me décevez ! Pensez-vous réellement qu'on puisse préciser l'origine d'un désir ou la naissance de la crainte de voir mourir ce désir ? Et si je vous affirmais que ma maladie est plus vieille que moi, me croiriez-vous ? Mieux : me comprendriez-vous ? D'ailleurs, en m'interrogeant sur mon passé, vous me faites faire un effort considérable et épuisant, vous me faites réfléchir à voix haute, et cela me fait mal. En êtes-vous consciente ? Vous me poussez à me remettre moi-même en question, donc à penser ma pensée, à l'ouvrir, à la disséquer, à la renvoyer en arrière, loin, le plus loin possible, jusqu'à la frontière, jusqu'à sa naissance, donc à la toute première pensée humaine qui serait celle du Créateur, est-ce ce que vous souhaitez ? Et si je vous disais que ma pensée, celle qu'à travers moi vous traquez, n'avance ni ne recule en ligne droite mais par à-coups, qu'elle est faite de bribes fracassées, qu'elle se perce un chemin en zigzag d'une image à l'autre, d'un cerveau à l'autre, d'une existence à l'autre, je dirais presque de planète en planète, de galaxie en galaxie, de dieu à Dieu ?

Son débit est devenu plus rapide, presque haletant :

– La différence entre nous, docteur, se trouve peut-être dans notre attitude envers la pensée. Pour vous, savante habituée à croire en la raison, en la rationalité, penser, c'est une démarche noble, car elle vous interroge en s'interrogeant : l'homme n'est-il pas « un roseau pensant », un animal qui réfléchit sur sa condition, une créature qui s'élève ou se rabaisse, qui s'emprisonne ou se libère par la pensée ? Cela ne vaut pas pour moi, docteur. Pour moi, le fou que je crains de devenir, que je suis peut-être déjà, penser est une entreprise déraisonnable, compliquée, douloureuse, qui peut basculer dans la fumée et s'enfouir dans la cendre. Pour moi, la pensée peut rapidement se défaire, se dénouer, se disperser, se détraquer : on se perd à vouloir cohabiter avec elle. Elle m'entraîne au-delà de moi-même. Comme une cellule cancéreuse perturbant le fonctionnement d'un organe, la pensée choisit des mots simples mais des voies imprévisibles et des sentiers tortueux balisés par des flèches empoisonnées pour atteindre son but dans une folle instabilité ou dans la gueule d'un monstre. Voilà pourquoi, docteur, n'étant pas moi, vous ne pourrez jamais penser comme moi. Les paroles qui quittent mes lèvres ne sont pas celles que captent vos oreilles. Parfois, je cherche des mots qui refusent de sortir ; ils restent cachés, à l'abri, dans ma gorge nouée. Les entendez-vous ? Non. Voilà pourquoi, docteur, à travers vous, je le dis et je le répète à quiconque veut ou ne veut pas entendre : je ne permettrai pas que, en ma présence, on glorifie la clarté du langage et la beauté de sa forme ; je ne permettrai pas que l'on célèbre le sommeil réparateur, ni la pensée rédemptrice. L'un comme l'autre ne sont qu'illusions et trahisons ; si la folie demeure en moi, elle a le droit de les répudier. Et de déclarer que l'on peut devenir fou par dégoût des clichés, des phrases toutes faites que l'on a envie de casser, de châtier. Me suis-je bien fait comprendre, dites ?

Épuisé, il s'arrête. Lui faire remarquer que ce qu'il vient de dire et la manière dont il le dit pourraient facilement constituer la preuve qu'il n'est pas du tout malade ? Que la facilité avec laquelle il s'exprime témoigne d'un esprit lucide, d'une force intellectuelle lui permettant d'élaborer avec des mots simples un ensemble d'idées étonnamment lumineux et remarquablement construit ? Je risque de l'irriter. Nier la maladie du malade, n'est-ce pas lui dérober ce qui fait sa personnalité, donc son identité ? Je me contente de vanter avec humour ses qualités intellectuelles. Après tout, n'a-t-il pas cité dans sa tirade Pascal, le mystique, et Nietzsche, le philosophe ?

– J'ai l'impression, lui dis-je, que c'est le doute philosophique qui vous tourmente le plus. Est-ce que je me trompe ?

– Il m'attire et me tourmente seulement quand c'est le philosophe en moi qui domine. J'en veux à tous ceux qui préfèrent les solutions aux problèmes. Tenez, Platon et sa théorie des rois philosophes. Moi, je suis pour les philosophes fous ou les fous philosophes : pour moi, ce sont eux les vrais rois.

Je me demande s'il dit la vérité. Je suis convaincue qu'il se rappelle un incident, un épisode, une déchirure qui marquent pour lui la frontière entre l'avant et l'après. Il y a toujours un moment de crise où la raison vacille. Drôle de personnage, Doriel. Je me surprends à penser que je le trouve différent de mes autres patients. Curieux. Dans mes notes, je biffe « curieux » et le remplace par « étrange ».

Et ce « baiser » qu'il a lâché comme à regret…

Il arrive maintenant à Martin de m'interroger sur le moral et l'état de santé de ce patient très spécial. En général, il respecte ma réticence à dévoiler ce qui se passe dans mon cabinet ; il sait parfaitement que le secret médical s'applique aussi à un conjoint : défense de trahir la confiance du malade. Si je me tais, Martin se tait lui aussi. Mais, depuis quelque temps, il ne peut pas s'empêcher de vouloir me faire parler. On dirait que, pour la première fois, l'un de mes « cas » l'intéresse. Je lui résiste en invoquant le principe de la chasse gardée. Je lui dis qu'un cabinet de médecin n'est pas sa bibliothèque où, par définition, tout est offert à la curiosité du visiteur. Et comme il insiste, je lui en demande naturellement la raison. Sa réponse : il a l'impression que ce patient me préoccupe et me trouble plus que d'autres. Je l'admets, tout en refusant de lui expliquer pourquoi. Martin n'est pas content, je m'en rends compte. Je me rends compte aussi que c'est la première fois qu'une tension s'est installée dans nos rapports.

Pardon, ce que je viens de dire est inexact. Depuis notre mariage, il y a dix ans, et même avant, une question a longtemps fait naître un malaise entre nous : nous n'avions pas d'enfant. Pourtant, il en voulait, et moi aussi. « Tu as peur pour ta carrière ? me demandait-il. Tu penses vraiment qu'une bonne mère de famille ne peut pas s'occuper de ses malades ? » Il ne comprenait rien à la situation, ou du moins prétendait ne rien comprendre. Et moi, je me taisais. Sujet tabou. Défense d'y toucher. En vérité, je mentais par omission à mon mari. Oui, j'avais peur. Peur de lui déplaire. Peur de rester seule, abandonnée, faute de lui donner un enfant. J'avais consulté les plus grands spécialistes. Ma mère, profondément croyante malgré les épreuves du passé, avait même imploré un illustre Rabbi hassidique pour qu'il intercède là-haut en ma faveur. Mais mon gynécologue ne m'avait donné aucun espoir.

Pourtant, nous nous aimons. Pour lui comme pour moi, ce fut le premier amour ou presque, mettons le premier amour sérieux. Amour serein, sans embrasement ni entraves d'ordre social ou religieux. Tous les deux nés à New York, dans des familles juives aisées. Ses parents sont originaires de Pologne, les miens de Hongrie. Études universitaires à Boston, pour moi, à Chicago, pour lui. Rencontre fortuite à l'aéroport paralysé pendant une tempête de neige, au milieu de l'après-midi. Des centaines de voyageurs courent dans tous les sens à la recherche d'un taxi pour rentrer chez eux. Des employés des compagnies aériennes nous conseillent de téléphoner aux hôtels les plus proches. Toutes les lignes sont occupées et quiconque réussit à obtenir la communication s'entend répondre brièvement : « Désolés, nous sommes complets. » Le soir, les salles d'attente se transforment en immenses dortoirs. Des inconnus se côtoient, échangent lamentations et exclamations du genre : « Ah, si j'avais su ! » Liaisons d'une nuit, pour la plupart. La mienne avec Martin, ce sera, comme on dit, pour la vie. Nous terminons nos études dans la même université à Philadelphie. Lui, à la faculté des sciences humaines et moi en psychothérapie et psychiatrie. Je veux me spécialiser, au début, dans le domaine des criminels reconnus mentalement irresponsables. Entente parfaite. Il m'aide à dénicher des ouvrages spécialisés, et moi, je l'aide à comprendre ce qu'on y trouve. Nos premières discussions portent sur ma vocation : pourquoi suis-je fascinée par les grands criminels de l'Histoire ? Parce que, influencée sans doute par Dostoïevski, je les considère souvent comme des malades. Martin : « Mais qu'est-ce qui t'intéresse en eux maintenant, et chez tes patients potentiels plus tard : le crime ou la maladie ? » Moi : « Le rapport entre l'un et l'autre, voilà ce qui m'intrigue. Car, selon moi, rapport il y a. » Ni lui ni moi n'évoquons ce qui reste enfermé en nous, notamment le fait que ce rapport touche de près nos parents, les siens comme les miens : ce sont des rescapés de *là-bas*. N'est-ce pas la raison pour laquelle Martin, peut-être dans son subconscient, a choisi de devenir archiviste ? Pour avoir accès à des documents oubliés couvrant la période des ténèbres ? En ce temps-là, je ne le sais pas encore, mais je le découvrirai plus tard, les parents de Martin ont connu les mêmes blessures mal cicatrisées que les miens. Là encore, sujet tabou aujourd'hui : nous parlons de tout, même de la Seconde Guerre mondiale, mais pas de la tragédie qui frappa les Juifs européens, et que l'on appelle, faute de mieux, Holocauste. Ce mot n'a jamais été prononcé sous notre toit. Si, par hasard, quelqu'un le mentionne à la télévision, Martin se renfrogne. Comme s'il se sentait personnellement agressé, il se lève et va éteindre l'appareil. Après un long moment de gêne, la conversation reprend, calme et féconde, chacun de nous conservant en son for intérieur une zone très secrète, fragile et vulnérable, habitée par nos parents, que nous tenons à protéger sans vraiment savoir pourquoi ni jusqu'à quand.

Finalement, j'ai renoncé à ma spécialisation. Je m'occupe de thérapie à plein-temps.

Et entre autres de mon patient, Doriel Waldman.

Nouvelle séance

Ce jour-là, je le prie de revenir loin en arrière, d'évoquer pour moi à l'improviste un souvenir d'enfance, n'importe lequel, obscur ou lumineux, heureux ou douloureux, même bête et insignifiant. Je lui suggère de fermer les yeux et de laisser sa pensée vagabonder librement, avec moi ou sans moi.

– Un souvenir vrai ou rêvé ? me demande-t-il, tout à fait sérieux.

– Un vrai rêve peut facilement se muer en souvenir, dis-je.

– Est-ce qu'un éclat de souvenir, un fragment de rêve vous suffirait ?

– Je me contenterai même d'un fragment de fragment.

De biais, je peux l'observer. Il ne m'a pas obéi : il garde les yeux ouverts. Il parle à voix basse, au niveau du murmure, comme s'il voulait m'obliger à me pencher vers lui, sur lui, au plus près. Je réprime un sursaut, car soudain il se met à parler à la troisième personne :

– Il se revoit tout petit, encore enfant, dans les bras d'une femme, sans doute sa mère. Il veut dormir, mais n'y arrive pas. Il a mal quelque part, il ne sait pas où, peut-être à l'estomac ou à la tête. Il réclame une main chaude et légère pour enlever le poids qui pèse sur sa poitrine, il prie le ciel de la lui envoyer vite, tout de suite, car il n'en peut plus. Et sa prière est reçue. La voilà, la main dont il avait besoin. Il la voit avec une netteté rare et éblouissante. Il l'appelle, mais elle flotte en l'air. Avec sa bouche, il la cherche, essaie de la happer, elle est proche, très proche, mais voilà qu'elle grimpe sur le mur, puis là-haut sur le plafond. Maudite soit la peur qui étreint l'enfant et le sépare de la main bénie : il va devoir se lever pour l'attraper ; tant pis, il le fait, il quitte son lit, il craint de tomber, il tombe. Il va hurler, crier au secours. « Allez, dépêchez-vous, au secours, vous ne voyez donc pas que je tombe, que l'enfant va s'écraser dans le gouffre béant et sombre » – mais il n'est plus un enfant : il a grandi, vieilli, récolté mille offrandes et mille miracles pour les offrir aux vagabonds en délire égarés dans la forêt aux sortilèges menaçants, et composé mille chants pour les semer dans le sable et la cendre. Il s'est enivré de mille fleurs et de la magie de mille mots bêtes et glorieux. Il a reçu mille baisers comme récompenses ou comme avertissements, mais l'enfant qui rêvait, il l'a abandonné quelque part : il l'a oublié, répudié. Alors, une nouvelle vague d'angoisse, plus dense que la précédente, l'envahit et l'oppresse. Une main étrangère se plaque sur ses lèvres comme pour étouffer son cri. C'est la main d'un vieillard, son père peut-être : lui aussi cherche une main pour le sauver. Celle de l'enfant qui a vieilli est trop faible. Il a honte de sa faiblesse. Et de son désarroi.

Doriel s'arrête, épuisé. Prise par le rythme de sa voix, j'ai depuis quelques minutes cessé de prendre des notes : de toute façon, le discret magnétophone continue à tourner. Lui poser la question qui traverse mon esprit ? Est-ce pour fuir sa honte qu'il se réfugie dans la maladie ? Est-ce vraiment pour échapper à sa peur de la folie qu'il se cache dans la folie ? Mais je ne dis rien. Ma question impliquerait que sa maladie est réelle, ce dont je ne suis pas encore persuadée. Je sais qu'il souffre, mais j'ignore de quoi.

Des traces de schizophrénie ?

– Doriel, lui dis-je. Ce que vous venez de me raconter, c'est quoi ? Un rêve ? Une hallucination ? Essayez de vous le rappeler, cela pourrait être utile. Pour moi et pour vous. Essayez.

– Soit, pour vous faire plaisir, puisque vous semblez apprécier ce genre de contes fantastiques… Je recommence… Non, je ne peux plus. Je sais : les fous se répètent, mais moi, je n'aime pas ça. Bergson n'aime pas la Bible, le saviez-vous ? Il lui reproche son manque d'imprévu. Eh bien, dans mes propos, rien n'est prévisible. Tenez, l'enfant et la mère : je ne me rappelle plus si l'enfant, c'était moi ; ni si la mère était la mienne. Vous allez rire, je ne sais même plus si moi, je n'étais pas ma mère.

Il va continuer, mais se ravise brusquement.

– Continuez, Doriel.

– Vous n'avez donc rien compris, me répond-il en se levant du divan.

Sa voix a changé. Elle a perdu sa douceur, sa mélancolie. Elle est devenue rauque.

Oui, je me suis exprimé à la troisième personne. Normal. Voilà un mot que j'emploie rarement. Il est plus facile d'évoquer la mélancolie et le chagrin d'un autre. Même quand on s'adresse à un médecin. Parler de soi-même pourrait aisément devenir de l'exhibitionnisme. Il n'y a qu'avec vous que je peux faire fi de tous les masques et de pas mal d'inhibitions. Y compris celui de la folie ? Oui, lui aussi. Si je ne me montre pas à vous dans toutes mes vérités, comment imaginer le dibbouk de Sisyphe heureux ?

Chapitre 6

Extrait des notes du Dr Thérèse Goldschmidt
La semaine suivante

Il arrive les traits déformés, comme s'il venait d'avoir une quinte de toux ou une poussée de fièvre :

– Le pouvoir, commence-t-il à bout de souffle, comme s'il avait un message urgent à me livrer. Je veux vous parler du pouvoir, docteur. Contrairement à ce que vous pourriez croire, celui de votre patient, moi, est plus grand, plus fort, plus dynamique que le vôtre. Plus destructeur, me direz-vous ? Je répondrai : plus varié, changeant. Le vôtre est confiné, rigide ; pas le mien. Il bouge. Eh oui, docteur, le pouvoir d'un homme tel que moi lui permet d'ignorer le temps et d'abolir les distances. Vous vivez dans le présent, moi dans ce qu'il quitte aussi bien que dans ce qu'il anticipe. Vous ne vivez que votre vie, moi j'évolue dans celle des autres. Comme le romancier, le fou s'incarne dans plusieurs personnages à la fois. Il est César et Cicéron, Socrate et Platon, Moïse et Josué. Certes, il faut faire la part de la conscience et de l'imaginaire. Ne m'en parlez pas, je vous en prie. Je possède l'une et l'autre. Mais entre les vôtres et les miens, il y a un abîme. Les miens me rapprochent du réel, pas les vôtres. La vérité, docteur, dites-la-moi : seriez-vous capable d'être ce que vous n'êtes pas ? Moi, je le suis. Je pourrais être vous, mais vous ne serez jamais moi. Et Dieu ? Lequel d'entre nous pourrait être Dieu ? En

Orient, à la lisière d'une forêt magique, j'ai posé la question à mon ami ascète. Il s'est contenté de me sourire. À Jérusalem, un mendiant me dévisagea d'un air triste et se mit à chantonner ; je lui répétai ma question. Il ne me dit pas que j'étais bête ni que je blasphémais, mais que j'étais fou, semblable au Sage Shimon Ben Zoma qui, ayant pénétré dans le Jardin des connaissances interdites, regarda là où il ne fallait pas et perdit la raison. Et, en guise d'explication, le mendiant me demanda : « Puisque tu es né, tu es condamné à être. Mais Dieu, notre Dieu, le Dieu d'Israël, créateur des êtres et des mondes, pourrait-Il ne pas être ? Mais que ferions-nous dans un monde dont Il serait absent ? Nous nous sentirions misérables et malheureux. Et Lui aussi. »

Là-dessus, peut-être pour démontrer ses connaissances laïques, Doriel se lance dans un long discours philosophique. En a-t-il assez de Nietzsche ? Maintenant, il cite Spinoza et son excommunication, Schopenhauer et sa lutte acharnée contre Hegel, Heidegger et son nazisme. Il s'interrompt au milieu d'une phrase et me quitte en retenant un sourire que je ne peux décrire autrement que moqueur.

Je sais qu'il souffre, je l'ai dit, je sais aussi qu'il porte en lui un secret qui est peut-être la cause de sa souffrance.

Le soir, à table, Martin remarque :

– Depuis quelque temps, tu es de moins en moins présente. Est-ce que cette analyse va durer encore longtemps ?

Je lui réponds que je n'en sais rien :

– Que veux-tu, mon travail est parfois un peu plus compliqué que le tien.

– Je le sais.

Bien sûr qu'il le sait. Mais que sait-il donc des choses dont moi-même j'ignore l'essentiel ?

Fin septembre. Monologue

– Vous me demandez comment et de quoi je vis ? Avec qui et dans quels murs ? Ou bien comment je fais pour acheter de quoi me nourrir ? C'est cela qui vous intéresse aujourd'hui ? Parfois je me dis que vos questions ont plus à voir avec vous qu'avec moi. Est-ce que ça ne va pas dans votre ménage ? Auriez-vous des soucis d'argent ? Dites-le et je doublerai vos honoraires…

« Vous ne répondez pas ? Bon, je ferai comme vous… Vous savez, docteur, pour ne rien dire tout en racontant n'importe quoi, on n'a pas besoin d'être psychiatre ou politicien…

« Vous savez ce que je fais pour gagner ma vie ? Notez, je n'ai pas dit "pour vivre ma vie" mais pour la gagner. Drôle de mot, gagner. Comme si l'on gagnait quelque chose en vivant. Mais dans mon cas, c'est un peu vrai. Je n'ai pas joué, mais j'ai gagné. À des jeux de hasard ? Vous le pensez sans doute. Au poker, à la roulette. Je détiendrais le pouvoir occulte non pas de diriger vers les numéros souhaités la petite bille magique et de deviner sa trajectoire, mais de prédire sur quelle case elle sautillera, avant de s'y arrêter et de se reposer ? Si cela vous fait plaisir de le penser, allez-y. Je le sais aussi bien que vous : des génies mathématiques arrivent, par leurs calculs, à obtenir le même résultat. Mais moi, les maths, ce n'est pas de mon goût. Je n'y comprends rien. Ai-je parlé de don occulte ? Du démon espiègle qui, d'une voix à peine audible, chuchote dans les oreilles du joueur des instructions précises : c'est le 18 ou le 24. Ce démon ne se trompe jamais. Si le grand Fiodor Dostoïevski avait eu la chance de se faire aimer de lui, il aurait pu remplir ses poches éternellement trouées et ne pas rendre les siens malheureux…

« Si vous me prenez vraiment pour un joueur, vous allez me demander pourquoi les surveillants, aux aguets dans les casinos du monde entier pour dépister les intrus dangereux comme moi, ne m'ont pas encore mis la main au collet. Eh, je vous connais, la question vous brûle les lèvres, pas vrai ?

« Eh bien, c'est simple. Je pourrais vous répondre que je sais me contrôler. Je me contente de peu : je prends seulement ce dont j'ai besoin pour les deux ou trois mois à venir. Pas un centime de plus. Système infaillible. Chaque jour, les casinos manipulent des sommes astronomiques. Mes modestes gains n'attirent pas l'attention des croupiers. D'ailleurs, je ne fréquente pas trop souvent les mêmes salles. Eh oui, je pourrais dire tout cela, sauf que ce n'est pas vrai. Je ne suis pas joueur. Le jeu ne m'intéresse pas ; d'ailleurs, je n'en ai pas besoin. Cependant, docteur, je suis prêt à prendre des risques pour vous dépanner. Un mot de vous et le plus grand casino de Las Vegas se retrouvera au bord de la faillite… Mais j'arrête là mes fantaisies : je n'ai jamais mis les pieds dans une salle de jeux.

— Dommage. J'allais justement vous demander quand vous avez découvert votre don… À quel âge ? Dans quelles circonstances ?

— Voilà une question gratuite. Et offensante. Je ne suis pas joueur, je vous l'ai affirmé. On peut me reprocher pas mal de défauts, mais pas celui-là.

— Dans ce cas, une autre question : Pourquoi avez-vous inventé ce mensonge ?

— Pour vous cacher la vérité, naturellement.

— Pourquoi tenez-vous tant à la cacher ?

— Parce que je préfère la conserver pour plus tard. Mais… restons encore un peu avec l'hypothèse du jeu qui semble vous plaire. Mon don, je me rappelle quand je l'ai découvert en moi. Je me souviens que j'étais encore jeune, dans un train ; je me souviens que la région était montagneuse, il y avait quelques adultes qui jouaient aux cartes. À un certain moment, j'ai essayé de deviner les numéros que recevait mon voisin de droite. Et je ne me suis pas trompé. Je me mis à sourire. Ma voisine, une femme grassouillette et rieuse, me demanda pourquoi je souriais. Je le lui dis à l'oreille. Alors, elle voulut voir si je pouvais prédire les numéros du joueur qui lui faisait face, un bonhomme maigre et taciturne, et j'y suis arrivé. Voilà, cela aurait pu être le commencement d'une carrière prometteuse.

Abandonnant ses dons de joueur, je lui propose de se concentrer sur la femme grassouillette dans le train. Qui était-ce ? Comment était-elle vêtue ? Avait-il regardé son visage ? Sa poitrine ? Qu'avait-il ressenti ?

– Vous m'embêtez, docteur. J'étais jeune, un gamin, je vous l'ai dit. Et vous n'avez que la sexualité en tête. Comme si, à cet âge, je jouais non pas avec des numéros froids et sans vie mais avec des fantasmes torrides, érotiques.

– Est-ce qu'elle vous a caressé, tout simplement, le plus naturellement du monde, comme une femme adulte caresse parfois la main, la joue ou les cheveux d'un enfant ?

Véhément, il répond :

– Non ! Elle ne m'a même pas touché… Je… Elle…

Il s'interrompt. Comme s'il cherchait en affabulant à comprendre où je veux en venir.

– Pourquoi vous taisez-vous ? La femme grassouillette…

– Eh bien, je la revois. Au bout d'une heure, elle s'est rendu compte que quelque chose ne collait pas : mon voisin de droite gagnait à chaque coup. Et c'est à moi qu'il le devait. Alors, dans un éclat de rire, elle s'est levée et a voulu me mettre à sa gauche. Mais comme il n'y avait pas assez de place, elle m'a pris sur ses genoux. Et tout d'un coup, j'ai eu envie de rire et de pleurer en même temps : j'étais dans un autre monde.

– Et ensuite ?

– Je vous ai tout dit.

– Tout ?

– Tout sur mes dons d'inventeur d'histoires abracadabrantes.

– Mais le reste ?

– Le reste, docteur, n'a rien à voir avec les cartes.

– Et si vous me laissiez en être juge ?

– Et si nous descendions du train ?

– Moi, j'aimerais y rester encore un peu.

– Il est parti, le train…

J'attends la suite, espérant en savoir plus.

– … Avec moi dedans.

Et après une pause :

– Parlons d'autre chose, voulez-vous ? Oui, d'autre
chose. Sauf que, pour les gens comme moi, autre chose
reste la même chose, toujours, puisque les cartes et les
numéros ne changent jamais. Mais je vois que vous
n'avez plus rien à me dire, docteur. Est-ce parce que
vous pensez tout savoir ? Les choses, pour vous, sont-
elles devenues tout à coup claires, transparentes ? Vous
vous dites : mon patient est magicien, et ça explique
tout. En général, les magiciens sont un peu bizarres. En
manipulant la réalité, ils voient et vont trop loin. Mais
moi, docteur, souvenez-vous : je ne suis pas un magicien
qui devine ce qu'il advient des numéros. Moi, je ne
connais que les mots. J'essaie de les diriger, de leur dire,
venez vite ou, au contraire, retirez-vous, laissez passer le
suivant car j'en ai besoin. Parfois ils m'écoutent et se
soumettent, mais le plus souvent ils se rebellent et me
fuient. Pourquoi ? Je n'en sais rien. Adressez-vous au
dictionnaire si vous voulez une explication, pas à moi.
Moi, je vous dis ce que je fais, mais pas comment. Si je
le savais, si je connaissais le sens de la force inconnue
que je porte en moi et qui ouvre tous les placards, une
force qui pourrait faire de moi l'homme le plus érudit
du monde, et le plus lucide, croyez-vous que je vous le

dévoilerais ? Mes dons particuliers, de qui les ai-je reçus ? Quels qu'ils soient, je dois plus à ces donateurs qu'à vous, docteur. Mais vous, vous me devez beaucoup.

– Qu'est-ce que je vous dois ?

– La vérité.

– Laquelle ?

– Celle qui me bouscule hors de mon être et en même temps m'enfouit plus profondément en moi-même, en me poussant à me dépasser vers la peur, dans la peur.

– Vous évoquez souvent la peur.

– Oui, peur de ne plus me reconnaître, docteur…

– Ne seriez-vous pas trop sévère envers vous-même ?

– Mettons plutôt pas assez… C'est que j'ai gâché ma vie, docteur. Oui, cette vie m'a laissé trop souvent seul et j'ai trahi ma solitude. J'ai trahi tout le monde.

Nouvelle séance…

Je suggère à Doriel de parler de l'amour. Il demande d'un air faussement sérieux :

– L'amour comme concept philosophique ? Voudriez-vous que je commente *Le Banquet* de Platon dont le propos était précisément l'éloge d'Éros, le dieu de l'Amour ? L'amour sage ou l'amour passion ? L'amour de Pétrarque pour Laure ou celui de Dante pour Béatrice ? Et pourquoi pas celui de David pour Bethsabée ou d'Amnon pour Tamar ? Les amoureux n'en parlent que rarement, et toujours mal, au passé plus qu'au présent. Moralité : les philosophes sont tout sauf amoureux.

J'attends un moment pour lui dire que mon domaine, c'est la médecine, la psychiatrie, et non la métaphysique. Si je lui demande de me parler de l'amour, ou de ses amours, c'est la conséquence de ma vocation : je suis payée pour être curieuse, c'est tout. Certes, je préfère les classiques aux modernes, jusqu'à ce que ceux-ci deviennent des classiques à leur tour : Shakespeare et Musset,

Thomas Mann et Franz Kafka ; je sais donc qu'il y a l'amour romantique et rédempteur, et l'autre qui, issu du romantisme, finit nécessairement dans la débauche et la décadence. Lequel des deux a-t-il joué un rôle dominant dans son existence à lui ?

Doriel prend un ton léger pour me raconter la fable de la femme dont il ignore tout, sauf qu'il l'aimait à sa façon et non comme elle le souhaitait, ce qui explique leur séparation :

– L'amour, soit, je vous parlerai d'amour. J'étais jeune, pas riche, pas encore, et en pleine puberté. Vous pensez à Maya aux yeux bleus, Maya ou l'occasion manquée ? Non. À Rina ou Lilith ? À Ayala ? Non plus. Je parle de Nora qui avait vingt-quatre ans et était divorcée. Mais… si c'était Lilith, déguisée en Nora ? Avec ces créatures-là, tout est possible. Elles savent comment s'y prendre pour séduire et tendre des pièges. Nora, je la vois encore. Et je me vois encore. Belle journée d'été à Manhattan. Je quitte la grande bibliothèque municipale de la 42e Rue ; j'y ai passé des heures à consulter journaux et ouvrages sur les universités les moins chères où de bons professeurs pourraient diriger mon travail sur les rapports entre la politique et la religion chez les savants juifs en Espagne avant l'édit d'expulsion. Je me dirige vers l'arrêt d'autobus, que je préfère au métro, pour rentrer chez mon oncle à Brooklyn. Je me demande s'il m'attendra pour dîner. J'espère que non. Je l'aime, mais il est trop curieux. Il me posera sans doute ses sempiternelles questions sur mon avenir immédiat. Ai-je trouvé à la bibliothèque les renseignements qu'il me fallait ? Ai-je bien cherché ? Ai-je vraiment décidé de m'inscrire à l'université au lieu d'étudier le Talmud et *Les Devoirs du cœur* de Rabbi Bahya Ibn Pakouda ? Qui me paiera les droits d'inscription ? Qui couvrira les frais : achat de livres, logement, vêtements ? Et pourquoi, vraiment pourquoi ne pourrais-je pas, comme lui, me contenter d'études religieuses ? Et me marier ? Trop attaché à moi et à mon bien-être, mon brave oncle ! Lui dévoiler, en toute confiance naturellement, que, déjà, je ne me sens pas bien avec moi-même, que ma foi vacille ? Me laissera-t-il tranquille ? Ou bien, souhaite-t-il vraiment que je m'en aille ? Mais alors, avec qui discutera-t-il des événements du jour ? Et ses souvenirs anciens, du vieux monde, pour qui les évoquera-t-il ? Le bus arrive et, perdu dans mes pensées, je le vois me passer sous le nez. Bah, je prendrai le prochain. Le voilà. Je me précipite et manque de renverser une voyageuse qui réussit à monter avant moi. À l'arrière, deux places nous attendent. Un coup d'œil vers ma voisine, et j'oublie de respirer. Ma pensée quitte mon logeur et essaie de déchiffrer l'expression bizarre qui illumine le visage d'une femme débordante de vie et qui ne dissimule pas son besoin de volupté. Je me sens rougir. Pourquoi me sourit-elle ? Que dois-je faire ? Détourner mon regard et faire comme si je ne la voyais pas, comme si elle n'existait pas ? Heureusement, c'est elle qui prend l'initiative. Elle doit avoir un don ! « Savez-vous, me glisse-t-elle à voix basse, que vous m'avez fait mal tout à l'heure ? – Quoi, dis-je, effrayé, je vous ai fait mal, moi ? – Oui, vous. En vous précipitant comme un voyou dans le bus, vous m'avez marché sur le pied gauche. » Je m'exclame, prêt à mourir : « Ah, je ne sais pas comment vous présenter mes excuses. – Je vous l'apprendrai », dit-elle en prenant ma main dans la sienne. Je ne sais pas ce que je sens, mais je sais que c'est la première fois.

« Lorsque l'autobus s'arrête en bas de la ville, la jeune femme se lève et moi aussi. Nous descendons ensemble, la main dans la main. Nous marchons jusqu'au Village. À quelques pas de là, au milieu de la rue, s'élève un immeuble imposant. Mon guide appuie sur un bouton et le portail en fer forgé s'ouvre. L'ascenseur nous emmène au cinquième étage. Sans lâcher ma main, elle sort une clé de son sac et ouvre la porte. Comme dans un rêve, elle entre et je la suis. Je ne comprends pas ce qui m'arrive ni ce que tout cela signifie : Que suis-je venu chercher dans cet appartement ensoleillé et luxueusement meublé, avec cette femme si sûre d'elle-même qui me contemple comme si j'étais un autre et qui lui appartenait ? D'ailleurs, qui suis-je pour elle ? Elle libère ma main pour aller tirer les rideaux et enlever ses chaussures. "Il fait trop chaud ici, dit-elle en m'aidant à enlever ma veste. Tu ne trouves pas ?" Du coup, j'ai honte. Honte d'avoir trop chaud, de porter une chemise froissée, honte de ma pauvreté et de ma maladresse. Honte de respirer, honte de me sentir si bête et égaré, honte de ne pouvoir libérer les mots et les soupirs qui m'étouffent. Elle s'assied sur le sofa et dit : "Viens plus près, que je te regarde." Dans ses mains douces et fraîches, ma tête va éclater d'un instant à l'autre. Elle brûle d'un feu qui se répand dans mon corps. Ses lèvres ouvrent les miennes et murmurent quelque chose du genre : "Je ne sais pas qui tu es, je ne tiens pas à le savoir ; ne me dis pas ton nom, je te mentirais sur le mien. Mettons que c'est Nora. Ce qui importe, c'est le moment où tu vas te retrouver au paradis ; moi, je te promets un jaillissement de désir et de bonheur." Là encore, c'est la première fois que je découvre en moi des sensations inavouées.

« Mais, à la dernière minute, je lui résiste. Je suis encore trop marqué par les interdits. Embrasser, à la rigueur. Aller plus loin, non. Visiblement frustrée, inassouvie, Nora me demande : "À quoi penses-tu ? – À ma mère, dis-je bêtement. – Où est-elle ? – Morte. – Et ton père ? – Mort. – Tes frères et sœurs ? – Morts." Je crains qu'elle ne continue à me questionner, mais elle a une autre idée en tête. Provoquer le délire dans mes sens. Tous mes os, toutes mes artères, toutes les cellules de mon corps désirent y répondre avec énergie et allégresse, mais une voix en moi m'ordonne la chasteté. "Je ne pourrais pas te dire pourquoi, reprend Nora, mais en te voyant dans le bus j'ai deviné que tu étais orphelin." Une image me fait sursauter : mon oncle doit m'attendre pour dîner ! "Je peux téléphoner ?" Elle m'indique l'appareil près du lit : "Dis que tu vas passer la nuit avec un ami." J'entends la voix familière : "Où es-tu ?" Mon oncle semble plus effrayé que fâché. Je mens mal, je bredouille : "J'ai rencontré… à la bibliothèque… j'ai rencontré un ami… Beaucoup de choses à discuter… Il m'a invité à passer la nuit chez lui…" Mon logeur attend un instant pour digérer le sens de mes propos : "D'accord, mais tu me raconteras tout demain… quand tu reviendras. Et n'oublie pas de mettre tes téphilines… Tu les as emportées ? Sinon, prends celles de ton ami, n'oublie pas." Bien sûr, me dis-je en souriant ironiquement : je n'oublierai pas. Je n'oublierai rien de cette journée ni de cette nuit.

« Nora attend que je la rejoigne pour m'interroger. "Dans quelle langue parlais-tu ? – En yiddish."

« Dehors, le crépuscule avance lourdement comme une ombre muette. Nous gardons le silence, chacun enfermé dans son passé. Je sens que j'ai franchi une étape, un seuil ; même en n'allant pas trop loin, je sais que j'ai commis une faute capitale aux yeux de Dieu : désormais, rien ne sera plus pareil. Mais Nora, son angoisse à elle, c'est quoi ? Je n'ose pas lui poser la question. Elle m'attire vers elle et dit : "Tu représentes pour moi une série de découvertes. Je n'ai jamais connu quelqu'un de si jeune, ni de si innocent. Et je n'avais jamais entendu personne parler le yiddish." Je lui demande : "Pourquoi m'avez-vous choisi ?" Elle réfléchit avant de répondre : "En vérité, je n'en sais rien. Affaire d'instinct, d'intuition. J'aurais pu prendre un autre bus, et toi aussi, tu aurais pu accompagner quelqu'un, ailleurs. Mais… en t'apercevant, je me suis surprise à penser à mon existence : je suis riche et encore jeune, vingt-quatre ans, je peux tout m'acheter et tout abandonner sans que cela change ma vie, ou ma conception de la vie, sauf… sauf que mon mari m'a quittée… Il m'a quittée en riant…" Elle se tait abruptement et comme il fait déjà noir, je ne sais pas si elle pleure, et si ses larmes font un bruit qu'elle seule est capable d'entendre. Puis, tout aussi brusquement, elle s'arrête de sangloter et se raidit: "J'ai une idée… Elle te paraîtra folle, mais écoute-la quand même, tu veux?" Je veux bien. Que va-t-elle encore inventer pour me surprendre? D'un air sérieux, elle reprend sur un ton déclamatoire: "Tu es jeune, plus jeune que moi. À mon âge, une femme peut être fière ou désespérée; je suis les deux. Mais puisque tu es là, je me dis que ma fierté devrait s'en aller. Donc…" J'attends la suite, retenant mon souffle. "Voici mon idée, dit-elle. C'est une proposition. Reste avec moi." Je ne saisis pas: rester avec elle? Toute la journée? Toute la nuit? Je m'entends bredouiller: "Pour faire quoi?" Elle s'esclaffe: "Que tu es donc naïf, je t'adore… Pour faire quoi? demande-t-il… Pour vivre… Et être heureux… Aujourd'hui et demain, et le mois prochain…" Elle redevient morose: "Je suis bête… Je dis n'importe quoi… C'est parce que je suis seule… et triste…"

« Lui expliquer que l'histoire de ma solitude est autrement plus triste? Non. Je l'ai appris en étudiant le Livre de Job: la tristesse des uns ne soulage pas celle des autres. Au contraire: elle s'y ajoute.

« À l'aube, elle me contemple pour la dernière fois.

« Elle reste au lit, moi, je suis habillé. Elle me demande: "Tu n'oublieras pas? – Non, je n'oublierai pas. – Que penseras-tu de moi quand tu te souviendras de cette nuit? – Je penserai que j'ai connu une femme généreuse et seule. – Et moi, qu'est-ce que je t'ai appris? – Je ne le sais pas encore. Mais vous, vous le savez? Si oui, dites-le-moi. – Moi, je t'ai appris que deux êtres peuvent se rencontrer sans s'aimer. Tu pars et ce qui me reste de toi, c'est le remords." La voix de la jeune femme devient mélancolique : "Oui, mon petit ami yiddish. Cette nuit restera pour moi un moment de grande tristesse car rien n'a été accompli." Une pensée allume mon esprit : "Lilith, si c'est elle, ne m'a pas vaincu. Pourtant elle parle bien."

« Je n'ai jamais revu Nora.

– Pour tout vous avouer, docteur, il m'est arrivé de la regretter, surtout pendant les premières semaines. J'aurais facilement pu m'habituer moins à son style de vie luxueux qu'à la tendresse simple et légère qu'elle me manifestait. Surtout que, j'ai honte de l'avouer, mon oncle commençait à me peser. Avait-il deviné ce que j'avais fait pendant cette nuit frivole et prometteuse ? Allait-il me reprocher d'avoir découché ? Au matin, il m'a vu mettre les phylactères. Donc, je ne les avais pas empruntées à « mon ami ». Avait-il décelé un signe, une trace de péché sur mon visage, dans mon comportement ? S'intéressant de trop près à mes activités, trop exigeant, trop religieux, et surtout indiscret, il tenait à ses multiples rôles de parrain, de gardien, de tuteur et de surveillant : il tenait à être au courant de tout ce que je faisais, à chaque instant de la journée et de la nuit. Il n'était pas mesquin, mais son obsession de la pratique religieuse l'encourageait à fouiller sans relâche dans ma vie intime dont, je ne sais pourquoi, il se sentait responsable comme du reste : Avais-je récité les prières du matin et bien étudié le Talmud ? Avais-je bien déjeuné ou dîné, et avec qui ? M'étais-je assuré que la nourriture était kasher ? Dans mon dictionnaire personnel, il figurait comme un petit inquisiteur inoffensif, charitable mais exigeant. Le sort de mon âme le préoccupait autant que le sien. Quand je lui répondais parfois que pour les scientifiques la notion d'âme ne joue aucun rôle, il

s'emportait : «Cela prouve quoi? Que des gens préten-
dument intelligents sont plutôt bêtes car ils fondent leur
connaissance sur l'ignorance.»

«C'est lui qui, à sa façon, a aussi contribué à mon
excessive attirance à la fois pour l'ironie et pour l'irrationnel. C'était un soir d'hiver. Ma tante Gittel dormait
déjà, mais nous buvions du thé brûlant pour nous
réchauffer. Mon oncle adorait se sentir au chaud tandis
que la ville gelait. "Ah, soupira-t-il, je plains les savants
qui glorifient le rationnel et les athées qui raffolent de la
raison froide, glaciale. Nous, ce qui nous attire, ce qui
nous élève vers Dieu, c'est ce qui allume le cerveau
pour mettre l'âme en feu." Je lui demandai si trop de
chaleur ne pourrait pas nuire à cette âme dont il se sou-
ciait tant. Il répondit en hochant la tête : "Oui, trop de
flammes risquent de détruire l'âme. – Dans ce cas,
m'écriai-je, tout heureux, vive l'âme !" Il prit une mine
inquiète : "Tu joues avec des mots dont le sens
t'échappe, tu te moques de ce qui est sacré, tu as tort !
Fais attention, sinon c'est la folie, tu m'entends, la folie
qui t'attend au tournant... Elle frappe et mord avec
voracité, elle finira par te mettre à genoux pour faire
fouetter ton âme déchaînée et indigne, sans même te
tuer, par mille démons inassouvis !" Sans doute ai-je eu
tort de le contredire, mais je ne pus me retenir de répli-
quer : "Est-ce à dire que l'âme elle-même peut devenir
folle ?" Il me lança un regard mauvais et quitta la pièce
pour aller se coucher.

«Ce qui m'amène, docteur, à vous poser la même
question : Croyez-vous en l'âme? Et, si oui, concevez-
vous que, poussée à bout, elle puisse sombrer dans la
folie?

Chapitre 7

— Vous êtes mécontente, docteur, déçue peut-être, je le devine à vos silences : ils surgissent par intermittence. Vous m'écoutez, c'est normal : vous n'avez pas le choix, c'est votre métier. Néanmoins, vous trouvez que je ne me livre pas assez : je vous cache des choses dont vous auriez besoin pour me situer, m'analyser et même me guérir. Est-ce que je me trompe, docteur ?

— Non, Doriel. Vous êtes perspicace. Vous vous exprimez bien, trop bien. Les pensées et les phrases, vous les dirigez avec efficacité selon une logique d'apparence solide, sans faille, alors que ce sont ces failles, ces dérapages que je cherche à cerner dans vos idées, vos souvenirs et vos mots. Comprenez-moi : c'est ce qu'il y a d'obscur dans vos propos qui peut m'éclairer. C'est dans votre labyrinthe à vous que je m'oriente le mieux. Or, vous m'en empêchez. Vous êtes très éloquent mais, la plupart du temps, même en parlant, vous évitez l'essentiel.

Elle a raison. La logique, j'y suis parfois trop attaché. Être cérébral ne me déplairait pas. Alors, mon système de contrôle de moi-même fonctionne à la perfection. Devrais-je accepter qu'il se dérègle ? Et puis : jusqu'à quel point ai-je vraiment conscience de ce que je m'efforce de lui dissimuler ? Essayons de gagner du temps.

— Vous prétendez que je ne dis rien sur l'essentiel. Donnez-moi un exemple, docteur.

– Vos parents.

– Que voulez-vous savoir de mes parents ? Ils sont morts, je vous l'ai dit.

– En effet. Mais vous ne m'en avez rien dit d'autre.

– Sans doute est-ce parce qu'il n'y a rien à ajouter.

– C'est faux.

J'ai un sursaut de colère :

– Vous m'accusez de mentir ? ou de tricher ?

– Mon métier m'interdit d'accuser qui que ce soit.

– Mais vous venez…

– … je viens de vous faire remarquer que mon propos ne concerne pas la vérité. Je pense simplement que vous cherchez à échapper à la réalité. Est-ce votre faute ? Votre faiblesse peut-être ? Je dirai plutôt que c'est votre problème, un problème qui fait partie de ce qui vous trouble suffisamment pour solliciter mon aide.

– J'apprécie votre franchise, docteur, dis-je avec politesse, mais sur un ton plus dur.

Elle ne répond pas. Elle attend en vain que je retrouve mon calme. Dès que je me rappelle mes parents, je suis pris d'une angoisse qui me paralyse.

– Une autre fois, dis-je. On n'est pas pressés.

Je sais que sa patience est sans limites. Pas la mienne. Pourquoi lui faire de la peine ? Je décide de lui raconter quelques bribes sur mes parents – et voilà que je ne peux plus m'arrêter :

– Mes parents sont morts jeunes… Je ne les ai pas vraiment connus… Je suis le deuxième de leurs trois enfants… Très fidèles à la tradition mais ouverts sur le monde – ils maîtrisaient plusieurs langues –, mes parents étaient toujours occupés, toujours souriants… Je suis né en 1935 dans une petite ville au fin fond de la Pologne, mais où se mélangeaient Roumains, Hongrois et Autrichiens. Après la Première Guerre mondiale, la plus meurtrière chez nous jusqu'alors, on faisait confiance à l'avenir. Nous habitions une petite maison dans le quartier commercial. Mon père était secrétaire de la communauté, et ma mère… ma mère, je ne sais plus ce qu'elle faisait exactement. Je crois tout simplement qu'elle faisait tout ce qu'on attendait d'elle. Nous ne nous retrouvions que le soir. Pendant la journée, j'allais au *héder*, il y en avait un, clandestin, dans le ghetto. Dina, l'aînée, était inscrite au lycée bien avant. Le petit Jacob ou Yankele avait un tuteur. Tous, nous «aidions» notre mère à la cuisine pour préparer le Shabbat et les fêtes. Bien que pris par ses multiples obligations – secours aux nécessiteux et aux orphelins, visites des malades –, mon père n'abandonnait jamais l'étude. Je ne l'ai jamais vu sans un ouvrage savant sous le bras. Ma passion pour la lecture, je crois que c'est de lui que je l'ai héritée. On peut tout nous enlever, disait-il souvent. Mais pas la connaissance. Ni la soif de savoir. Aimer la Torah, c'est l'approfondir.

«Je me souviens du Shabbat de mon enfance. Beaucoup plus tard, même quand, dominé par mon mal, j'ai cherché à oublier tout le reste, le "septième jour" continua de m'envoyer le clignotement de ses lumières du plus profond de ma mémoire. L'arrivée du Shabbat. La célébration de sa sainteté paisible. Le temps érigé en Temple. L'enfant en moi se rappelle avec nostalgie : je chantonnais en revenant de la maison de prière avec mon père, et lorsque je suis devenu plus grand, nous chantions tous les deux le *"Shalom aléikhem, malakhéi hasharét"* , – "Paix sur vous, anges serviteurs, anges de la paix", et mon cœur d'enfant éclatait de bonheur.

«Le lendemain, après la prière du matin et le repas, mon père nous faisait tous accomplir nos devoirs de charité. Dina, ma sœur aînée, organisait des réunions culturelles. Ma mère visitait les hôpitaux. Moi, mon père m'emmenait à la lisière d'un bois visiter les malades juifs de l'asile de fous. Eh oui, docteur. Bien que loin d'être riche, gagnant durement sa vie, il s'occupait des fous qui, selon lui, étaient plus démunis que les pauvres. Au début, il me laissait dehors dans la cour ou dans le jardin, tandis qu'il allait porter à "ses" malades des friandises et des fruits. Pendant la fête de Pessah, il leur offrait de la *matzah*.

« Un jour, atteint d'une pneumonie, il se leva malgré la fièvre et nous partîmes leur rendre visite. Je l'accompagnai jusqu'à la porte. "Si je dois m'attarder un moment, et que tu as peur de rester seul, me dit-il, tu peux entrer, mais surtout n'adresse la parole à aucun d'eux." Ce fut mon premier contact direct avec ce monde déréglé. Tous étaient vieux ou du moins le paraissaient, même ceux qui n'avaient pas encore atteint l'adolescence. Certains fixaient le vide d'un air absent, d'autres s'agitaient nerveusement comme s'ils étaient mordus par des insectes. Un rouquin, assis par terre près de la fenêtre, la tête dans les mains, riait aux éclats. À deux pas de lui, son voisin de gauche se battait la poitrine en murmurant des propos incohérents. Deux nains moustachus dansaient la csardas. À l'autre bout de la pièce aux fenêtres munies de barreaux, un géant, épaules de boxeur et tête d'enfant, me fit signe d'approcher : par des gestes saccadés il me fit comprendre qu'il voulait savoir qui j'étais. Malgré les instructions de mon père, pour ne pas manquer de politesse, je lui répondis. Il me tendit la main ; je la pris, mais quelle erreur : il refusa de la libérer. Terrorisé, je l'implorai : "Laissez-moi, laissez-moi, mon père m'attend !" Il ricana : "On ne sort pas d'ici. Et ton père, ici, c'est moi, tu m'entends, petit idiot, ici, chacun de nous est ton père, hein ?" Je sentis la panique m'envahir, je criai : "Non, non !" Et lui, hochant sa petite tête qui s'agitait sur sa nuque de bœuf, riait de plus en plus fort comme pour dire : trop tard, trop tard ! Et plusieurs fous d'applaudir. En cet instant, docteur, j'ai peut-être moi-même frôlé la folie. Est-ce elle qui allait réapparaître plus tard dans ma vie ? Heureusement, mon père m'a libéré.

« Qui peut me libérer aujourd'hui ?

– Il y a aussi la religion, docteur. N'oublions pas la place qu'elle a occupée dans ma vie. En s'opposant à la raison, elle peut vous empêcher de vivre dans la réalité. La piété, la compassion, la générosité qu'elle prône : des mots sublimes puisés dans les poubelles de l'histoire, comme diraient Marx et Lénine, les plus fameux docteurs ès société en évolution. La rigidité des lois, l'envoûtement des mystiques : j'ai connu, j'ai même aimé. La beauté lyrique des lamentations, j'en étais imprégné. Docteur, vous qui appartenez à un autre monde et à un autre temps, vous ne pouvez pas comprendre. La vie juive des petites bourgades – et Brooklyn en est une – qui, en dépit de leur misère, devenaient des centres spirituels vivaces au moindre frémissement de paupières du Seigneur, cette vie, pouvez-vous en saisir la grâce émouvante que nourrissait une espérance absurde car intemporelle ? Mes années d'enfance dans un abri secret, et d'adolescence à la *yeshiva,* toutes ces journées, tous ces crépuscules passés à tourner les pages d'ouvrages poussiéreux sous la lumière vacillante des bougies, loin du bruit et du néon du vingtième siècle, devrai-je vous les conter pour que vous soyez en mesure de venir à mon secours ? Élevé par mon oncle, j'ai commencé par être le plus religieux, le plus dévot des gamins. Puis il y eut une rupture… Et l'épisode avec Léa en fait partie… Bon, pas trop vite, docteur. Chaque dérapage en son temps. Mais j'ai pour vous une question qui ne peut pas attendre : Pour me guérir, pour alléger le fardeau de mes vertiges et des excès où me conduisent mes crises, allez-vous me suivre jusqu'alors et jusque là-bas ? En serez-vous capable ? En aurez-vous la force ?

« Selon ma tradition, l'homme est censé croire que

113

Satan choisit pour cible non pas le pécheur, mais le juste. Il est courageux, Satan. Et ambitieux. Rusé. Les petits pécheurs de tous les jours, il s'en occupe par habitude, entre deux bâillements, presque sans y songer. Il préfère aller là où on ne l'attend pas. Là où le défi signifie lutte. Là où la victoire, toujours incertaine, aurait un retentissement jusque dans les plus hautes des sphères. Entre parenthèses, docteur, cette théorie, vous y croyez ? En fait, croyez-vous en ce personnage céleste qu'on nomme Satan ? Eh bien, il existe et je l'ai rencontré. Au début, j'ai réussi à le désarmer par la crainte. Crainte du châtiment, donc de Satan lui-même ? Non : la crainte de Dieu. Pourtant, n'est-Il pas un père charitable et bon ? En ce temps-là, je savais encore, ou déjà, que Dieu aussi est à craindre.

Je m'interromps. Je suis sûr qu'elle va me demander si, aujourd'hui encore, je crains Dieu… Et si la crainte de Dieu est essentielle dans la religion juive, au point de négliger l'amour de Dieu… Au moins pour cette question j'aurais une réponse toute prête… À Jérusalem, un romancier juif féru de contes et de paroles hassidiques m'a dit un jour : «Sais-tu pourquoi Dieu exige de chacun de nous que nous L'aimions ? Il n'a pas besoin de notre amour mais nous, nous en avons besoin.» Ce romancier, je ne l'ai vu qu'une seule fois et je n'ai reçu de lui que cette parole, mais elle reste gravée dans ma mémoire blessée. Le dire à mon interlocutrice ? C'est elle qui m'interroge :

– Dina, votre sœur, et Jacob, votre petit frère, que sont-ils devenus ?

– Je ne les ai pas vus souvent. Mais j'aurais pu les accompagner là où ils sont allés.

– En revanche, tout à l'heure vous avez évoqué votre enfance. Vous l'avez donc vécue auprès de vos parents. Est-ce que vous les voyez pendant que vous en parlez ?

– Je les vois même quand je n'en parle pas.

– Racontez.

– Je ne peux pas.

– Dites pourquoi vous ne pouvez pas.

– Je les vois et je redeviens enfant. Pardon : c'est ma mère surtout que je revois.

« Je la revois épuisée le matin après une nuit d'insomnie, et j'ai mal. Je vois mon père soucieux, et une douleur familière me transperce. Mais il m'arrive de revoir ma mère, je la retrouve rayonnante au *seder* de Pessah, et je lui souris. Et j'écoute mon père décrivant l'exode de notre peuple, et j'ai envie de chanter. Je capte un échange de regards entre eux, et moi qui n'ai plus prié depuis des éternités, je sens une prière jaillir de mon cœur soudain désireux d'atteindre le trône céleste, mais elle expire en vol.

« Je les revois les dernières années de leur vie, et la mienne se fait lourde de nostalgie.

Mon père avait déniché un lieu sûr dans un petit village, trop petit pour que l'armée allemande vienne s'y pavaner avec ses tanks et ses policiers. Nous étions les seuls Juifs de la région. Puisque vous tenez à tout savoir, je vous dirai que j'ai grandi dans la grange d'un bûcheron, Vladek. Lui et sa femme, une brave paysanne maigre et édentée, savaient qui nous étions, le reste de la population l'ignorait. Je me souviens de leur fils, Edek, un voyou dont nous devions nous méfier : il fouinait partout autour de chez lui. Membre d'un mouvement sioniste clandestin, ma sœur aînée, Dina, s'inscrivit dans l'une de ses sections de Varsovie : on lui avait promis un certificat pour la Palestine. Jacob ou Yankele, d'un an mon cadet, avait appris à ne pas pleurer trop fort. Ma mère n'était pas avec nous. Contactée par la Résistance juive, elle était devenue agent de liaison. Blonde et protégée par une fausse carte d'identité aryenne, parlant parfaitement le polonais, elle parcourait le pays, visitait les membres dispersés de son réseau et organisait les contacts avec leurs parents et leurs familles auxquels des émissaires anonymes apportaient de l'argent et des nouvelles.

Les jours se ressemblaient, les nuits encore plus. Deux fois, dénoncés par un voisin attiré par la récompense d'un kilo de sucre par Juif arrêté, nous fûmes contraints d'abandonner notre refuge pour aller nous abriter dans une hutte, au milieu de la forêt. Nous dormions sur de la paille. Une ou deux fois par semaine, Vladek nous apportait du pain et des légumes. Nous buvions de l'eau de source. Plusieurs fois, Yankele tomba malade ; père le soignait avec les médicaments que ma mère nous procurait. Père le distrayait en lui racontant des histoires de sa propre enfance et de sa jeunesse. Par exemple sa barmitsva ; elle eut lieu pendant la fête de Shavouot, qui célèbre la révélation au Sinaï. On but du vin doux, on dansa, on chanta, et mon père pensa que c'était pour le fêter, lui. Plus tard, il comprit qu'il n'avait pas eu entièrement tort. « Chaque fois qu'un enfant juif proclame sa volonté de s'insérer dans la continuité de son peuple, c'est une raison pour nous tous de l'applaudir dans la joie, m'expliqua votre grand-père. Et il ajouta : Être juif, surtout pendant les périodes sombres, c'est quelque chose de grave mais aussi d'exaltant. Être juif, c'est s'accomplir dans plus d'une dimension ; c'est comme si l'on vivait une journée de quarante-huit heures intensément et pleinement. Voilà, mon petit Yankele, ce que, quand tu auras treize ans, je te dirai à mon tour. Et, en guise de cadeau, je t'offrirai la bénédiction que j'ai reçue de mon père et que lui a donnée le sien : vivre le jour où tu iras accueillir le Messie… » Pour ne pas être entendu par quelque vagabond curieux ou malintentionné, il parlait très bas, avec une grande douceur. Et les yeux de mon petit frère, déjà sans âge, absorbaient sa voix et son image mélancoliques qui nous ont accompagnés tout au long de nos pérégrinations. Et à travers ma propre voix, il m'arrive encore d'entendre celle de notre père.

– Quand avez-vous vu vos parents pour la dernière fois ?

– Vous ne comprenez rien. Je continue à les voir.

– Oui, je comprends. Mais je parle de…

– … Je sais de quoi vous parlez, docteur. Mes parents, oui, la dernière fois que j'ai vu mes parents en chair et en os, c'est-à-dire vivants, c'était après la guerre.

– Et Dina ?

– Je vous l'ai dit. Morte.

– Et Jacob ?

– Mort.

– Et…

– Arrêtez, docteur. Ne me demandez plus rien sur mes oncles, mes tantes, mes cousins. J'aurais bien aimé les retrouver et les faire parler comme vous me faites parler. Mais pour chacun, je vous donnerais la même réponse.

« Mort, mort, mort : ce mot terrible, amer comme l'herbe amère de la *Haggada*. Après la guerre, il était dans toutes les bouches et toutes les oreilles. Mais la mort de Dina fut si absurde… Aujourd'hui encore je ne comprends pas : Dieu ou le destin voulut-il se moquer d'elle et de nous en l'épargnant pendant quatre ans d'occupation et de danger pour nous l'enlever une semaine avant l'arrivée de nos libérateurs ? Ce matin-là, le soleil avait décidé de se frayer un passage à travers les nuages. Et Dina ne put lui résister : elle quitta notre grange pour aller recevoir sa chaleur. Un mouchard l'aperçut et lui cria de ne pas bouger. Pour l'éloigner de notre abri, elle se mit à courir vers la forêt. L'instant d'après elle gisait sur le sol mouillé, abattue par une balle. Dix jours plus tard, le mouchard fut fusillé. Mais son châtiment n'a pas atténué notre deuil.

– Et votre petit frère ?

– Mes parents l'ont confié à une famille chrétienne.

– Il est mort de maladie ?

– Non. Il a été dénoncé par un voisin, et la famille qui l'avait hébergé a préféré nous le rendre. Ma mère et Dina l'ont alors emmené à Varsovie. Dans le ghetto. Le célèbre pédagogue Jànos Korczak l'a admis dans sa Maison. J'imagine le moment de leur séparation. Je donnerais beaucoup pour apprendre ce que mon petit frère a pensé et dit à ce moment-là. Je ne le saurai jamais.

– Et vos parents ?

– Pourquoi vous acharnez-vous ? Vous voudriez m'entendre encore prononcer ce mot, toujours ce mot ? Je ne le ferai pas.

– Pourquoi ?

– Parce qu'il s'agit de mes parents. Ils méritent un mot différent. Spécial. Un mot qui n'appartienne qu'à eux. Comprenez-moi donc, docteur : je n'étais pas avec eux. Je ne les ai pas vus mourir… Je suis devenu orphelin sans le savoir : j'étais trop loin, de l'autre côté de la montagne. Et depuis que je le sais…

Thérèse se tait un long moment ; puis, après avoir légèrement flotté, sa voix redevient monotone :

– Pour vous, ces souvenirs sont atroces. Je comprends parfaitement que vous ne souhaitiez pas vous y attarder. Mais nous devons aller plus en profondeur. Je vous demanderai donc ceci : Votre refus d'employer ce « mot », serait-ce parce que vous vous sentez coupable à leur égard ? Coupable de ne pas avoir été avec eux jusqu'à la fin ?

– Vous vous obstinez, docteur. Mais attention : n'allez pas trop loin.

– Cela vous fait quoi ?

– Cela me fait mal.

Pour réprimer ma colère, je prends une longue inspiration :

– Vous oubliez que j'étais un gamin perdu, égaré…
Ce que je faisais ou ne faisais pas, ce n'était pas par plaisir ou sur un coup de tête… Pouvais-je prévoir l'accident ?

– Si vous aviez su, si vous aviez pu…

– … Laissez-moi donc tranquille, docteur. Je ne sais pas ce que j'aurais fait. Est-ce que j'aurais eu la stupidité de me mettre à courir pour les rattraper dans la mort ?

Elle attend que je me calme :

– Quand vous songez à votre père, à votre mère, à *quoi* pensez-vous ?

Je ne réponds pas tout de suite. Respirer calmement, réfléchir, voilà ce qu'il me faut. Je devrais lui dire que je pense à la vie que j'ai connue et partagée avec mes parents. Que je devrais, oui, que je devrais me sentir moins malheureux puisqu'ils sont morts non pas dans un camp, mais dans un pays libre. Que j'essaie, la nuit, de les accompagner jusqu'à la voiture, et que j'imagine la suite… Je les vois seuls. Et parfois, pris d'hallucinations, je me vois avec eux *là-bas* et j'étouffe.

– Docteur, écoutez-moi bien. Dites-vous ceci : il y a des choses que vous ne comprendrez jamais. Vous n'avez pas vécu leur vie, mais moi, je la porte en moi comme une trace de sang. Et leur mort comme une brûlure.

EXTRAIT DES NOTES DU DR THÉRÈSE GOLDSCHMIDT

Le soir, à table, j'ai du mal à avaler mon dîner. Mon esprit est ailleurs. Peinée, troublée, où et vers quelle issue ma pensée me conduit-elle ? Mon mari, discret et attentionné, parle de son travail à la bibliothèque : on réclame plus de livres sur la guerre que de romans. Il commente l'actualité. Campagne électorale en Amérique. Incidents sanglants au Moyen-Orient, famine en Afrique, convulsions politiques un peu partout. Guerres civiles, religieuses, culturelles, économiques : ça n'arrête pas. Ah, que le siècle s'en aille, il est temps.

— Sais-tu, dit-il, que la guerre de Cent Ans en a duré cent quinze ? Celles de nos jours sont-elles plus brèves, ou est-ce la même guerre qui se prolonge, entrecoupée de périodes de paix ?

Je l'écoute d'un air distrait et tente d'éluder :

— C'est un sujet pour les historiens ; qu'ils se débrouillent pour y répondre.

— Mais la guerre préoccupe également les psychiatres. Ne m'as-tu pas dit qu'elles trouvent toutes leur source dans l'âme de ceux qui les font ?

— Mais est-ce la raison qui y met fin ? Je le pense, pas toi ?

— En effet, tout le monde peut allumer l'incendie, mais peu savent l'éteindre. N'est-ce pas Platon qui disait que c'est seulement pour les morts que la guerre a une fin ?

Perdue dans mes réflexions, je n'ai pas bien saisi le sens de la remarque et me contente de dire :

— La guerre est toujours une maladie.

Martin pose couteau et fourchette et scrute mon visage :

— ... Et ton patient particulier, pour ne pas dire privilégié, n'en est pas la seule victime. Si tu ne fais pas attention, nous le deviendrons nous aussi.

Je me ressaisis :

— Que veux-tu dire ?

— Tu es encore absente. Je sais où tu es, et avec qui. Tu as changé depuis que tu le traites.

Je lui raconte alors ma dernière séance avec Doriel :

— Cela va mal. Je n'ai pas le sentiment d'avancer ; je piétine. Oh, en surface, il y a du progrès. Il parle, il parle sans trop s'emporter. Un éclat de temps en temps. Mais en relisant mes notes, je me rends compte qu'elles ne mènent nulle part. Aujourd'hui, il m'a dit que jamais je ne le comprendrai ou, plus précisément, que jamais je ne comprendrai. Et je crois que sur ce point il a raison. Je me demande si je ne devrais pas avouer ma défaite et tout arrêter.

– Bonne idée, s'exclame Martin en hochant la tête. Ces temps-ci, tu es irritable. Avec moi, mais aussi avec toi-même. Tu n'aimes pas ce que tu fais, tu te juges. Énervée, renfermée, tu as l'air de te débattre pour ne pas te noyer.

Je ne le contredis pas. Mon honnêteté m'en empêche. Observateur perspicace et lucide, Martin ne se trompe pas. Se mesurer à la folie de l'autre ne va pas sans risque, je m'en rends parfaitement compte. Je ne sais plus où je vais. Est-ce que je sais où je suis ? Suis-je encore liée à mon époux par un amour intelligent, généreux ? Est-ce encore l'amour fécond et heureux de jadis ? Je fais un effort pour cacher mon trouble.

– Ce que tu dis, Martin, est sans doute vrai. Tout d'un coup je me sens faible. Mais, de même que j'aime lutter debout, je m'efforce de rêver les yeux ouverts. Abandonner maintenant serait trahir et me trahir. Toi, tu es responsable des œuvres d'écrivains. Moi, je le suis d'êtres humains. Je me sens responsable de leur droit de penser, d'agir et de vivre intelligemment, sans faire du mal et sans se faire mal. Voilà pourquoi je crois que, s'il faut parfois répondre au rire par le rire, il ne faut surtout pas répondre à l'absurde par l'absurde, à l'incompréhensible par le renoncement.

– Premièrement, tu sous-estimes mon travail. Moi aussi je suis responsable d'êtres humains : ce sont les auteurs et leurs lecteurs. Deuxièmement, je me sens toujours responsable de toi ; et toi, l'es-tu encore de moi ?

Mécaniquement, je me caresse le front, comme je le fais toujours quand je me sens désarçonnée : comment répondre sans le blesser ?

– Ce n'est pas pareil, Martin... Tout ça devient de

plus en plus compliqué… Mais je sais une chose : si j'arrête… si j'abandonne ce cas, je devrai tout arrêter. Pour de bon.

Martin se mordille la lèvre, ce qu'il fait rarement. Confus et perplexe, il demande :

— Abandonner *tout* ?

Comme s'il mettait dans ce mot toute son angoisse, toute sa vie.

Et soudain l'entente revint entre nous. Silencieuse, je me prends à penser que pour chaque être, l'autre n'est pas seulement une voie mais aussi un carrefour.

Chapitre 8

Depuis des mois et des mois, nous essayons de mieux nous connaître, docteur. Où en sommes-nous ? Je ne sais plus ce que je vous ai confié, mais je sais ce que je vous ai dissimulé. Vous ai-je dit des choses originales sur le destin des hommes ? sur l'amour ? En suis-je capable ? L'amour d'une femme bien vivante et réelle, tapi entre la source et le sourcier, l'ai-je évoqué ? Et la vie, qu'est-ce que c'est, la vie ? Je n'en sais rien. Mais comment vivre ? Voilà la vraie question. Évoluer en vase clos où je me cogne à chaque coin, à chaque passant, à chaque mur, est-ce pire que de vivre dans un espace sans consistance, cotonneux, brumeux, où tout est flou et translucide ? La vie, docteur, je crois l'avoir bue jusqu'à la lie. Vous ai-je assez dit que je ne suis pas heureux ? Vous ai-je dit pourquoi je suis resté célibataire ? Vous ai-je assez parlé de la foi ? J'y vois une épreuve sans fin, un affrontement. Je me bats, et je ne me rappelle plus pourquoi. Souvent je me dis que je ne suis qu'un entrelacs de fissures ouvertes sur l'épouvante. Est-ce pour cela que je n'ai pas voulu devenir père ? Il y a dans les textes talmudiques un passage qui interdit à l'homme d'avoir des enfants en période de catastrophe. Et il explique : Si Dieu décide d'anéantir le monde, qui sommes-nous pour opposer notre volonté à la sienne ?

Cependant, voulez-vous que je vous raconte l'expérience que j'ai vécue, peu avant ma bar-mitsva, dans la maison de mon premier Maître ? Il s'appelait reb Yohanan. On le surnommait « le faiseur de miracles ». C'est arrivé le jour des obsèques de sa femme.

Je me souviens d'elle : timide et presque effacée dans sa propre demeure, Rivka était muette et ne s'exprimait que par des mouvements de la tête ou des mains. Ne se plaignant jamais, elle décourageait la pitié, remerciait Dieu de son sort, riait quand quelqu'un rapportait une histoire drôle tirée des sources bibliques ou hassidiques, s'attristait quand l'occasion l'exigeait. Était-elle vraiment muette ou craignait-elle de mêler sa voix à celles d'hommes ?

Le couple avait deux enfants, un garçon révolté, Noah, qui devint mon ami, et une fille malade. Noah ne passait pas inaperçu : nerveux, insatisfait, il sentait qu'il y avait en lui quelque chose d'inachevé. Sa sœur, Beyle, pouvait rester des jours et des nuits dolente dans son lit. Parfois, rarement, elle entrouvrait la porte de la salle d'étude pour jeter un regard affolé sur les jeunes élèves et la refermait aussitôt. Le père voyait-il en moi un gendre possible ? Dans cette maison modeste, on me traitait avec égards, je dirais même avec tendresse.

La foudre nous frappa le jour où Rivka, seule chez elle avec Beyle, eut une crise cardiaque. De retour de l'office du matin, reb Yohanan et moi la trouvâmes étendue, inerte dans la cuisine. L'ambulance arriva rapidement et l'emmena à l'hôpital. Mais il était trop tard. Le médecin nous le dit clairement : à quelques minutes près, on aurait pu la sauver. « C'est de ma faute, répondit reb Yohanan. Je n'aurais pas dû la laisser. »

La famille se réunit chez lui pendant la semaine du deuil, mangeant les œufs durs, symboles de la roue de l'existence qui ne cesse de tourner, écoutant les formules d'usage, « Que le Seigneur vous console parmi ceux qui portent le deuil de Sion et de Jérusalem », et ne cachant pas son chagrin. La maison était pleine de monde du matin au soir. Certains venaient pour l'office en commun, d'autres pour apporter la nourriture puisque le deuil interdit le travail.

Barbu, le geste lent, les yeux mornes, reb Yohanan semblait sortir d'un enfer innommable, laissant échapper quelques mots, toujours les mêmes : «C'est de ma faute.» Et ces mots résonnèrent en moi bien plus tard, dans des situations complètement différentes, comme s'ils avaient été spécialement fabriqués pour moi : «Oui, c'est de ma faute.» Et j'avais beau me dire alors «qui vivra et qui mourra, et de quelle manière, Dieu seul le décide là-haut pendant les Grandes Fêtes», je m'accrochais malgré tout à l'idée que, de quelque façon inexplicable, j'étais fautif.

Les visiteurs parlaient surtout de Rivka. Était-elle souffrante ? S'était-elle plainte d'un mal inconnu ? Réservée, silencieuse comme elle l'était, comment aurait-elle pu expliquer aux médecins le mal qui la minait ? N'étant pas de la famille proche, je n'avais pas à me soumettre aux lois sur la *shiva*, ces lois d'une incomparable délicatesse et pleines de compassion, toutes centrées sur la personne endeuillée qu'il faut à tout prix protéger de la fatigue autant que de l'indiscrétion. J'offrais un siège à l'un et un verre d'eau à l'autre. Devenu une sorte de porte-parole pour la famille, j'essayais de répondre tant bien que mal aux questions des visiteurs. Parler de Rivka, voyez-vous, docteur, me soulageait : je participais aux événements, aux rituels en les intégrant dans un calendrier et un système de référence.

Certains venaient pour reb Yohanan, d'autres avaient été proches de Rivka. Parmi eux, plusieurs les avaient fréquentés lorsqu'ils habitaient encore à Rovidok, avant la guerre.

Grâce à eux, je découvris cette petite ville perdue quelque part dans les Carpates et je me mis à l'aimer. Les chrétiens l'appelaient «L'Église blanche» et les

Juifs « L'Église noire ». Bourgade traditionnelle, vous en imaginez peut-être le paysage familier grâce à vos lectures. Moi aussi. J'écoutais avec curiosité les récits des vieillards décrivant la vie d'autrefois et j'en arrivai à reconstituer une communauté tout entière que je ne connaissais pas. Ses riches et ses pauvres, ses écoles et ses magasins, ses angoisses et ses joies. Un mariage là-bas, des noces rabbiniques, que n'aurais-je offert pour pouvoir y participer ? L'accueil réservé à une Torah nouvellement écrite et amenée à la place d'honneur dans l'Arche sainte, accompagnée par la foule en liesse, que n'aurais-je donné pour y assister ? Un Shabbat avec le célèbre Maguid de Tolipin, un débat public et orageux autour d'un homme soupçonné d'appartenir à la secte sabbatéenne ou frankiste : souvenirs et commentaires entremêlés, n'était-ce pas du délire, je les écoutais avec envie. La vie s'y déroulait selon le rythme des fêtes juives et chrétiennes. Le Kippour avait la même importance que Noël.

Pendant cette semaine de deuil, j'appris aussi que mon Maître et sa femme avaient été à Auschwitz.

– Reb Yohanan, dit l'un des visiteurs, vous vous souvenez ? Vous avez eu une idée folle mais géniale. Vous alliez d'un block à l'autre suppliant les Juifs de ne pas oublier quel jour nous étions. Le samedi vous nous souhaitiez « *Gut shabess* », comme avant.

Un autre enchaîna :

– Et nos randonnées d'après-guerre, reb Yohanan, vous vous les rappelez ? De retour chez nous, nous errions tous les deux dans les rues désertes et les ruines à la recherche d'un parent ou d'un ami. L'époque était dure, presque aussi rude que la guerre elle-même : les maisons, vidées de leurs Juifs, étaient occupées par des Ruthènes, des Hongrois, des Ukrainiens... On vous réclamait des miracles et vous répondiez que vous étiez impuissant, privé de vos pouvoirs... Vous me disiez que, dans nos livres sacrés, il est question de ces âmes qui reviennent errer sur terre car les cieux ne veulent pas encore d'elles. Alors, elles sont condamnées à frayer avec les vivants qui ne les voient pas, qui ne sentent pas leur présence, qui rient et chantent et travaillent et les privent de leur droit d'asile parmi eux. Parfois je me demande, disiez-vous, si mon âme n'en fait pas partie ; je me demande si je ne suis pas déjà mort. Et si notre survie ici-bas n'est que le rêve de nos morts…

Je découvris ainsi mon Maître sous un nouveau jour. Jamais je n'aurais imaginé qu'il avait pu influer sur tant de vies.

Mais comment, Seigneur des guerres et des mystères, comment a-t-il donc fait pour ne pas sombrer dans la mélancolie et la déraison ? Et si moi, j'y ai succombé, est-ce ma faute, seulement ma faute ?

Rivka et son mari avaient fait partie du dernier convoi pour Auschwitz. On m'a raconté, oui, on m'a raconté pendant cette semaine de deuil les miracles que son époux dut accomplir pour la sauver. Je ne comprenais pas comment, muette, elle avait pu survivre aux affres quotidiennes et aux sélections de Birkenau, elle qui était physiquement incapable de prononcer un seul mot pour répondre aux questions que subissaient tous les prisonniers.

Et pourtant.

Une femme, toute petite, portant perruque et sobrement vêtue, m'a expliqué d'une voix aiguë, stridente :

— Ah, vous voulez savoir si j'ai connu la regrettée Rivka ? Oui, je l'ai connue… Nous étions ensemble… Que voulez-vous apprendre ? Est-ce elle qui vous a mentionné mon nom ?… Oh, pardon, j'oublie qu'elle ne pouvait pas parler, la malheureuse… Mais moi, je peux vous raconter… Elle était unique… Unique comme consolatrice… Elle souffrait plus que nous, endurait plus de maux et d'humiliations que nous, et pourtant, c'est elle qui nous aidait à tenir… Il lui suffisait de nous regarder en souriant… De nous faire rire en évoquant par des gestes telle clownerie de Pourim, tel acrobate de cirque… Il m'arrivait de perdre jusqu'à la dernière étincelle d'espérance ; c'est elle qui réussissait à me la ranimer… Une fois, j'ai eu peur, nous avons toutes eu peur pour elle… C'était pendant la terrible sélection d'octobre 44… Nues, nous faisions la queue… À la porte se tenait l'équipe de nos juges et de nos bourreaux… Comme nous toutes, j'étais amaigrie, affaiblie… S'ils prennent mon numéro, je suis perdue… Pareil pour Rivka… S'ils lui posent une question, n'importe laquelle, sur son âge par exemple, elle est perdue… Je m'angoissais pour elle autant que pour moi… J'ai pensé : reb Yohanan, si vous êtes encore en vie, et même si vous ne l'êtes plus, je vous implore, vous qui accomplissez des miracles, de sauver votre épouse… J'ai prié pour que nous devenions toutes les deux invisibles… Je suis passée… Ils ne m'ont pas arrêtée… Rivka si, le médecin SS lui a dit quelque chose… Toutes, nous retenions notre souffle… Rivka n'a pas baissé la tête devant lui… Elle lui a répondu par un haussement d'épaules… Le médecin SS lui a dit autre chose et j'étais au comble de la peur : il allait se rendre compte de son état. Mais, soudain, elle s'est mise à remuer les lèvres. J'ai dû me couvrir la bouche pour ne pas pousser un cri : Avais-je bien vu ? Elle avait parlé ? ! Son saint mari avait donc réussi à la sauver ? L'important, c'est qu'elle avait passé la sélection… Plus tard, je lui ai demandé à quoi elle avait pensé à ce moment-là… À Dieu ? À ses parents ? Au danger qui la guettait ? Elle s'est mise à rire, et moi à pleurer…

Avouez, docteur, qu'elles étaient folles toutes les deux… Oui, docteur, il y a des moments où il faut être anormal pour vouloir vivre normalement dans l'enfer des hommes… Mais revenons à reb Yohanan et à son deuil. Le dernier jour de la *shiva*, il reçut la visite d'un Rabbi hassidique. Grand, sourcils prononcés, port altier et démarche assurée, celui-ci resta un moment à la porte comme pour inspecter les lieux. Escorté par deux jeunes secrétaires vêtus de noir et les yeux aux aguets, il entra et s'adressa à mon Maître en prononçant la bénédiction d'usage. Il prit place face à lui et, selon la coutume, attendit que reb Yohanan ait dit quelques mots pour parler à son tour.

— Le père de Rivka, je l'ai bien connu, commença-t-il. Nous venons du même village. Nous étions amis et associés. Oui, associés. Nous avions conclu un marché : il s'engageait à subvenir à mes besoins pour me permettre de me consacrer à l'étude et à l'enseignement, et en échange il recevrait ma part de paradis. Le document fut signé devant deux témoins. À l'époque, nous étions jeunes, presque des adolescents, mais le père de Rivka ne l'oublia jamais. Même pendant les pogroms, il essaya de m'aider. Quand mes forces diminuaient, il me donnait du courage. Quand je sentais ma raison vaciller, je dis bien ma raison et non ma foi qui, elle, resta intacte, il me parlait avec douceur et m'aidait à marcher droit. Poignardé par un houligan et sachant qu'il allait mourir, il me fit appeler à son chevet. Il était pâle, exsangue. Il fallut que je me penche, que je rapproche mon visage du sien pour capter ses paroles : « Tout à l'heure, je vais franchir le seuil et entrer dans le monde de vérité... C'est le moment pour moi de te libérer de ton vœu... Je déclare notre accord nul et non avenu... » Je protestai, mais il me fit taire et me murmura à l'oreille : « J'ai une faveur à te demander... Promets-moi de veiller sur ma fille... » Je le lui promis : « Au moindre danger, elle n'aura qu'à se souvenir de notre accord et de ma promesse, et elle sera sauvée. »

Plus tard, docteur, je me suis souvenu de cette visite. Avais-je bien entendu ? L'illustre Rabbi était-il venu seulement pour répondre à l'avance à ma question sur la survie de Rivka ? Je me souviens aussi qu'il attendit que soit réuni un *minyan* de dix hommes pour dire la prière de Minha. Noah récita le Kaddish et la famille s'assit sur des tabourets pour entendre une dernière fois la formule rituelle de consolation. La *shiva* touchait à sa fin. Le Rabbi s'arrêta sur le seuil de la porte et nous contempla d'un air inspiré. Reb Yohanan se moucha, les autres visiteurs restèrent immobiles, et moi, je me demandai, et je vous le demande maintenant, docteur : dans un monde envahi par la folie, faut-il lui opposer la foi des ancêtres ou sa propre folie ?

Mais en vérité, Rivka n'était pas muette. C'est reb Yohanan lui-même qui me l'a appris, le dernier jour de la *shiva*. Pourquoi faisait-elle semblant ? Là encore, c'est toute une histoire. Des années auparavant, jeune mariée, elle avait laissé échapper de ses lèvres des paroles dures, d'une sévérité excessive, sur une voisine dont le comportement lui avait déplu. Et le lendemain, cette voisine tomba et se cassa une jambe. Pour expier, Rivka fit vœu de silence et l'observa jusqu'à la fin de sa vie.

Chapitre 9

Dès le début de la séance suivante, la thérapeute me demanda d'un ton naturel, quasi indifférent, presque technique :

– Pour vous, si préoccupé par la souffrance des hommes, n'est-ce pas de la même souffrance qu'il s'agit ? La foi des ancêtres et votre maladie ne seraient-elles pas deux faces de la même expérience, du même traumatisme et du même souvenir, l'une étant leur lumière et l'autre leur ombre ?

Décidément, elle avait le don de me renvoyer à mes interrogations, de s'en servir pour me pousser plus loin, toujours plus loin dans ma quête, exigeant que je l'approfondisse et s'attardant sur ses échecs plus que sur ses prolongements. Soudain, sans raison, elle me fit penser à la femme de l'autobus et sa solitude, à Léa et sa beauté insaisissable, à Maya et à ses yeux bleus cernés de noir. Elle savait tant de choses, Maya. Où était-elle maintenant ?

– Vous avez raison, dis-je. Comme toujours. Apparemment, j'ai besoin de vous pour mieux comprendre mes propres idées.

De nouveau, ma pensée rejoignit Maya. Pour l'instant, c'est encore Maya. Tu es différente, Maya. Je ne sais pas pourquoi, le sais-tu, toi ? Je sais seulement que tu l'es. Différente, à part. J'aime être avec toi. J'aime que tu sois là. Quand tu es là, j'aime jusqu'à ces murs qui me séparent de la prison qu'est le monde des hommes.

Maya, comme d'habitude, n'est pas d'accord : tant pis, mais elle refuse de parler. Une voix en moi me répond : « Le monde n'est pas une prison et l'autre n'est pas ton geôlier. Souviens-toi, Doriel : tu aimes la métaphysique plus que la psychologie. La magie de l'autre tient à ce qu'il te permet de te définir sans pour autant te limiter dans tes choix. En vérité, l'autre est ta liberté plus que ton enfermement. »

Cette voix, la thérapeute ne l'entend pas. Elle me pose des questions et moi, je parle à la jeune femme aux yeux bleus :

– Tu m'es proche, Maya. J'aime ton yiddish mélodieux et l'idée que ton savoir enveloppe le mien et me rassure. Tu souris ? Tu me connais surtout dans ma folie brumeuse, même quand je doute de ton pouvoir et des moyens qui me permettraient de lui résister. Mais sais-tu qui je suis quand je ne suis pas moi-même ?

Maya répond qu'elle le sait, mais qu'elle préfère me l'entendre dire. Quant aux questions impossibles, inaudibles de la thérapeute, le conteur fou en moi répond :

– Je suis le guetteur, Doriel. Cela n'a aucun rapport avec Maya ni avec personne, mais autrefois, dans la Judée ancienne, mon rôle était d'attendre au sommet des montagnes l'apparition de la nouvelle lune. L'ayant aperçue, je m'écriais d'une voix à me faire entendre d'un bout du pays à l'autre : « *Barkaï, Barkaï !* Le premier rayon est là, il apporte sa lumière et sa chaleur ! » De nos jours, j'ai envie de dire tout autre chose, j'ai envie d'être moins confiant en hurlant sans desserrer les lèvres : « Guetteur, où donc es-tu ? Dis, veilleur, où en est la nuit ? » Mais il est aveugle, le guetteur. Et muet, le veilleur. L'expérience de leurs épreuves n'a pourtant aucune emprise sur leur jugement. Savent-ils au moins où elle en est, cette nuit encombrée des présages et des avertissements que nous portons en nous-mêmes, cette nuit, qui nous accueille jusqu'au moment où elle nous écrase du fardeau de ses fantômes ? Serais-je l'un d'eux ? Et si j'étais mon propre fantôme, et immortel celui-là ? Or, être immortel n'est-ce pas ne plus être ? Mais alors, lequel de nous deux est fou, mon fantôme ou moi ? Et qui m'aidera à comprendre quand je suis vraiment malade : est-ce quand je *sais* que je le suis ou quand je ne le sais pas ? Au moins, docteur, dites-moi si vous, grâce à vos études, à votre éducation et à votre expérience, vous seriez en mesure de discerner la ligne de partage. Vous hochez la tête, je le devine, je le sens. Vous allez me dire que, à votre vif regret, la pensée folle et celle qui ne l'est pas, qui galope à toute vitesse et s'égare dans des contrées sans horizon, elles sont si proches l'une de l'autre que souvent elles se rejoignent, se superposent et finissent par se confondre. Mais alors, où allons-nous ? Qu'allons-nous devenir ? Qui nous protégera ? Qui détiendra la vérité et quelle sera sa place dans notre existence ?

Je me secoue, je perds pied. Je parle au docteur et c'est Maya qui me répond. Et maintenant, en écrivant, je parle de Maya et ce n'est plus elle qui écoute.

Je m'adresse à une psychanalyste et c'est une femme aimée et disparue qui devient mon interlocutrice. Est-ce là la folie ? L'effacement des frontières, la suppression de tous les liens ? Mais, pour l'amour du ciel, où sommes-nous ? Une pensée terrifiante me traverse, j'essaie de la chasser, elle revient sans cesse : Qui m'aidera à briser l'écorce qui m'étrangle ! Et à éteindre le soleil noir qui m'aveugle ! Qui me dira qui je suis ! Je sais que je ne suis pas toi et toi, tu n'es pas moi ! Mais attention, pour l'amour du ciel, ne me dis pas, n'essaie pas de me convaincre que l'autre, c'est mon adversaire, mon ennemi, et que cet ennemi, c'est moi.

Chapitre 10

La psychiatre devenue psychanalyste s'intéresse beaucoup, beaucoup trop sans doute, à ma mère et à notre relation. Normal, elle s'est gavée des œuvres de Freud et de littérature freudienne. Pour elle, Freud demeure le Moïse d'un peuple imaginé et gouverné selon ses conceptions. Bref, elle est persuadée que mon « problème » réside dans mes conflits conscients ou non avec ma mère, qui a vécu trop longtemps loin de moi et est morte trop tôt.

– Vous faites fausse route, docteur, vous verrez. Mais bon, je vais vous parler de ma mère.

Ainsi le patient entreprend-il d'évoquer son enfance ; et il s'aperçoit que les mots ne lui manquent pas.

Il se souvient de sa mère ; il se souvient de ses lèvres, de son souffle. De sa chaleur, de sa tendresse, de son rire. De son courage aussi, naturellement. C'était une héroïne, sa mère. Des légendes circulaient sur ses faits d'armes pendant l'occupation allemande.

– Vous ne devinerez jamais, docteur, comment on l'appelait dans la Résistance. La folle, c'est ainsi qu'elle figure dans les annales polonaises de l'époque. Blonde, belle et robuste, l'œil gris perçant, munie de sa carte d'identité aryenne, elle suscitait l'admiration de ses camarades par son audace. Volontaire pour les missions les plus dangereuses, elle avait fini par être en quelque sorte la garante de leur succès. Elle diffusait des messages et des plans d'actions clandestines ; il lui arrivait également de transporter des armes. Plus d'une fois, elle échappa aux souricières de la Gestapo et aux yeux fureteurs des délateurs polonais. Ne craignait-elle pas la mort ? Elle craignait surtout la torture.

Après la Libération, Doriel se rappelle une soirée chez eux où les anciens camarades de sa mère s'étaient réunis pour fêter la décoration qu'elle venait de recevoir de l'armée polonaise représentée par un colonel en uniforme de parade. Couverte d'une nappe blanche, la table faisait honneur aux invités. Plats variés, bouteilles nombreuses : il y avait de quoi nourrir un bataillon entier. Tous buvaient beaucoup, riaient bruyamment, et sa mère n'était pas en reste. On leva son verre pour honorer les combattants, morts et vivants. Aucun ne fut oublié ou négligé. « Ah, qui se souvient de l'attaque contre le train bourré de soldats et de munitions ? » On vida son verre d'un trait. « Et l'exécution du traître Franek, qui s'en souvient ? » On vida un nouveau verre. Voyant deux ou trois convives s'écrouler sur le tapis, le jeune Doriel n'aurait jamais cru que sa mère était capable d'avaler tant de boissons sans défaillir. Son père et lui ne participaient guère à la fête qu'en comparses, et si le colonel ne s'était pas mis en tête d'amuser l'assemblée en enivrant Doriel, nul ne se serait aperçu de sa présence. On ne parlait que de sa mère : un voyage en train de Varsovie à Cracovie, du ghetto de Bialistok à celui de Lublin. Une promenade avec l'émissaire du général Bor Komorowski, le chef de l'insurrection de la capitale, une rencontre furtive avec celui de Mordehai Anielewicz, le commandant de la révolte du ghetto de Varsovie. Mille et une nuits de fuite, de défi, de combat. Soudain, le silence se fit, solennel, et le colonel se tourna vers Doriel. « Sais-tu, petit, que ta mère était admirée et aimée de tous ces patriotes, hommes et femmes, qui ont combattu sous mon commandement ? Sais-tu qu'un salaud de collaborateur l'a un jour dénoncée à la police allemande ? Arrêtée, on trouva sur elle des messages chiffrés. On la tortura avec une cruauté que tu n'imagineras jamais pour lui faire cracher des noms, des adresses ; mais elle n'ouvrit pas la bouche. Tous ceux que tu vois ici à table ont pris part à l'une de nos plus brillantes opérations : nous l'avons aidée à s'évader. Bois donc, petit, bois à la gloire de ta maman ! » Doriel ne tenait pas sur ses jambes et son père se leva pour le protéger : « Il est trop petit, colonel ! Une gorgée de notre bonne vodka et il roulera sous la table ! Ne faites pas de lui un ivrogne ! »

Le petit garçon détourna son regard de sa mère. Le mot « torturée » s'était imprimé en lui. Pour le retenir, il imagina sa maman en guerrière féroce et victorieuse, et il se sentit mieux.

Doriel secoue la tête. Il demande un verre d'eau à la doctoresse : son récit lui a coûté plus qu'il ne l'aurait cru.

Après la pause, Thérèse revient à la charge :

– Continuez. Qu'est-il arrivé ensuite ?

J'hésite avant de reprendre :

– Ce qui est arrivé ? Les premiers signes d'une vague antisémite sournoise commençaient à se manifester dans le pays. Le nouveau régime entreprit, bien que subrepticement, de déjudaïser la politique et l'histoire de la Pologne. Le même colonel qui avait glorifié ma mère reçut l'ordre de minimiser son passé de résistante, « plutôt nébuleux », désormais selon lui. Un document allemand, récemment découvert dans les archives, aurait mentionné son nom et fait état de son courage évidemment qualifié de « criminel » par les communistes… Bizarre, tout cela… On alla jusqu'à insinuer que si elle avait pu s'évader de prison, c'était probablement parce qu'elle avait livré à ses tortionnaires des noms de patriotes arrêtés lors d'une opération ultérieure. Un envoyé sioniste vint nous voir un soir et nous conseilla de tirer la leçon des événements : « On ne veut plus de vous ici, il est temps de partir en Palestine. » C'était totalement illégal, mais la Brikha, la mythique organisation juive clandestine, se chargerait de tout : elle avait des ramifications efficaces en Europe centrale aussi bien que dans l'Allemagne et l'Autriche occupées. Mon père se montra réticent mais ma mère fut enthousiasmée.

« Voilà l'ironie du destin, docteur. Si nous étions restés en Pologne au lieu d'aller en France, mes parents seraient peut-être encore en vie. Moi, j'étais moins intrigué par l'exaltation de ma mère que par l'hésitation de mon père.

– Et Jacob ?

– Mon petit frère ? Je crois vous l'avoir dit. Il était déjà mort.

– Quand ? Comment ?

– Vous voulez que je me répète ? Un parent de mon père connaissait Jànos Korczak. Il obtint de lui qu'il accueille Jacob dans sa Maison d'enfants. Tout le monde sait que Korczak et tous ses petits pensionnaires ont disparu à Treblinka.

– Votre frère vous manque ?

– Quelle question… indécente. Bien sûr qu'il me manque.

– Parlez-moi de lui.

– Non !

– Pourquoi ?

– Parce que ça ne vous regarde pas.

– Tout me regarde. Tout ce qui vous concerne, je dois le savoir.

– Mon petit frère ne vous concerne pas.

– Mais vous, il fait partie de votre vie, n'est-ce pas ?

– Ne me mettez pas en colère, docteur. Mon petit frère mérite qu'on le laisse tranquille.

– Mais vous y songez parfois…

– Taisez-vous, docteur. Jacob est mort. Loin de nous, séparé de moi, il est mort d'une mort atroce. Si vous insistez, je me lève et je vous quitte.

Un long silence s'installe.

– Et Dina ? demande enfin la doctoresse. Qu'est-elle devenue ?

– Là encore, je vous l'ai dit. La Résistance. La clandestinité. Arrêtée, torturée. Mise dans un train pour l'Est. Évasion. Retour chez nous, au village. Assassinée par un salaud. Une balle dans la tête. Une semaine avant la Libération.

Thérèse tourne la page de son carnet :

– Vous n'avez encore rien dit de votre mère.

– Rien ? Que vous faut-il de plus ? Je vous ai dit qu'elle n'est plus de ce monde…

– Parlez-moi de vos rapports *profonds* avec elle.

Elle exagère. Après mon petit frère, c'est encore ma mère qui l'obsède. Pas mon oncle, ni mes tantes ni mon père. L'entretien tourne au débat, et le débat à la confrontation. Il lui faut des souvenirs d'incidents dans mes rapports avec ma mère, elle exige des détails, même mineurs, frivoles. L'ai-je vraiment aimée ? Toujours ? Par devoir seulement ? M'arrivait-il de me disputer avec elle ? Si oui, pour quelle raison ? Est-ce que je la trouvais belle ? Séduisante ? Comment s'habillait-elle ? Se maquillait-elle ? M'était-il arrivé de la voir au milieu de la nuit ? Comment m'embrassait-elle : sur le front ou sur les joues ? Et moi, je ressentais quoi ? M'arrive-t-il encore de la voir en rêve ? Et son effet sur mon éveil ? Nulle trace de sensualité ? Je suis hors de moi : pour qui me prend-elle ? Me croit-elle atteint de sénilité perverse ? Je n'ai presque pas vécu auprès de ma mère. J'ai été séparé d'elle pendant plus des trois quarts de mon enfance : elle était occupée ailleurs, comme on dit, à chasser les Allemands hors du territoire polonais. Mon mouvement d'humeur n'impressionne pas ma thérapeute. Calme comme d'habitude, elle me fait remarquer que si je me suis mis en colère, c'est qu'elle a touché une zone obscurément vivante et sensible de ma mémoire. Je lui en veux, j'en veux à ses maîtres en psychanalyse de ramener à la sexualité tous les problèmes, toutes les énigmes, tous les maux et tous les secrets de la nature humaine. Elle m'explique qu'elle se doit de suivre toutes les pistes, même celles qui sont balisées par des blessures mal cicatrisées. Je lui réponds d'aller au diable.

— Justement, dit-elle, je vais vous y conduire.

Et elle ajoute aussitôt :

— J'ai perçu une note de dépit lorsque vous évoquez les activités de votre mère dans la Résistance. Est-ce que j'ai tort ? Tort d'en déduire que vous auriez préféré qu'elle reste auprès de vous et de votre père ? Et partager vos longues nuits d'hiver, vos périls et vos craintes ? Avoir faim comme vous. Avoir mal comme vous. Est-ce tellement inimaginable de penser qu'un enfant veuille à tout prix garder sa maman près de son berceau et de son lit ?

— Ce qu'un enfant veut ou ne veut pas, libre à vous de le déterminer. Mais ce qu'un enfant juif a pu souhaiter ou redouter dans la Pologne occupée, vous ne le saurez jamais. N'essayez donc pas de violer son droit au silence, docteur. Même en vous en prenant à moi.

— Vous me semblez de plus en plus fâché.

Je sens le sang me monter à la tête :

— Oui, je le suis, comment ne le serais-je pas ? Vous vous engagez sur une route qui mène au déshonneur, mais n'essayez pas de m'y entraîner ! Je vous préviens : vous le ferez sans moi !

— Vous employez un mot nouveau et fort : déshonneur. Je ne comprends pas. De quel déshonneur parlons-nous :

du vôtre ou de celui de votre maman ? Lui reprochez-vous de vous avoir abandonnés, votre père et vous ? Ou quelque chose de pire ?

Je sens la colère me submerger :

– Qu'allez-vous encore chercher ? Je ne vois pas à quoi vous faites allusion, ni à quelle théorie vous vous référez… Pourquoi tenez-vous tant à nous culpabiliser ? Auriez-vous l'intention de répéter les mensonges des antisémites polonais ? Comment osez-vous ?

– Dans la Résistance, votre maman ne vivait pas seule… Elle avait des camarades, et pas seulement des femmes… Y avez-vous songé plus tard ? Avez-vous jamais pensé, même confusément, dans votre subconscient, qu'elle avait pu rencontrer un homme d'exception dont elle admirait le courage et la force ? Et que peut-être…

Sous le coup de l'indignation, je me suis levé pour la regarder en face :

– Arrêtez ! Je vous l'ordonne ! Mes parents s'aimaient ! Ils étaient magnifiques ensemble ! Si vous osez poursuivre dans cette perspective, si vous pensez résoudre mes problèmes personnels en accusant ma mère de je ne sais quoi d'indécent et de laid, je vous quitte tout de suite mais pas sans vous avoir craché mon mépris et ma rage à la figure. Est-ce vraiment ce à quoi vous voulez en venir ?

Elle ferme son bloc-notes sans dire un mot.

Et moi, sans même lui jeter un regard, je sors avec un goût amer dans la bouche.

Ne m'en veuillez pas de vous révéler trop de détails sur mes «conversations» avec la thérapeute. Certains vous paraîtront déplaisants. Je ne lui en veux pas. Elle fait son travail et moi, je ne fais pas le mien. Elle m'a plusieurs fois déclaré qu'elle cherchait à «crever l'abcès». Et moi, j'essaie de l'en empêcher. Pour elle, c'est

comme s'il s'agissait d'un furoncle. Il s'agit d'autre
chose. D'un mal que nul médecin ne saurait diagnosti-
quer avec précision. De quoi s'agit-il alors ? Je ne le
sais toujours pas. Mais je sais que vous y êtes pour
quelque chose, vous que j'aime comme ma vie. Un jour,
vous et moi, d'un commun effort, peut-être le découvri-
rons-nous. Un jour.

Dérangé, perturbé, terrifié : voilà comment je me sens
depuis ma dernière visite chez le Dr Thérèse Goldschmidt. Aurait-elle réussi à semer le doute dans mon
esprit ? J'essaie de revoir, de revivre le temps de nos
retrouvailles pendant l'été 1944. Bien qu'à contrecœur,
je l'évoque pour elle.

Étions-nous heureux ? Absolument, je le jure. Enfin,
heureux comme pouvaient l'être des parents avec leur fils
après qu'une catastrophe eut emporté leurs proches, morts
sans sépulture. Mes parents s'aimaient-ils d'amour ?
Absolument, je le jure aussi. Ils s'aimaient comme seuls
peuvent s'aimer des êtres qui pendant trop longtemps
ont attendu de toutes leurs forces le moment d'affirmer
leur foi l'un en l'autre. Certes, il y avait parfois entre
eux des silences chargés de tristesse, et aussi de tension.
Ils surgissaient surtout le soir, à table, ou lorsque nous
écoutions de la musique, si l'un de nous mentionnait par
mégarde le nom de Jacob ou celui de Dina, ou si mon
père interrogeait ma mère sur sa vie dans la clandestinité. Une fois, je l'entendis chuchoter comme pour se
justifier : « S'il n'y avait pas eu le petit, je t'aurais
accompagnée, partout, toujours, tu le sais bien. » Plus
tard, en m'en souvenant, je compris qu'un enfant peut
être non seulement une source de joie mais aussi une
accumulation d'obstacles. Maman aurait-elle été infi-
dèle pendant la guerre ? Je crois de tout mon cœur que la
réponse ne peut qu'être négative. Elle m'aimait ; elle
nous aimait trop, elle se respectait trop pour mettre cet

amour en péril. Cependant, un incident absurdement mis à l'écart refait surface dans mes souvenirs. Et lorsque j'y pense, je me sens rougir… C'était en mai 1946. Belle journée de printemps. Nous étions dans notre maison de campagne près de Tomashov. Je jouais sur la pelouse, papa se reposait sous un acacia en fleur et maman lisait, allongée sur une chaise longue tout près de lui, lorsque la sonnette de l'entrée les fit sursauter. Qui ça pouvait être ? « Va ouvrir », me demanda mon père. Un homme jeune bien habillé, un bouquet de fleurs dans une main et un livre dans l'autre, me sourit : « Toi, je sais qui tu es ; tu es le fils de Léah. – Comment le savez-vous ? lui dis-je, ahuri. – Oh, je sais beaucoup de choses, c'est mon métier. Je suis journaliste. Va m'annoncer à tes parents, veux-tu ? – Mais… vous vous appelez comment ? – Romek. Dis-leur que Romek aimerait les voir. – Est-ce qu'ils vous connaissent ? – Ta maman me connaît. » Là-dessus, il me suivit jusqu'au jardin. Papa l'aperçut et posa son journal. Maman sauta de sa chaise longue et s'avança vers lui, la main tendue : « Qu'est-ce que tu fais ici, Romek ? » Et, se tournant vers papa, elle dit avec emphase : « Viens voir, un ami de la Résistance est venu nous rendre visite. Il est journaliste. Je t'en ai parlé. » Papa se leva et serra la main du visiteur avec une courtoisie non dénuée de chaleur : « Tous les camarades de ma femme sont les bienvenus dans cette maison. » Et après un silence, il enchaîna : « Mais je ne savais pas que vous connaissiez notre adresse. » Le visiteur répondit que les journalistes polonais ont la réputation d'être bien informés. Maman bredouilla quelques mots que je n'ai pas saisis, mais j'ai vu qu'elle était gênée. Et mon père aussi manifesta un embarras inhabituel chez lui. Je n'étais pas encore assez mûr pour savoir que les adultes sont plus cachottiers que les enfants. Nous nous assîmes autour de la petite table sous l'acacia et maman alla chercher des boissons fraîches. Il faisait très chaud. La conversation s'engagea, polie, presque banale.

– Je lis vos articles et vos éditoriaux, dit mon père. Je préfère ceux qui ne traitent pas de politique.

– Moi aussi, répondit Romek d'un air faussement sérieux. Malheureusement, aujourd'hui tout est politique, même la météo.

– À cette différence près que la politique change plus vite que la météo.

– Parfois j'aimerais savoir laquelle des deux est le plus prévisible.

– Si j'avais à parier, je miserais sur la météo, dit mon père.

– Et moi sur la politique, répliqua le journaliste.

– Et nous perdrions tous les deux, conclut mon père. Je me demande même si nous n'avons pas déjà perdu.

Romek se rembrunit :

– À quoi faites-vous allusion ?

– Journaliste, vous devriez être plus au courant des vents mauvais qui soufflent ces temps-ci dans notre pays. Puis-je vous parler franchement ? Vous me semblez être proche du pouvoir. Trop proche. Si j'étais vous, je ferais attention…

Maman revint avec une bouteille de limonade. Un bref silence s'installa, interrompu par le pépiement d'oiseaux trop paresseux pour voler. Il était temps de changer de sujet.

– Si je comprends bien, dit mon père, vous avez participé à la Résistance avec Léah. En un sens, vous connaissez sur sa vie des choses que mon fils et moi ignorons encore.

– Mais non, protesta le visiteur. Nous avons combattu côte à côte, c'est tout. Nous avons affronté le même ennemi, mais pas avec la même témérité. En matière d'audace, nul ne pouvait égaler Léah. Face à elle, même à la fin, j'avais l'impression d'être un débutant.

D'ailleurs, c'est ce qui m'amène chez vous aujourd'hui.

Maman, qui n'avait pas encore ouvert la bouche, redressa la tête, intriguée. Romek concentra son regard sur mon père :

– J'ai eu l'idée de faire pour la radio et mon journal un reportage sur votre épouse. Elle le mérite et la nation aussi.

– Et que comptez-vous raconter ? demanda mon père.

– Sa vie. Ses combats. Son idéalisme patriotique…

– Par exemple ?

Le journaliste, qui n'avait pas encore touché à sa boisson, avala une gorgée. Parce qu'il avait soif ? Ou qu'il prenait le temps de réfléchir ? Il se mit à évoquer pêle-mêle des épisodes dramatiques où ma mère avait joué un rôle prépondérant. L'officier allemand qu'elle avait attiré dans un guet-apens. La pharmacie militaire dévalisée en plein jour : la Résistance manquait de médicaments. Le discours à son unité qui se préparait à l'insurrection de Varsovie…

– … Ah, quel discours ! Quelle inspiration ! Quelle force de conviction ! Tu es trop petit, toi, tu l'ignores sans doute, mais quand ta maman parle, elle sait se faire obéir… Elle savait trouver les mots pour inspirer les combattants de la nuit avant l'action. Je me souviens de certains de ses appels lancés d'une voix calme et grave : « Vous savez comme moi qui sont nos ennemis, des barbares sanguinaires, déterminés à occuper nos terres, à démolir nos demeures, à assassiner nos enfants… Vous les avez vus à l'œuvre, à présent ce sont eux qui vont voir ce dont nous sommes capables. Vous leur ferez sentir votre colère et vous aurez raison. Vous leur dénierez le droit à la pitié et à la vie comme ils l'ont dénié à leurs victimes. Et si, pour laver notre honneur, il nous faut tuer ou nous faire tuer, accepterez-vous les termes de notre serment ?… » Et tous de crier à pleins poumons : « Oui, nous les acceptons ! Oui, nous nous battrons ! Oui, nous tuerons ceux qui ont tué les nôtres et nous ont humiliés ; oui, nous sauverons notre honneur ! » Voilà ce que j'ai envie de raconter, mais ce n'est qu'un exemple parmi tant d'autres... Les combats de rue durant l'insurrection... Elle était là, en première ligne, sous le feu des mitrailleuses et de l'artillerie lourde, intrépide, infatigable, soignant les blessés qui la bénissaient comme si elle pouvait leur sauver la vie... Alors, que pensez-vous de mon projet ?

Mon père jeta un coup d'œil rapide vers maman :

— Ton avis ?

Elle regarda droit devant elle, et soudain je me rendis compte que, hormis ses paroles de bienvenue, elle n'avait encore rien dit. Tendue, perdue dans ses réflexions, elle semblait vouloir fuir devant le portrait que Romek venait de faire.

— Léah, dit mon père.

Elle se secoua :

— Moi, ça ne me dit rien, finit-elle par déclarer. Héroïne de guerre ? Non, ce n'est pas un rôle pour moi.

Le journaliste rétorqua en baissant la voix :

— Tu ne crois pas que notre devoir est de témoigner pour l'Histoire ?

— Moi, j'ai fait mon devoir en me battant ; à d'autres de faire le leur en témoignant.

— Mais si nous nous taisons, d'autres parleront à notre place et diront n'importe quoi... Ils falsifieront la vérité...

— Ils ont déjà commencé, l'interrompit ma mère.

— ... et ils iront plus loin dans le mensonge, enchaîna Romek... Les antisémites nous traiteront de menteurs, de lâches...

— ... Certains le font déjà, l'interrompit à nouveau ma mère.

— ... Raison de plus d'élever la voix, de crier, d'intervenir, de rectifier, d'agir...

– Cela servira à quoi ? s'emporta ma mère. Ils seront toujours plus nombreux que nous, plus virulents, plus puissants !

Le journaliste baissa encore la voix et reprit presque en murmurant :

– Léah, je ne te reconnais plus… Tu es juive, je suis juif. Tu es ce que tu es et moi, je suis journaliste… Tu exprimes en actes et moi en paroles ce que nous avons vécu d'innommable ou d'indicible… Nous avons fait tant de choses ensemble au nom de la vérité, pour la mémoire et l'honneur de notre peuple… Et maintenant, tu refuses le combat, alors que moi, je fais ce que je peux… Demain, qui sait si je le pourrai encore… Serais-tu à ce point désespérée ?

– Oui, je le suis, dit maman tout bas.

Et tout d'un coup, j'eus l'impression pénible qu'ils étaient seuls, le journaliste et elle, puisqu'ils conversaient dans un langage qui, devant nous, mon père et moi, s'élevait comme un mur.

Tous ces épisodes, comment ne pas les raconter ?

EXTRAIT DES NOTES DU DR THÉRÈSE GOLDSCHMIDT

Cette nuit, je n'ai pas fermé l'œil. Je me demande si je ne fais pas fausse route. Pourtant, j'ai vu dans l'explosion de colère de Doriel un signe encourageant. Et surtout dans la scène du jardin. Dans son rapport inconscient à sa mère, le petit garçon en lui était resté écorché. Il va falloir creuser encore plus profond. Après tout, c'est de cela qu'il s'agit en analyse : la réalité jaillit comme le sang.

Doriel, dans le jardin familial, avait dû, ce jour-là, percevoir quelque chose de grave, de choquant surtout, dont la signification était restée enfouie sinon occultée en lui pendant des années. Pourquoi sa mère était-elle si réservée sinon gênée devant son ancien compagnon d'armes ? Pourquoi avait-elle si longtemps gardé le silence au lieu de se mêler à la conversation entre son mari et le journaliste ? Cela signifiait-il que les deux anciens résistants avaient été, pendant la guerre, autrement plus proches – plus intimes ? – que de simples membres du même mouvement clandestin ? De prime abord, pareille hypothèse était plausible. Deux jeunes gens qui vivent souvent ensemble, participant aux mêmes événements dramatiques, auteurs des mêmes exploits, affrontant les mêmes périls, dans la même attente de la prison et de la torture ou de la mort, peuvent facilement abolir les frontières qui, en temps normal, les sépareraient. Ainsi une liaison, même passagère, serait-elle inimaginable, inconcevable, donc à récuser sans plus d'examen ? Si oui, la littérature de guerre s'en trouverait bien appauvrie. Quand la haine ravage le cœur des hommes, et que la mort s'amuse à remplir les cimetières, la fidélité peut elle-même connaître des limites et des failles. En de telles circonstances, aux yeux des combattants, l'éternité se mesure en jours et en heures ; autant en profiter.

C'est sans doute l'événement codé que l'analyste en moi recherche. Vers 4 heures du matin, je me suis levée pour aller dans mon bureau consulter mes notes. Martin m'a rejointe peu après, deux tasses de café chaud à la main.

– Tu n'arrives pas à dormir ? Toujours à cause de ton patient privilégié ?

– … Privilégié mais difficile, le plus complexe et le plus résistant de ma carrière. Dès qu'il me fournit une clé, il change la serrure.

– Mais cela devrait te plaire, remarqua Martin, toi qui détestes la facilité !

– En effet, mais entre trop facile et trop difficile, l'écart peut être énorme. Et dans ce cas précis, il l'est.

Tout en parlant, je feuilletais mes notes d'une main tandis que, de l'autre, je remuais la cuiller dans la tasse de café :

– Tiens, la séance où je l'ai un peu malmené en le poussant dans ses retranchements. Je l'ai forcé à se souvenir d'un épisode accablant de son enfance : les retrouvailles entre sa maman et son amant possible ou probable en présence du petit garçon et de son père. Bien sûr, je m'attendais à ce qu'il réagisse, mais pas avec tant de violence…

Je décrivis à Martin le comportement de Doriel lorsqu'il se fut calmé. Comme je l'interrogeais sur ce qu'il pensait maintenant de Romek, il eut un haussement d'épaules et dit : «Oh rien, rien de spécial.» Et, comme j'insistais, il laissa de nouveau sa fureur éclater. Ne maîtrisant plus ses mouvements ni son langage, il se releva dans un sursaut et, saisi d'un tremblement, me toisant comme si j'étais son ennemie mortelle, il se mit à se frapper la poitrine en bégayant des mots incohérents : «C'est un salaud, un traître, un escroc… Je l'ai détesté tout de suite, je le détesterai jusqu'à la fin de mes jours… Il s'est amené les mains pleines d'épines et le cœur vide… Coupable de viol, il n'est pas humain… On ne vole pas la mère d'un enfant caché que mille policiers pourchassaient… Je le renie comme être humain comme il a renié mon père… Je le méprise pour le mépris qu'il a manifesté à l'égard de toute ma famille… Je le maudis, mais la malédiction même ne lui fait pas peur, la justice encore moins… Maintenant, je comprends mieux certaines choses… Son attitude à mon égard, plus tard… Sa générosité… Son héritage… Se racheter, expier, voilà ce qu'il espérait… Mais il avilit tout ce qu'il touche… Il a blessé ma mère, et humilié mon père… Dès que je pense à lui, je me sens humilié moi aussi… Il aurait dû avoir honte… Et vous aussi… Vous voulez que je me sente indigne… Vous voulez me voir à genoux, le front courbé… Je n'aurais jamais dû venir !»

– Je ne l'avais jamais vu dans un tel état. J'essayais

149

en vain de le calmer. Plus je m'adoucissais, plus il hurlait sa rage à la face du monde et du destin.

— Tu penses, dit Martin, qu'il a regardé là où il ne fallait pas ? Qu'il a imaginé le pire ? Que dans ses fantasmes il a vu sa mère et son amant enlacés en train de s'embrasser, de…

— Je n'en sais rien. Tout est possible. Après tout, c'est un imaginatif…

— Tu dois être contente malgré tout, observa Martin. Tu l'as touché à l'endroit où ça lui fait le plus mal. Il ne te reste qu'à continuer. Au moins, maintenant, tu sais où tu vas.

— Mais non, je ne le sais pas ! Voilà le problème. L'ignorance. C'est curieux, mais plus j'avance dans ce dossier, plus j'ai l'impression que mon savoir et mon expérience me font défaut. À chaque nouvelle séance, je le déchiffre avec moins d'assurance et de succès. Je ne sais même plus de quoi il souffre. Et en quoi son mal cacherait un acte ou un projet qui lui échappent au point de faire de sa vie un enfer.

Martin se leva :

— Je vais me recoucher. Pas toi ? Un conseil : ne t'enlise pas dans sa folie.

Décontenancée, j'ai repris mes notes. Que voulait dire Martin ? Étais-je vraiment en danger ? Mais quel danger ? Celui de permettre à mon patient de transférer sur moi son amour pour sa mère ? Et de perdre face à lui ma raison, mon intelligence, mon sens du réel ? Pire : serais-je en danger de couper mes liens avec ce qui m'entoure ? De m'éloigner de mon mari ?

Chapitre 11

Je dors mal. De plus en plus mal.

Ai-je le droit de perturber votre sommeil, vous que j'aime ? Vous qui dormez depuis toujours, pour toujours ?

J'attends l'aube qui fera rentrer les démons dans leur puits.

Et les images dans leur asile.

Et en premier lieu celle d'un matin gris des funérailles…

… Une foule, une foule immense était là. Je m'en souviens. Des centaines, des milliers d'hommes et de femmes étaient venus des environs, et même de Paris, m'accompagner dans ce cimetière proche de Marseille. Tous en colère contre les Anglais qu'ils rendaient responsables de la mort de mes parents. C'était absurde, je le sais, et ils le savaient aussi. Mes parents avaient été victimes d'un accident de voiture en montagne. Papa conduisait et la voiture avait dérapé. Le gouvernement de Sa Majesté n'avait rien à y voir. Mais c'est à cause de sa politique que les Juifs comme nous devaient passer les frontières clandestinement et soudoyer policiers et capitaines de vieux bateaux à peine capables de naviguer pour se rendre illégalement en Palestine. C'est à cause d'eux qu'à chaque étape un nouveau piège nous attendait. D'où le courroux de la foule. Des femmes pleuraient, des hommes criaient, des rabbins priaient, des orateurs parlaient non de mes parents morts, mais du droit de notre peuple d'avoir un État, une patrie, un refuge. Moi, je ne pleurais pas. Taries, mes larmes ? Non, c'était autre chose. Le refus de la réalité. Et peut-être le premier signe d'une brisure en moi, de la maladie. Je ne croyais pas que mes parents n'étaient plus avec moi. Malgré tout ce qu'on m'avait dit, en dépit de ce que mon oncle Avrohom me répétait en essayant de m'apprendre le Kaddish si dur de l'inhumation, quelque chose en moi refusait d'admettre que c'étaient mes parents, mon père et ma mère, qui allaient être ensevelis sous mes yeux. « Pleure, me dit mon oncle Avrohom. Ce jour, gris et sombre, marque-le dans ton souvenir comme il sera gravé ici sur une pierre. Plus tard, tu y penseras et ta joie ne sera plus entière. Pleure, mon petit. Te voilà orphelin et tu le resteras toute ta vie. » Devant la tombe ouverte, j'ai eu des difficultés à réciter la prière pour les morts. La foule crut que c'était à cause des larmes qui m'étouffaient. En vérité, aucune larme n'a coulé sur mes joues. Et de ce manque de tristesse, pendant longtemps je me suis senti fautif.

Conséquence de cette tragédie : je ne partis pas en Palestine.

Mon oncle Avrohom s'y était opposé dès le début. Et cela pour des raisons non pas politiques ou économiques mais purement religieuses. Comme certains rabbins antisionistes, il déclarait que la tradition interdisait de précipiter le cours des événements : quand le Messie viendrait, il instaurerait un État juif selon la Loi et dans l'esprit de la Torah. Pas avant. Pour lui et pour son groupe, quiconque viole cette loi talmudique s'exclut en fait de la communauté des Juifs croyants. Attitude qui empêcha des disciples de leur obédience vivant en Pologne, en Tchécoslovaquie et en Hongrie d'être sauvés en acceptant des certificats qui leur auraient permis de s'installer en Terre sainte.

Il y eut des discussions orageuses, publiques et privées, entre Avrohom et les chefs de la Brikha, cette organisation sioniste devant laquelle frontières et bureaux de fonctionnaires internationaux s'ouvraient comme sur le geste magique d'un illusionniste. Je les entendis hurler sans comprendre leurs arguments. «Mais ses parents se préparaient à l'*Aliyah bét* avec leur enfant, de quel droit pourriez-vous vous opposer à leur volonté posthume?» hurlaient les sionistes. «S'ils étaient encore en vie, répondit Avrohom, je les aurais convaincus.» Cela dura des heures, des nuits. Les sionistes avaient fait appel à leurs propres maîtres religieux, tandis qu'Avrohom recevait le soutien des siens. Le chef de file des sionistes, un grand rouquin, se crut à la tribune des Nations unies: «Après ce que notre peuple a subi, alors que les rescapés de la pire des catastrophes ne savent plus où aller pour trouver un peu de répit, un peu de repos, vous allez arracher cet enfant à sa grande famille?» Et Avrohom de rétorquer: «Et Dieu là-dedans, le Dieu d'Israël, vous L'oubliez?» Le rouquin: «Vous osez invoquer Dieu? Ici? Maintenant? Mais où était-Il pendant que nous avions besoin de sa bonté, de sa justice, de sa puissance?» Avrohom: «Il était avec nous. Comme nous, Il a souffert! Comme nous, Il en a eu assez de l'humanité laïque meurtrière!» Le rouquin: «Mais vous plaisantez! Un Dieu prisonnier des assassins d'enfants! Et vous y croyez encore!» Avrohom, hors de lui: «Impie, chef d'impies, tu blasphèmes! Et tu veux que je te confie mon neveu! Jamais, tu m'entends? Jamais! Si tu veux un État juif, reviens à la foi de nos ancêtres; demande-leur pardon de les avoir désertés! Implore-les d'intercéder pour nous là-haut, et tu auras ton foyer national!» On en parlait dans les journaux yiddish dont les lecteurs, politisés à outrance, s'enthousiasmaient pour l'un ou l'autre des deux camps. Çà et là, des émeutes éclatèrent entre manifestants et contre-manifestants. Il n'était venu à l'idée de personne de me demander où, moi, je souhaitais me rendre. Je ne comptais pas. À la limite, j'existais seulement comme support, comme moyen de propagande. Mais si l'on m'avait posé la question ? Je crois que j'aurais opté pour la Palestine, je n'en suis pas sûr, je n'avais pas de famille là-bas, je ne connaissais pas l'hébreu. En fait, je n'avais ni volonté ni conscience. Effaré, je flottais en l'air, sans amis, sans attaches, dépourvu du moindre filet de sécurité. En un sens, j'étais absent, comme mort. Mort avec mes parents. Finalement, les Autorités durent intervenir. Elles décidèrent que, comme Avrohom était mon oncle, il avait le droit pour lui.

Il m'emmena aux États-Unis, alors que j'avais quitté la Pologne pour Haïfa et le mont Carmel.

Et de cela aussi, j'ignore pourquoi, je me sens fautif.

Avec mon oncle, il m'arrivait souvent de discuter de la foi. Naturellement, il tenait à me donner la même éducation que celle qu'il avait reçue, lui, dans sa jeunesse en Pologne. Une *yeshiva* de Brooklyn acceptait de m'offrir des études sans frais d'inscription. Mais moi, je n'étais pas prêt. Avrohom insistait, je résistais. Alors, il pria ma tante Gittel de plaider sa cause. Il savait que je l'aimais bien. Il y avait entre nous une entente dont la nature m'échappait. Discrète, timide, elle avait une voix douce mais un regard qui pouvait, à l'occasion, se faire inflexible. J'aimais l'observer allumant les bougies de Shabbat. Elle me dit d'approcher et, pour la première fois, me caressa la tête :

– Ton oncle te traite comme si tu étais notre fils.

– Je ne suis pas votre fils, répliquai-je. J'avais des parents. Ils sont morts, je le sais. Mais je suis toujours leur fils.

Elle eut un sourire tellement fragile qu'il m'émut :

— Je n'ai pas dit que nous étions tes parents ; j'ai dit que tu étais « comme » notre fils.

Je baissai la tête silencieusement. Elle reprit sur le même ton intime :

— Tes parents sont morts et je n'en connais pas la raison. Peut-être nous est-il interdit de la chercher.

— Tu serais fâchée si je la cherchais quand même ?

— Non, je ne serais pas fâchée. Mais tes maîtres te montreront comment et où chercher. Et surtout jusqu'à quand, pour ne pas dépasser les limites.

— Tu penses qu'ils savent, eux ?

— Ils connaissent sans doute la question.

— La connais-tu, toi ?

— Oui, je la connais.

— Dis-la-moi.

— Pourquoi tes parents ont-ils été tués ? Pourquoi le Seigneur, béni soit son Nom, les a-t-Il punis ? Pour quels péchés ?

— Et la réponse ?

— Je te l'ai dit, je ne la connais pas.

Et après un silence :

— Je pense qu'aux yeux du Seigneur il y a une réponse, il doit y en avoir une. Mais…

— … mais quoi ?

— Il y a pire. Mettons qu'ils ont été châtiés pour avoir péché. Mais pourquoi as-tu été puni, toi ? Cela, je ne le comprendrai jamais.

Elle se tut et j'aperçus une larme timide s'égarer sur sa joue creuse.

Ce fut à cause de ma tante, et pour elle, mais à contre-cœur que je consentis à m'inscrire à la *yeshiva*.

N'était-ce pas de la folie ?

De mes quelques années d'études juives, intenses au début et trop longues à la fin, mais jamais suffisamment fécondes, je retiens un mélange de curiosité, de lassitude et de brefs éblouissements. Je me souviens de mes camarades plus que de mes tuteurs. Ceux-ci, pour la plupart, s'intéressaient trop à mon attitude devant la page écrite et pas assez à la frustration qui, jour après jour, s'accumulait en moi. Pour eux, seul le passé lointain contenait le sens de la vie. Le présent, fugace, en était la coquille ou l'écorce : à rejeter. Même chose pour la politique ou la mode. Entreprises puériles, à considérer avec dédain. Heureusement, mes copains et moi bavardions de tout. Actualité, sports, vacances. Filles ? Par allusion, peut-être. Comme les prophètes, jadis, je vivais le déchirement d'évoluer dans deux mondes. Je vous imagine hochant la tête : oui, la thérapeute doit avoir raison ; schizophrène est le mot qui convient. Comme le triste et courageux M. Job, je maudissais le jour de ma naissance. J'en voulais à celui qui m'avait fait tomber sur cette terre où tout commence dans le doute et s'achève par la victoire de la mort. Aurais-je préféré naître ailleurs, dans une autre famille ? Mettons que j'aurais préféré ne pas naître du tout. Mais l'âme, diraient les grands Maîtres de la tradition, qu'en fait-on ? Elle ne peut tout de même pas rester à vagabonder dans les hautes sphères invisibles jusqu'à la fin des temps. C'était son problème, pas le mien. Moi, je refusais de subir les conséquences des actes de mes lointains ancêtres. Abraham ne m'avait pas demandé s'il devait obéir au Seigneur et Lui offrir son fils aimé en sacrifice. Et le roi Ezéchias n'avait pas sollicité mon avis avant de décider s'il devait faire la guerre aux Babyloniens. Et Don Isaac Abrabanel ne m'avait pas consulté pour lui confirmer qu'il avait raison de s'exiler plutôt que de se convertir. Mon passé avait été leur présent ; ils en étaient seuls responsables, que je sache. Eh bien moi, je ne voulais l'être que du mien. Je ne sais ce que mon oncle et ma tante souhaitaient que je devienne. (Je ne parle pas des années qui ont suivi ma rencontre avec le frère de Romek, Samek ; je parle d'avant, quand j'avais encore des soucis d'argent.) Rabbin communautaire comme leur fils aîné Shmouel ? Correcteur dans une maison d'édition de livres sacrés ? Gendre d'un riche financier comme leur cadet Yaakov ? Ils me traitaient en membre privilégié de la famille. Je m'entendais bien avec eux. Pour les fêtes, ils venaient nous rejoindre aux offices et aux repas. Leur jeune sœur me plaisait : petite, agile, le rire sonore, légèrement provocant, Ruth avait un sens de l'humour mordant sans être offensant. Dans d'autres circonstances, si elle n'avait été fiancée à un brillant talmudiste d'une *yeshiva* en Californie, j'aurais pu m'éprendre d'elle. J'avais l'impression qu'elle ressemblait un peu à ma mère dont j'ai vu les photos de jeunesse. Je me sentais plus proche de ma cousine que de mon oncle paternel. Quand Avrohom m'observait, il voyait quelqu'un d'autre, ou en tout cas ne me voyait pas seul. Ses yeux me le disaient. Ils cherchaient constamment quelqu'un à ma gauche, à ma droite ou derrière moi. Étaient-ce mes parents morts qui attiraient son attention ? Parfois, j'avais l'impression qu'il était porteur d'un secret me concernant. Un soir, tard, alors que nous étions seuls à table, il parut s'apprêter à me le livrer. À la dernière seconde, il se ravisa. J'ai dû attendre qu'il meure pour en savoir plus.

Avec mes camarades d'étude, j'entretenais des rapports étranges, surtout la première année. Parfois j'étais trop appliqué, d'autres fois beaucoup moins. Instable, déjà, sujet à des sautes d'humeur désagréables. Tout au début, sans doute pour plaire à ma tante Gittel et à mon oncle, je consacrais mes journées et mes soirées à la prière, à la méditation et à l'étude des textes sacrés. « Il te faut un ami, me disait Avrohom. À la *yeshiva*, on n'étudie pas seul. » J'en trouvai un : gauche, maladroit, l'air constamment perdu, Jonathan avait mon âge. La différence entre nous ? Il adorait l'enseignement des lois et de leur interprétation, tandis que moi, je préférais les légendes midrashiques et leur style économe, concis, bref. Parfois, le soir, après le dîner, nous nous retrouvions à la maison d'étude. Heures inspirées, rêves partagés sous le signe de l'amitié.

– Toi et tes histoires, me disait Jonathan sur un ton faussement exaspéré. Tu en connais trop, tu t'y attaches : elles t'ont déjà emprisonné. Elles finiront par te perdre. C'est dangereux, les histoires, même les plus belles sont munies de flèches, et tu ne sais pas que la cible, c'est toi.

– Tu exagères. Mes histoires ne me font pas peur du tout. Elles viennent de n'importe où, de quelque part, ou de nulle part, et je les attrape, c'est tout. Te souviens-tu de la parole captivante de Rabbi Nahman ? Il compare le *Yétzer Hara,* l'esprit du mal, à un homme qui vit le poing fermé. On croit qu'il y cache un trésor et on s'efforce de l'ouvrir. Un long combat s'ensuit et, de lui-même, le bonhomme finit par ouvrir sa main ; elle est vide.

– Encore tes paraboles, dit Jonathan. Tu ne pourrais vraiment pas t'exprimer et vivre comme tout le monde ? Pourquoi chercher à être différent, toujours lointain, dans un monde auquel les autres n'ont pas accès, même moi ? Il suffit que tu touches à une chose pour qu'elle s'enflamme. Tu n'as qu'à dire bonsoir et ce mot se charge de je ne sais quel mystère. Ne suis-je pas ton ami ? J'ai peur pour ton âme et aussi pour ton équilibre.

En fait, docteur, Jonathan avait raison de craindre pour le salut de mon âme. Mais si je l'ai mise en péril, ce n'est pas la faute de mes histoires. À un certain moment, je ne pus m'empêcher de penser que je perdais mon temps et surtout ma raison d'être en restant assis sur les bancs de la *yeshiva.* Peu à peu, je me rendis compte que certaines lois rabbiniques, pourtant lourdes de signification pour ceux qui les aiment, me laissaient scandaleusement indifférent. Approfondir les commentaires de règles portant sur des rites surannés, désuets, en vigueur alors que le Temple était en ruine depuis des siècles, son autel démoli, ses prêtres dispersés, ses chantres désœuvrés et muets : les questions et les cas de conscience qu'ils se posaient n'avaient plus grand-chose qui pût aiguiser mon cerveau. Avec plusieurs camarades, mais pas Jonathan, je me mis à voir des films parfois osés et à lire des livres profanes pourtant interdits : des romans, des essais littéraires et philosophiques, divers ouvrages subversifs proches de la critique biblique... Était-ce la faute des enseignants ? Plutôt la mienne. Fêlure inévitable de la foi ? Blessure mal cicatrisée depuis mon enfance ? Éveil de mon esprit à la pratique du doute ? Habitudes trop rigoureuses devenues vacillantes, vieilles coutumes déracinées devenues flottantes : je m'éloignais de plus en plus, comme on dit, de certains aspects de la religion de nos ancêtres. Vous connaissez les arguments. Comment croire que l'univers est âgé de moins de six mille ans, alors qu'on y trouve des preuves scientifiques démontrant le contraire ? Comment continuer à remercier Dieu pour ses bienfaits, alors que ses créatures s'entre-déchirent en son nom, en déclarant L'aimer ? Et pourquoi mes prières et mes louanges seraient-elles si importantes pour Lui ? Que je les récite ou que j'en oublie quelques-unes, en quoi cela L'affecterait-il au point de m'infliger réprimandes et souffrances ? Comment aimer un Dieu qui a besoin de tant de flatteries ? Étais-je déjà fragilisé, victime de mes interrogations et de mes doutes ?

Et puis, soyons franc. Comme toujours, dans toute histoire, il y eut une femme. Eh oui, malgré l'ambiance ultraorthodoxe étouffante dans laquelle je grandissais, et peut-être à cause d'elle, mon corps d'adolescent résistait mal au désir. Je rougissais quand ma cousine Ruth s'adressait à moi. Un jour, nous nous sommes retrouvés seuls pendant un petit quart d'heure. Elle venait voir ma tante Gittel qui n'était pas encore rentrée du marché. Désemparé, mû par un sentiment de péril inconnu, je sentis mon cœur cogner comme s'il voulait se rompre. Ruth ne s'en aperçut pas. Elle me demanda ce que je faisais. Je répondis que je me préparais à sortir.

– Pour aller où ?

– À la maison d'étude, mentis-je.

– Est-ce si urgent ?

– Oui, répondis-je, confus. On m'attend.

– Et qui donc t'attend avec tant d'urgence ?

– Jonathan.

– Il peut sûrement patienter.

– Non… Peut-être…

– Reste un peu avec moi.

– Pourquoi ? bredouillai-je.

– Quelle question ! répondit-elle avec une petite lueur de malice dans les yeux. Simplement pour me tenir compagnie.

C'était la première fois que j'étais seul avec une femme. Nous restâmes debout au milieu de la pièce, près de la table où j'essayais parfois de préparer mes devoirs. Elle me regardait comme d'habitude en souriant. Et moi, je ne savais où me mettre pour cacher mon désarroi. Plus que jamais mon corps affirmait ses droits : ma poitrine, mes yeux, mes jambes, mes mains, chaque membre tenait à participer à ce qui se passait en moi. Ruth, elle, était détendue, naturelle :

– J'espère que je ne te dérange pas, dit-elle.

– Mais non, bien sûr que non…

– Tu es toujours seul à cette heure de la matinée ?

Pourquoi cette question ?

– Oui. Souvent… dis-je. Quand tante Gittel va au marché…

– Donc, tous les jours ?

Et cette question, pourquoi ? Je ne comprenais pas.

– Oui, je le pense.

Devrais-je lui rappeler qu'elle avait un fiancé ? L'apparition de tante Gittel mit fin à notre conversation. Mais je sais aujourd'hui que ma rupture avec l'enseignement de la tradition coïncida avec la naissance du trouble que je ressentais en présence de ma cousine.

EXTRAIT DES NOTES DU DR THÉRÈSE GOLDSCHMIDT

Les crises de Doriel Waldman et leur langage… Jargon sémantique ? Bribes de paraphasie ?

– Vous aimez manger ?

– L'écorce plutôt que l'arbre.

– Vous aimez boire ?

– L'arbre a soif et j'avale la pluie.

– Et ensuite ? Qu'est-ce qui vient ensuite ?

– Le temps poursuit les mots, les mots tombent à genoux.

– Qui est votre ennemi ?

– Le visage du sans-visage m'a volé le mien.

– Qu'est-ce que vous haïssez ?

– Deux fois trois font le sourire d'un bébé.

– Vous aimez lire ?

– Les nuages s'en vont et j'ai envie de les suivre.

– Vous aimez la musique ?

– Ah, le vagabond qui me cligne de l'œil, il est cinglé.

– Et la peinture, elle vous intéresse ?

– De mon doigt, je suis les nuages et je deviens nuage.

– Et la pluie, vous l'aimez ?

– L'ange qui me traque est noir et éblouissant.

– Et le diable, de quoi a-t-il l'air ?

– Deux fois sept font enfin quatorze.

– C'est juste. Comment y êtes-vous arrivé ?

– C'est pourtant si simple, docteur. Trois fois dimanche et quatre fois mardi font quatorze.

161

Le faire examiner par un confrère neurologue ? Un doute m'effleure : et si ce n'était qu'un jeu de sa part ? Le patient se met à rire ; il n'est pas épuisé, mais moi si. Peut-être est-ce parce que je n'ai pas envie de rire.

Chapitre 12

Par moments, de manière involontaire et imprévisible, tout se bouscule, tout se disloque dans ma tête. Pour un rien, et souvent sans raison, je pleure sans verser de larmes et je ris à gorge déployée. Je suis seul, terriblement seul alors qu'une foule m'entoure et m'enserre. Je vois des hommes manger quand ils ont soif et boire quand ils ont faim. Ils se promènent nus l'hiver et trop vêtus quand la chaleur est étouffante. Les vieillards jouent au cerceau comme des enfants, et les enfants prient comme des vieillards. Et, dans ma bouche, les mots ne s'aiment plus ; dissonants, défigurés, sanglants, ils refusent de s'assembler. Pris isolément, chacun d'eux a un sens, mais ensemble ils ne signifient rien. Du coup, je ne suis plus étendu sur votre divan de thérapeute mais sur l'aile d'un aigle qui m'emporte vers des arbres aux cimes plus hautes que les étoiles. Derrière moi, un immense corbeau essaie de nous attraper : il tient ma tête dans son bec. J'ai envie de hurler, mais aucun son ne sort de ma gorge serrée. J'ai envie de me taire et je m'entends parler, mais c'est dans le langage des oiseaux. Je demande au corbeau pourquoi il me poursuit ; il me répond dans le langage des hommes que je me trompe, c'est lui qui fuit et non pas moi, moi qui le traque. Je demande à l'aigle où il me conduit et il répond, dans sa langue à lui, qu'il m'emmène vers le lieu où toutes les langues s'unissent dans une flamme belle et bienfaisante. Je lui dis que je ne comprends pas, alors il remue ses ailes et me menace de se débarrasser de moi si je continue à l'embêter avec mes propos enfantins. Je lui lance un défi : qu'il ose se séparer de moi, qu'il l'ose, sans moi il mourrait. Pour me punir, il se secoue et le voilà qui tombe, tandis que moi, je continue à voler comme un roi dans les cieux lointains.

D'un air absorbé, les sourcils froncés, Thérèse prend des notes à un rythme accéléré pour ne rien perdre de ce qu'elle entend. Après une pause, elle demande :

– Dans votre vision, qui êtes-vous : le corbeau ou l'aigle ?

– Je ne vois pas la différence.

– Soyons sérieux. Ne me dites pas que ces deux oiseaux se ressemblent.

– Non, je ne vous le dirai pas. Je vous dirai seulement ceci : que je m'identifie à l'un ou à l'autre, pour moi c'est la même chose.

– Vous aimez les oiseaux ?

Sa question me frappe au visage. Elle sait comment toucher une blessure cachée.

– Il fut un temps, docteur, où j'adorais les oiseaux. En fait, je les enviais.

– Vous voyez ? Nous sommes sur une piste. Elle nous mènera peut-être vers une explication de… de votre mal.

Elle m'agace. Moi, je lui parle d'oiseaux et elle de maladie. Si elle persévère ainsi, je lui dis adieu. À quoi bon perdre mon temps, couché comme un idiot ?

– Fermez les yeux, me dit sa voix, et je n'arrive pas à décider si c'est la voix de l'aigle ou du corbeau.

– Bon. J'ai les yeux fermés.

– Qu'est-ce que vous voyez ?

– Mais vous vous moquez de moi, bon Dieu ? Que voulez-vous que je voie puisque j'ai les yeux fermés ?

– Où êtes-vous en ce moment ?

– Dans votre cabinet, si je ne m'abuse ?

– Songez aux oiseaux et dites-moi où vous êtes. Et pourquoi vous les avez enviés.

Bon, elle a réussi à me ramener mille ans en arrière, dans le village polonais où j'ai vécu avec mon père. Je me revois dans la maison qui nous servait d'abri. La plupart du temps, nous devions rester à l'intérieur. La moindre imprudence pouvait attirer l'attention d'un mouchard. Naturellement, l'été était plus dangereux que l'hiver. Les gens restaient dehors plus longtemps, se promenant n'importe où. Aussi notre hôte, Vladek, ce paysan et cousin d'un ancien associé de mon père, nous interdit de nous approcher de la fenêtre : On ne sait jamais, dit-il, qui pourrait apercevoir notre reflet ou notre ombre. Mais un matin, nous avons quand même eu un visiteur : un oiseau est venu nous surprendre. Il se tenait sur le rebord de la fenêtre et nous observait, très sérieux, comme s'il n'avait rien d'autre à faire dans la vie. Une pensée bizarre me traversa l'esprit : c'est un traître, un délateur, il cherche sa prime. Voilà le monde où nous vivons : les oiseaux aussi sont nos ennemis. Malgré l'avertissement de Vladek, je me suis approché de la fenêtre et j'ai dit à l'oiseau qu'il me dérangeait, que je le priais de nous laisser tranquilles, nous ne t'avons rien fait, sois gentil, petit oiseau, va-t'en. Mais au lieu de s'envoler pour rejoindre les siens il se mit à me sourire. Alors, j'ai dit à mon père que cette créature, je l'enviais. Relevant la tête du livre où il était plongé, il regarda l'oiseau qui, immobile, soutint son regard. « Parce qu'il est libre ? me demanda mon père. – Non, répondis-je. Je l'envie parce qu'il n'est pas humain. »

Je m'arrête. La thérapeute ne me rappelle pas à l'ordre. Elle range son bloc-notes et me dit que c'est terminé pour aujourd'hui :

– La prochaine fois, nous essaierons de retrouver vos oiseaux.

La prochaine fois ? Les oiseaux ne m'ont jamais quitté.

Leurs regards sont nos prières.

C'est votre regard que j'aime. Il me plaît. C'est à lui que j'écris. Bêtement, je suis convaincu que mes mots s'y inscrivent. Un jour, je les relirai à voix haute. Pour vous. Pour vous voir sourire. Et je vous dirai, non, je vous le dis déjà : n'ayez pas trop peur de ce qui va nous arriver. Je vous raconte mon passé pour que vous n'ayez pas peur.

Les années d'isolement, d'angoisse ou d'exil, comme vous appelez celles que j'ai vécues dans ce village polonais, vous me demandez de vous les évoquer, c'est bien cela ? De loin nous parvenaient les bruits du village : chants d'ivrognes, querelles de voisins, gémissements de femmes et d'enfants battus, roulements de tambour précédant les annonces officielles. Parfois, tout cela me semble n'être qu'une seule longue nuit entrecoupée de brèves apparitions de ma mère. Avec mon père et comme lui, je lisais beaucoup. Et je me taisais plus encore, sur l'ordre strict de notre logeur. Le bruit aussi était notre ennemi : pour l'éviter, je faisais le muet pendant des jours et des nuits, surtout quand Vladek recevait des visiteurs, si bien qu'il m'arrivait de craindre d'avoir perdu l'usage de la parole. Si l'on m'avait demandé ce que je ferais le jour de la libération, j'aurais répondu : crier, crier de toutes mes forces, dire au monde que moi, je suis moi, et que si lui est sourd, moi, je ne suis pas muet.

Pendant tout ce temps, mon père s'occupait de moi. Je ne sais qui lui a appris à coudre les boutons de ma chemise, à préparer des repas froids, à soigner le rhume que j'attrapais aux premiers vents d'hiver.

Il veillait également sur mon éducation. En murmurant de sa voix calme, mais non sans ferveur, il m'enseignait des textes yiddish, polonais et hébreux. Le soir, à la lueur d'une lampe à pétrole, il me faisait la lecture. Et quand nous avions trop peur pour l'allumer, c'est dans le noir qu'il me racontait des histoires où l'innocence des enfants et la folie des Sages aidaient Dieu à sauver sa Création.

Trop longues ou trop courtes, les saisons agissaient sur mon humeur. Comment vivre dans un temps où rien ne se passe ? Entre le sommeil et l'éveil, aucun événement ne venait nourrir ma mémoire. Au début, pour m'occuper, je comptais mes respirations et mes battements de paupières. Puis je me mis à rêver les yeux ouverts. Je sombrais facilement, trop facilement, dans la dépression ou la colère. Les chants de l'été, les chutes de neige de l'hiver. La pureté du printemps, la boue de l'automne. Les jours venaient et s'en allaient, chassant ou embrassant les fugitifs de la nuit.

Je me souviens, non sans nostalgie, de la solitude partagée avec mon père. Et c'est alors une émotion puissante mais délicate qui m'étreint. Je n'avais que lui, et lui n'avait que moi. Lorsque je pense à la succession des heures et des nuits qui passent, c'est son visage qui en porte les signes. La faim qui secouait mon estomac, c'était aussi la sienne. Pour moi, il était le commencement comme il était la fin. Mon rêve inavoué ? Redevenir enfant pour ne pas souffrir de la honte des adultes.

Je me souviens d'une journée d'été où nous avons failli nous faire arrêter. Nous étions dans le grenier car notre hôte attendait de la famille. « Attention, nous avait-il prévenus : pas de mouvement. Pas de conversation. Attendez que les gens s'en aillent. Mais si, par hasard, un gamin s'aventure là où il ne devrait pas, et qu'il vous découvre, rouez-le de coups jusqu'à ce qu'il perde connaissance. Compris ? Après, je lui apprendrai à oublier. »

Malheureusement, ce qu'il redoutait finit par arriver. Pendant que les adultes festoyaient, un petit garnement vint fureter dans le grenier. Je ne sais pas ce qu'il y cherchait. Peut-être se doutait-il de quelque chose. Il entra, renifla à droite et à gauche, remua la paille devant la porte et sortit.

Nous l'avions échappé belle.

– Qu'aurions-nous fait s'il nous avait découverts ? demandai-je à mon père.

– Nous l'aurions bien battu.

– Pour le tuer ? murmurai-je dans un souffle.

– Non. Simplement pour lui faire oublier.

Il ajouta plus tard :

– Je n'aurais jamais pu tuer. Et certainement pas un enfant.

Et moi, pensai-je dans ma tête de petit imbécile, est-ce que j'aurais pu ?

– Je sais, docteur, je le sais bien : je parle beaucoup de mon père et pas assez de ma mère. N'allez surtout pas en conclure que je ne l'ai pas aimée. N'essayez pas de tout mettre sur son dos ou sur le mien. Ne cherchez pas en moi qui n'ai pas étudié les théories freudienne ou lacanienne des complexes qui n'existent que dans votre cerveau compliqué de thérapeute. Sachez que j'ai aimé ma mère, et que je l'aime encore. Mais que voulez-vous, la guerre et l'accident ont amputé ma vie : Est-ce ma faute si j'ai vécu trop peu de temps auprès de ma mère ? Vous me demandez si je ne l'ai pas assez souvent vue pendant l'Occupation ? En effet, ça n'arrivait pas fréquemment. Et seulement pour quelques heures. Une nuit, jamais plus. Chaque fois, elle arrivait le soir, tard, épuisée. Elle frappait doucement à la porte le signal convenu : trois coups puis deux puis quatre. Elle s'arrêtait sur le seuil pour me regarder avant de se tourner vers mon père. Été comme hiver, elle portait le même manteau, la même robe. À chaque visite, elle semblait plus petite, plus frêle. Elle nous embrassait tous les deux, moi sur la joue, mon père dans le cou. Je ne l'ai vue pleurer qu'une seule fois. Retirés dans un coin, papa lui posait des questions sur ses activités et elle lui expliquait qu'elle n'avait pas le droit de les lui révéler : s'il se faisait arrêter, il risquait de parler sous la torture. La Résistance en subirait des conséquences qu'il valait mieux éviter. Mon père lui reprocha en souriant : « Si je te comprends bien, tu nous caches des choses de ta vie, c'est ça ? » Alors maman éclata en sanglots : « Tu me soupçonnes de ne pas vous être fidèle », dit-elle en hoquetant. Papa réussit à la calmer, mais moi, pendant longtemps, je lui en ai voulu d'avoir causé tant de chagrin à maman.

« Je vous sens plus attentive, docteur. Qu'est-ce qui vous intéresse ? La douleur de maman ou l'ennui que je partageais avec papa ? Ne me dites pas que vous devinez une cassure dans notre vie familiale. Et cela à cause de l'inconduite possible de ma mère ? Je vous l'interdis ! C'est vrai, j'ai l'air de m'emporter parfois. Mais c'est parce que vous me provoquez. J'ignore à quoi vous espérez aboutir, quelle faute vous tentez de découvrir, et chez qui. Mais je vous ordonne d'arrêter ce jeu indécent ; je ne joue plus. Vous aimeriez savoir qui j'ai envie de protéger, mon père ou ma mère ? Eh bien, je vous répondrais que tous les deux méritent ma protection, et puis ça n'est pas votre affaire.

Je me redresse sur mes coudes et jette un coup d'œil rapide vers la thérapeute : elle paraît contente d'elle-même.

Elle sourit.

Plus tard, j'apprendrais beaucoup de choses sur mes parents. Des deux, c'est maman qui en imposait le plus. Elle savait quoi faire et comment le faire. Un véritable esprit de décision ! Le plus souvent, papa n'essayait même pas de discuter. Sans doute est-ce parce que c'est elle qui avait participé à la Résistance et pas lui. Mais pourquoi elle ? Parce qu'elle était blonde et attirante. Elle pouvait facilement passer pour aryenne, tandis que lui, avec ses cheveux châtains et ses yeux bruns et tristes, avait plus l'air juif. Mais c'est papa qui avait déniché le paysan Vladek qui, contre un loyer exorbitant, avait accepté de nous abriter.

Je me souviens du brave Vladek. D'ailleurs, il était brave seulement quand il recevait ses zlotys. Il avait une femme et deux enfants, un garçon et une fille. La femme, je ne l'ai jamais aperçue de face ; je l'entendais seulement à travers la cloison. Les enfants, je les voyais jouer dans la cour. Ce sont eux qui représentaient pour nous la menace la plus réelle : ils étaient capables, sans le vouloir, de découvrir notre réduit souterrain ou la grange qui nous servaient de cachette. Pour moi, encore petit, ce n'était pas trop douloureux ; pour mon père, si. Accroupi pendant des heures, il avait du mal à remuer la tête. Quant à moi, c'est le silence qui me paraissait intolérable. Ainsi, après la guerre, papa resta légèrement voûté et moi habité par le silence.

Le cagibi, nous nous y cachions seulement quand des policiers, des Allemands, des gens louches ou encore des voisins curieux circulaient dans les parages, sans doute à la recherche de Juifs comme nous. J'ai oublié pourquoi, mais cela arrivait surtout au printemps.

Un jour, là encore je ne me rappelle plus quand, j'assistai à un incident qui aurait pu tourner au désastre. Vladek apparut et se mit à discuter avec mon père pour augmenter les frais de notre hébergement. « Il faut comprendre, dit-il, votre présence chez moi nous met tous en danger, ma femme et nos enfants aussi… » Mon père répondit qu'il n'était pas riche, qu'il avait juste assez d'argent pour respecter son engagement, pas plus… Le paysan était mécontent : « Et si la guerre dure encore des années, seras-tu assez riche pour me payer ? » Mon père répondit que la guerre ne durerait plus longtemps : les Alliés et les Russes étaient plus puissants que l'Allemagne. La discussion se poursuivit sur ce ton hostile jusqu'à ce que le paysan s'écriât : « Si tu n'acceptes pas mes conditions le mois prochain, je ne garantis rien. » C'était clair : il allait nous mettre à la porte ou carrément nous dénoncer.

Par hasard, maman vint nous voir deux ou trois semaines plus tard. Papa lui raconta ce qui était arrivé. Bien que soucieuse, elle le rassura : « Laisse-nous faire. » Papa demanda : « Nous, qui ? » Comme toujours, elle fit un geste qui signifiait ce qu'elle lui répétait souvent : « Il vaut mieux que tu ne le saches pas. » L'important, c'est que le paysan renonça à ses exigences et à ses menaces. Plus tard, j'appris ce qui s'était passé : un camarade de la Résistance l'avait contacté, un dimanche à la sortie de l'église, pour lui glisser dans l'oreille l'ordre de nous laisser tranquilles : « Si tu recommences ou si tes locataires tombent entre les griffes de la Gestapo, nous mettrons le feu à ta maison avec toi et les tiens dedans. Tu sais que nous ne plaisantons pas. »

Le camarade en question ? C'était Romek.

– Certains êtres naissent vieux. D'autres vivent et connaissent l'angoisse et le bonheur avant de venir au monde. Ensuite ils oublient tout et passent leur vie à tenter de se rappeler. C'est un peu ce qui m'arrive, docteur. Oh, je sais ce que vous pensez : voilà que mon patient délire ! Mais ça, je le sais aussi, je l'ai su bien avant vous. Sinon, qu'est-ce que je ferais ici, étendu comme un imbécile paresseux sur votre divan si peu confortable ? Cependant, la phrase que je viens de citer n'est pas de moi, mais du Talmud. Et elle me convient, sauf la fin : moi, je cherche parfois à oublier, alors que vous, vous faites tout pour abattre les murs de l'oubli. Qui gagnera ce combat ? Moi, je n'ai qu'une certitude : le perdant, ce sera moi.

« Je le suis depuis ce jour où j'ai suivi les cercueils de mes parents jusqu'au petit cimetière campagnard proche de Marseille d'où l'on pouvait voir la mer. J'avais onze ans. C'était pendant la période des Grandes Fêtes de 1947. Il faisait encore beau. Avrohom me tenait la main. L'endroit respirait le calme. Le vent bruissait dans les sapins et annonçait aux feuilles dorées que bientôt le froid reviendrait ; tremblantes, elles semblaient lui dire : donne-nous un peu de répit, va-t'en, laisse-nous jouir du dernier rayon de soleil. Parfois le vent effleurait aussi mon visage, mais je ne compris pas le sens de son message.

« Une semaine après les obsèques, donc après la *shiva,* il y eut une cérémonie au cours de laquelle mon nom fut plus souvent cité que celui de mes parents. Dans leurs discours, les dirigeants sionistes traitaient de nouveau les Anglais de tous les noms : "C'est à cause d'eux et de leur politique antijuive que ce petit garçon innocent est maintenant orphelin", criait Giora, leur chef. Un ami d'Avrohom, feutre et caftan noirs, implora le Seigneur de me prendre sous sa protection, car "n'est-Il pas le protecteur des veuves et des orphelins" ? Cette fois encore, la manifestation s'acheva avec ma récitation du Kaddish.

« Le ciel était d'un bleu léger et rassurant. Pas de vent, ce jour-là. La terre, apaisée, avait accueilli mes morts sans les blesser ; ils l'avaient suffisamment été lors de l'accident, dans leur voiture fracassée. Avrohom ne m'avait pas quitté une seconde pendant la semaine du deuil. Le temps allait maintenant devenir une chose qu'il faudrait peser, regarder, interroger, qu'on essaierait d'apprivoiser et d'aimer.

– La semaine du deuil écoulée, je me suis levé comme un malade qui a besoin de béquilles pour se déplacer. Avrohom m'interrogea sur mes souvenirs. Il

172

voulait tout apprendre. Sur mes parents qu'il n'avait jamais rencontrés. Étaient-ils pratiquants ? Heureux ? Quand riaient-ils à gorge déployée et quand réfléchissaient-ils à voix basse ? Je lui décrivis l'un et l'autre avec autant de netteté que je le pouvais, mais je tus l'incident qui avait fait pleurer ma mère.

« Et je regrette, docteur, de vous l'avoir raconté.

— Pourquoi, Doriel ? Pourquoi cette volonté farouche d'entourer de secret un incident mineur, insignifiant… sauf si, derrière lui, se cache quelque chose qui vous fait peur ou qui vous fait honte ?

Étouffé de colère, je restai silencieux jusqu'à la fin de la séance.

EXTRAIT DES NOTES DU DR THÉRÈSE GOLDSCHMIDT
Déchirures

— Cela fait presque trois semaines que vous n'êtes pas venu me voir. Est-ce parce que vous allez très bien ou très mal ?

— Je ne vois personne, je ne suis pas moi.

— Je vous vois, cela vous dérange ?

— Un vieillard qui marche sur les cordes de son violon, voilà.

— Et il ne glisse pas ?

— Un enfant sourit et la pluie lui répond.

— Et il n'est pas mouillé ?

— Une jeune femme devient vieille et la terre tourne autour de son corps déchiqueté.

— Et elle ne pleure pas ?

— Un acrobate se met à genoux pour prier et les funérailles continuent.

— Et le mort se laisse faire ?

— Un mendiant s'écroule sous le poids de ses désirs.

— Et il continue d'espérer ?

— Les dieux se fâchent et l'âme entonne un chant qui fait pousser l'herbe.

– Et les cieux se couvrent de nuages ?

– Le soleil s'éteint et le fou s'enivre de ses rayons mortels.

– Et que faites-vous pour retrouver la paix ?

– Je sens mon destin qui s'effrite.

– Et quoi encore ?

– Quelqu'un marche à reculons et je me sens vidé.

– Mais vous êtes revenu, c'est bien.

– Revenu d'où, qui peut me le dire ? Quelqu'un qui n'était pas avec moi, où est-il maintenant ?

Jonathan était mon ami. Je pouvais lui confier mes
doutes et mes craintes. Mais à un certain moment, la
connivence entre nous disparut. Ce qui nous sépara ?
Vous allez rire : ce ne fut ni l'ambition de réussir ni la
transgression volontaire des commandements quotidiens, mais Dieu : c'est Dieu Lui-même qui soudain
s'interposa entre mon ami et moi. Et, encore une fois,
une femme joua aussi son rôle.

Un matin, contrairement à son habitude, Ruth fit irruption dans la salle à manger sans frapper. J'y étudiais un
passage obscur d'un texte ancien sur lequel je butais, ce
qui m'énervait. Il s'agissait de la souffrance du Messie
que seul l'homme, à chaque génération, pourrait guérir.
Jonathan et moi en avions déjà parlé la veille et je me
dis que nous ferions bien d'en discuter à nouveau dans
l'après-midi. Un article récent sur la place prépondé-
rante que le mysticisme occupe dans la pensée et le
roman modernes nous aiderait peut-être. Hypothèse
compliquée et pas nécessairement convaincante : ayant
constaté la faillite de la culture occidentale en tant que
réponse éthique, l'homme contemporain d'Auschwitz
se tourne inévitablement vers l'autre côté, celui du mysticisme. Le non-dit l'interpelle plus que ce qui est arti-
culé. Il devine que le mystère de la fin est conditionné
par celui du commencement. La sagesse pure réside
dans l'avant, non dans l'après. En essayant de briser les

outils mêmes de l'expression littéraire, nous formulons, à notre niveau, la conception kabbalistique de l'éclatement des vases *(shvirat hakélim)* qui accompagna la Création. Voilà l'effroyable pouvoir de l'homme selon un mystique allemand du haut Moyen Âge : il peut s'en servir pour comprendre et cesser de comprendre ; saisir l'être dans l'instant qui l'enferme et aussi le libérer sans se rendre compte que, dans cette double démarche, c'est de lui-même qu'il s'agit. Il lui est donné de faire un pas vers le ciel mais non d'empêcher le ciel de reculer...

Interrompue par l'arrivée de Ruth, ma pensée se troubla. Pourtant, inconsciemment, je l'attendais. Ces temps derniers, elle venait plusieurs fois par semaine chez ses parents, et toujours quand j'étais seul. D'habitude, elle restait près de la porte comme pour garder une certaine distance entre nous. Cette fois, elle s'approcha et, debout, le regard fixé sur moi, elle me demanda si elle m'empêchait d'étudier. J'allais murmurer que non, pas du tout, mais je répondis «oui beaucoup». Elle ébaucha un sourire et dit «c'est bien» sur un ton quasi inaudible et tellement intime qu'un frisson me parcourut l'échine. Elle se pencha vers moi et chuchota : «Voyons, quel est l'ouvrage qui t'accapare tout entier ?» Je bredouillai quelques mots incohérents ; un poing de fer écrasait ma poitrine. Je cherchai une réplique appropriée sans aucun succès. Je me sentis rougir comme si mon Maître avait deviné que mon âme frôlait le précipice. Dans une seconde, le beau visage de Ruth serait près du mien. Ma respiration s'arrêta. Qu'allait-elle faire ou dire ? Une question, elle me posa une toute petite question : «Et l'amour là-dedans ?» Elle souhaitait savoir ce que j'en pensais. Rien d'autre. Je me sentis gauche et ignorant. Quelle réponse pouvais-je inventer ? Certes, dans les textes que j'étudiais il était bien question d'amour, mais d'un seul. Dieu nous ordonne de L'aimer. Mais une femme ? Une femme peut-être innocente et cependant envoûtante ? Comme je ne répondais pas, elle poursuivit son interrogatoire sur un ton de plus en plus pressant : « As-tu jamais aimé, je veux dire aimé une femme, une femme comme moi ? » Je vais sombrer, me dis-je, je sentais que j'allais être emporté par les mille et un démons qui peuplent l'enfer. Heureusement, j'entendis la porte d'entrée. En un clin d'œil, Ruth se releva, changea de visage pour accueillir sa mère : « Je t'attendais », lui dit-elle. Et moi, je plongeai dans mon livre, espérant que ce que je venais de vivre n'était qu'un rêve qui se dissiperait rapidement et, surtout, dont les effets resteraient invisibles. Les deux femmes se retirèrent dans la cuisine. L'instant d'après, je sortis retrouver Jonathan. Allait-il deviner ce qui venait de m'arriver ? Je décidai de ne rien lui dire.

Mais pendant l'après-midi, j'interrompis notre étude et lui demandai :

– Que penses-tu du péché ?

– Lequel ?

– N'importe lequel. À quel moment une pensée qui s'égare ou un désir refoulé deviennent-ils des péchés ?

– Par exemple ?

Pour m'éloigner du terrain miné, je répondis :

– L'existence de Dieu. Imagine quelqu'un qui commence à douter, qui craint de perdre la foi, mais qui continue à pratiquer les *mitzvot,* est-il un pécheur ?

– Je ne sais pas comment te répondre. Vivre sans la foi est pour moi inconcevable. Dieu est Dieu et Il est partout, dans les astres comme dans la poussière. Comment peut-on imaginer son inexistence ?

– Mais si Dieu est partout, donc dans nos actes aussi, et dans nos pensées, comment expliquer nos instincts, nos défaillances ?

– Un jour, nous étudierons Maïmonide, le Maharal de Prague, les philosophes. Pour l'instant, je te répondrai qu'à mon avis Dieu connaît toutes les réponses. Mieux :

Dieu est la réponse universelle à toutes les questions.

Je remarquai en moi-même : il y a des hommes qui ont mille choses à taire ; moi, je n'en ai qu'une seule. Alors Ruth fit à nouveau irruption dans ma pensée et je décidai de changer de sujet.

Le lendemain, je repris mon travail seul dans la salle à manger. Mais je me rendis compte que j'attendais Ruth. Et c'est en l'attendant que je perdis mon innocence. C'est tellement simple et idiot : à force d'attendre, j'oubliais Dieu qui, Lui aussi, est censé nous attendre.

Aurait-Il oublié, Lui aussi ?

Là-dessus, la porte s'ouvre et Ruth arrive, une corbeille de cerises à la main. Comme d'habitude, elle reste debout, un sourire pâle sur ses lèvres. Me sentant rougir, je baisse les yeux. Je suis désemparé, comme étranger à moi-même. Chaque membre de mon corps me renie. Cependant, Ruth continue à m'observer, tandis que son sourire s'accentue et devient grave. J'ai envie de lui dire que je la trouve belle, aussi belle que la Sarah biblique et la bien-aimée de Jacob, Rachel, la Sulamite du roi Salomon, mes seules références en matière de beauté, mais je n'ose pas. J'ai envie de lui dire qu'elle m'émeut, mais je ne sais pas comment. Pesant, le silence devient insupportable. C'est elle qui le rompt :

— À quoi penses-tu ?

Lui avouer que je pense à elle ? Que depuis la veille, c'est toujours à elle que je pense ?

— J'étudie.

— Qu'est-ce que tu étudies ?

— Le Midrash.

— Quoi dans le Midrash ?

— Le problème de la Rédemption.

— Je savais que c'était une promesse, j'ignorais que c'était un problème.

— C'est les deux.

— N'est-ce pas l'un ou l'autre ?

– Oh, ce serait trop long à expliquer.

– Nous avons le temps. Maman est allée rendre visite à une amie malade ; elle ne reviendra que dans l'après-midi.

Elle s'arrête pour enchaîner dans un souffle :

– Nous sommes seuls.

Du coup, la panique m'envahit. Imperceptiblement, le visage de Ruth s'approche du mien. Bêtement, en bredouillant, je me mets à répéter comme un maniaque ce que j'ai appris ces dernières semaines avec Jonathan : le but de l'homme n'est pas seulement de se libérer du mal qui le menace et le piège, encore lui faut-il mettre fin à l'exil du peuple juif et de tous les peuples en précipitant la venue du Messie. Comment y parvenir ? Rien de plus facile : en restituant à la Création, par des actes moraux, son équilibre premier, c'est-à-dire sa pureté.

Elle me contemple longuement et se met à rire :

– Et moi qui étais convaincue que tu pensais à moi ?

Et, après une respiration :

– Si je te disais que, moi aussi, j'ai besoin de me libérer ?

C'est moi qui vais perdre le souffle : mieux vaut me taire. Et Ruth continue :

– Toi et ton ami, et papa, et tous vos Maîtres, vous croyez être les seuls à vouloir sauver le monde ? Il y a des gens qui prétendent que vous faites fausse route. On m'a parlé d'un jeune Juif polonais, fils d'un riche marchand, qui, avant la guerre, travaillait dans le même but. Il était communiste.

– Je ne comprends pas : juif et communiste ? Les deux vont-ils ensemble ?

– Il paraît que oui, autrefois. Ce jeune Juif était rentré un soir chez lui et avait déclaré tout simplement que Dieu n'existait pas et que le monde serait libéré quand tous les hommes s'en rendraient compte.

– Ridicule, dis-je. Nier l'existence de Dieu ne pourrait qu'entraîner pour toute société davantage d'oppression, de brutalité, de cruauté…

— Je pense comme toi. Seulement…

— Seulement quoi ?

— Si l'existence de Dieu implique qu'on se soumette à ses lois, et si ces lois m'empêchent d'aimer, que dois-je faire ?

Qu'attend-elle de moi ? Que je m'affranchisse de la discipline qui me relie à Moïse ? Que je la libère, elle, de ses attaches ? De son fiancé peut-être ? Je suis plus naïf qu'elle, plus faible. Plongé dans les choses de l'âme, je ne sais rien des mystères du corps qu'elle doit connaître. La voilà qui se penche vers moi, et je ne sais pas comment me comporter. Je ne me lève pas pour prendre la fuite. Elle est toute proche et je reste assis. Elle se penche vers moi et mon cerveau éclate. Elle me tend la main. Comme je ne réagis pas, elle saisit la mienne.

— Nous sommes seuls, chuchote-t-elle à mon oreille. Seuls dans la maison. Seuls dans un monde qui nous dit de ne pas avoir peur.

Sans s'arrêter de chuchoter, ses lèvres se posent sur les miennes.

— Nous sommes fous, dit-elle, et c'est bien ainsi. Rendons grâce à cette sainte folie. Elle offre à nos corps leur dû en nous rendant libres et triomphants.

Une pensée me traverse comme une lame : « Si cela continue, je devrai subir les affres de l'enfer. » Mais cela ne continue pas. C'est Ruth qui met fin à l'épreuve. Elle me relâche et se met à rire.

— Tu vois ? Le paradis n'est pas là-haut, il est ici et je peux le construire, avec ton corps et le mien.

Tout en riant, elle me donne quelques cerises :

— Goûte-les ; elles aussi viennent du paradis.

Puis elle se redresse, passe une main dans ses cheveux et gagne la porte. Et moi, une sensation ancienne d'abandon m'étreint. Je songe aux parents de Ruth. Que je sois maudit par eux ou par Dieu, je ne sais ce qui serait pire. Je sais seulement que je le serai. J'ai franchi un seuil, violé un interdit et rien ne sera plus pareil. Je suis à la fois juge et condamné. J'ai perdu non seulement mon innocence, mais aussi le respect de moi-même.

Et une voix s'élève en moi, celle d'un fou embusqué, déjà saisi par la panique : « Faites, Seigneur, que ma culpabilité ne vous éclabousse pas. »

– Eh bien, docteur, réfléchissez à cette question : l'homme peut-il devenir fou à cause de Dieu ? Vous ne répondez pas ? En voici une autre : l'homme peut-il choisir sa folie ?

– La folie et le choix, dit la psychothérapeute, drôle de combinaison de termes. Je me demande pourquoi vous l'avez utilisée. Et pourquoi en parlant de Ruth.

– Je n'en sais rien ; ça m'est venu comme ça.

– Sans réfléchir ?

– Oui. Sans y réfléchir.

– Par l'effet du hasard ?

– Oui. Pur hasard.

– Le cerveau n'obéit pas au hasard, croyez-moi.

– Le mien, oui.

– Parce qu'il est exceptionnel ?

– Je ne prétends pas avoir quoi que ce soit d'exceptionnel ; je ne suis pas narcissique.

– Mais vous venez d'attribuer au hasard une dimension intéressante.

– Intéressante ? Pour qui ?

– Pour nous deux.

– Pas pour moi.

– Mon intérêt vous gêne ?

– Non. Mais je préférerais quand même changer de sujet.

– Parce qu'il concerne Ruth ?

181

– Non. Oui.

– Ruth fait partie de votre mal ?

– Possible. Je ne souhaite pas m'y attarder.

– Elle vous a fait mal, n'est-ce pas ?

– En faisant quoi ?

– En se moquant de vous. En essayant de vous séduire d'abord, en vous rejetant ensuite ?

– Ce n'est pas comme ça, pas comme ça que les choses se sont passées.

– Mais comment ?

– Je vous l'ai dit. Changeons de sujet.

Elle me pose de nouvelles questions et en répète d'autres de sa voix professionnelle, impassible, impersonnelle, comme si elle remplissait un formulaire administratif ; rien de ce que je dirai ne pourra la faire changer de rythme ou de tonalité ; une machine humaine, voilà ce qu'elle est. Je me renferme dans un mutisme sombre. Qu'est-ce qui la pousse à me soumettre à cet interrogatoire ? Pour qui se prend-elle ? Ce genre d'exercice, je connais. Je ne lui réponds plus. Elle y revient lors des séances suivantes. Je ne comprends pas son obstination. Pourquoi cet épisode stupide et humiliant de mon adolescence l'intéresse-t-il à ce point ? Elle s'y accroche, impossible de l'en éloigner. Moi, je ne désire qu'une chose : l'oublier. Elle veut le contraire. Me faire revenir en arrière, revivre la scène de séduction, fouiller dans des zones ténébreuses et sales… Ne serait-elle pas un peu vicieuse, la charmante thérapeute qui se fait payer le plaisir que mon passé lui procure ?

Lors de la quarante-quatrième séance, quelques minutes avant la fin, elle réussit à me surprendre, bien pis : à me secouer. Cette question, elle me la lance avec calme, comme s'il s'agissait du temps qu'il fait :

– Il y a dans tout cela un petit détail qui m'échappe :

Êtes-vous certain de la véracité de votre histoire avec Ruth ?

– Je ne comprends pas ce que vous voulez dire.

– Je parle de votre mémoire. Elle n'est sûrement pas parfaite ; aucune ne l'est. Croyez-vous vraiment que ce que vous dites avoir vécu correspond à la réalité ?

– Je ne comprends toujours pas ce que vous insinuez, dis-je en m'efforçant de contenir ma colère.

– Cela peut arriver même à des gens qui se portent bien. Avec les années, le passé s'estompe. On oublie des événements réels et on « se souvient » d'épisodes rêvés ou imaginaires.

– Et vous pensez que… que j'ai menti !

– … Je pense que votre mémoire, elle, vous a peut-être menti. N'est-il pas utile et important, pour vous autant que pour moi, d'envisager toutes les possibilités ?

Elle n'en démord pas et moi, je campe sur mes positions. Plus elle insiste, moins je cède. Pourtant, tout au fond de moi-même, le doute s'insinue. Victime de mes certitudes actuelles, me tromperais-je sur mon passé ? Aurais-je pris mes désirs pour des promesses partagées ? La thérapeute a vu plus clair en moi que moi-même. Au bout de quelques semaines, me guidant par un mot ou un silence, elle réussit à me faire redécouvrir la vérité : rien ne s'est passé entre Ruth et moi. Notre toute dernière rencontre, semblable aux précédentes mais plus brève, s'est déroulée dans un silence inconfortable que rien n'interrompit. Il n'y a pas eu de questions insolentes ni de réponses abstraites. La beauté de Ruth, je l'avais reconnue, admirée et aimée, c'était tout. Avais-je désiré son corps ? Je n'en suis même pas sûr. Je crois qu'elle m'a serré la main en arrivant, mais en baissant le regard. Étais-je trop timide ou trop lâche pour prendre l'initiative ? Si je l'avais embrassée, m'aurait-elle repoussé en me rappelant qu'elle était fiancée ? Comment savoir ? Des femmes, j'en connaîtrais peu dans ma vie. Mais je me souviendrai toujours de Ruth et de notre relation innocente.

Mais... si rien n'est arrivé entre nous, pourquoi me suis-je inventé un rôle de coupable ?

Elle m'a rendu fou, si je ne l'étais pas déjà, ma brillante thérapeute irascible. Sous l'effet de son bâton magique, mon savoir se vidait, ma mémoire s'obscurcissait. Pris dans un tourbillon onirique de danseuses agressives et de guerriers timides, oscillant entre le rire et l'agonie, le bruit de l'océan et la quiétude des sommets, j'ai à nouveau perdu toute notion d'identité. Je me parlais et n'arrivais pas à décider si j'étais celui qui parlait ou celui qui écoutait, celui qui croyait en Dieu ou l'autre qui le niait. Pourchassé par des forces obscures, démoniaques, je courais sans avancer ni même bouger : comme si j'évoluais hors de l'espace et du temps. Un moment, je savais que l'aube s'annonçait, mais aussitôt je me corrigeais : il était minuit.

Peu après l'incident vrai ou imaginaire avec Ruth, j'ai quitté ma famille et son environnement trop strict. Afin de ne plus revoir Ruth ? Plutôt pour ne plus m'exposer à la tentation. Je savais que la fois suivante je ne saurais pas résister. À mon oncle Avrohom, je fournis une explication plus ou moins plausible : j'allais avoir vingt ans ; à ce stade de mes études, j'éprouvais le besoin d'aller les approfondir dans une *yeshiva* de Bnéi Brak ou de Jérusalem. Assis à table en face de lui, les mains sur les genoux, l'air égaré, je répondis à ses questions. Toujours antisioniste, il voulait avoir l'assurance que je n'allais pas en Terre sainte pour me battre contre les Arabes :

— On dit qu'il va y avoir la guerre là-bas, remarqua-t-il.

— Sans doute.

— Tu veux mourir ?

– Non.

– Vivre ?

– Non plus.

– Que veux-tu ?

– Je ne sais pas. Je sais seulement que je dois m'en aller.

– Est-ce une fuite ?

– Possible.

– Une fuite *de* ou *vers* quelque chose ?

– Les deux peut-être.

– Tu ne feras pas de politique là-bas ? Promis ?

– Promis.

– Ni d'affaires ?

– Promis.

– Tu y vas uniquement pour étudier la Torah, c'est d'accord ?

– D'accord, oncle Avrohom.

– Et rien d'autre ?

– Rien d'autre.

– Tu pars seul ?

– Seul.

– Pour combien de temps ?

– Le temps de m'accomplir dans l'étude.

– Cela peut prendre toute la vie.

– J'en suis conscient.

– Quand comptes-tu partir ?

– Dans quelques semaines ou quelques mois. Je n'ai pas de date fixe.

– Et qui te paiera le voyage ? Moi, je ne suis pas très riche.

– Je le sais, oncle Avrohom.

– Bah, on a le temps d'y réfléchir. Avec l'aide de Dieu, nous trouverons bien une solution.

– Oui. Avec l'aide de Dieu.

Avrohom réfléchit un moment, se caressa la barbe, et déclara :

– Je suis sûr que là-haut tes parents sont fiers de toi.

Et moi, songeant à mon aventure manquée avec Ruth, je me dis : Je n'en suis pas si sûr.

Croyez-le ou non, mais le vœu de mon oncle si proche du ciel fut exaucé. Comment puis-je me rappeler tant de choses ? Pourtant j'y songe souvent.

Quant aux séances avec Thérèse Goldschmidt, elles continuent. Et se passent plutôt mal.

Extrait des notes du Dr Thérèse Goldschmidt
Avec Martin, jeudi soir

– Je n'en peux plus, lui dis-je. Je suis à bout.

J'examine mes ongles d'un air dépité, comme chaque fois que je suis mécontente.

– Tu peux m'en parler ? demande Martin.

– Non… Oui… Si tu veux. Après tout, tu n'es pas un étranger.

– C'est encore ton fardeau nommé Doriel ?

– Oui. Je me rends vraiment compte que je ne peux pas l'aider. Il m'échappe.

– Il refuse de coopérer ? Il s'accroche à sa maladie, c'est ça ?

– C'est un homme malheureux qui ne cherche plus le bonheur.

Je m'interromps. Crainte de dire des choses qu'il vaudrait mieux taire.

Nous rentrons du cinéma. Film politique : dénonciation des guerres, des classes dominantes. Surtout de l'autorité.

D'habitude, lorsque nous revenons d'un spectacle, nous aimons en discuter à table, dans la cuisine, en savourant notre infusion à la verveine qui est censée nous aider à nous endormir. Puis nous évoquons des cousins et des amis que nous voyons rarement : un neurochirurgien installé en Californie ; un professeur d'histoire contemporaine qui enseigne en Arizona. Pas ce soir. Seul Doriel nous préoccupe. C'est lui qui m'a rendue morose, prête à douter de moi-même, de mes jugements, de mes déductions.

– Que s'est-il passé aujourd'hui ? Un incident nouveau ? Particulier ?

– Non, rien de spécial. Justement, tout se passe comme d'habitude. Je lui pose des questions pour agir sur sa mémoire : il se laisse faire, répond, mais ne va jamais jusqu'au bout. J'ai tout le temps l'impression qu'il s'arrête sur le seuil, comme devant un mur ; comme s'il redoutait de s'envoler vers le ciel ou de s'abîmer dans un gouffre. Alors, il me donne envie de hurler.

– Mais n'est-ce pas le pain quotidien des psychothérapeutes ? Vous cherchez tous la clé qui ouvrirait la forteresse où se cache l'ennemi qu'est le mal ou la maladie de l'âme. Mais cette clé, ne m'as-tu pas souvent répété qu'à son tour elle gît dans une boîte fermée à double tour ? Qu'il faut sans cesse découvrir une clé pour mettre la main sur la clé suivante ?

– Que faire ? Je me casse la tête pour trouver une réponse, même provisoire.

– As-tu envisagé de confier ton patient récalcitrant à un collègue ?

– Je ne sais pas... T'ai-je dit qu'il m'a parlé du successeur du Besht, le fondateur du mouvement hassidique ? Le Grand Maguid de Mezeritch disait que lorsque l'on se trouve perdu et impuissant devant une porte fermée dont on a perdu la clé, il n'y a qu'une solution : enfoncer la porte.

– Magnifique conseil !

– Tu ne vas tout de même pas me suggérer de... d'utiliser la force ! Est-ce cela que tu as appris dans les livres que tu amasses dans ta bibliothèque ? Que la violence est une option même pour les maladies mentales ?

– C'est toi qui as cité le Maître hassidique...

– Moi, je ne parle pas de violence. Quand il s'agit de l'âme, il faudrait pouvoir y pénétrer doucement. Par une parole. Un geste, un signe, un regard. Une poignée de main. Un silence, pourquoi pas ?

Martin me laisse réfléchir un long moment.

– Si seulement, lui dis-je en souriant, je pouvais lui faire admettre que l'amour fait partie de la vie, et qu'on peut le revendiquer sans honte…

– N'est-il pas trop vieux ?

– Bien sûr qu'il vieillit. Comme tout le monde.

– Comme nous ?

– Que vas-tu chercher là ! Quand même… Nous sommes plus jeunes que Doriel. Bon ! Admettons ! Il est vieux. Un peu.

– Ne me dis pas que tu as peur de vieillir.

– Je ne le dis pas. Mais toi, toujours si calme au milieu de tes livres, si sûr de tes moyens, aurais-tu peur ?

– Oui. Il m'arrive d'avoir peur. Peur de vivre une existence diminuée, comme un objet qui ne sert plus à rien. De sentir mon corps s'en aller seul, sans mon âme. Et inversement : peur de me retrouver abandonné, déserté, trahi par ma raison. Bref, peur de mourir avant de mourir.

– C'est tout naturel. Pour une intelligence comme la tienne, ne plus pouvoir gouverner sa pensée ou ses désirs serait la plus atroce des épreuves. Mais…

– Mais quoi ?

– N'oublie pas notre pacte. Nous nous sommes juré de veiller, toi sur moi et moi sur toi, à ce que cette humiliation nous soit épargnée. Mais si je ne suis plus là, qui s'occupera de Doriel ?

– Il n'a donc vraiment personne dans sa vie ?

– Personne. Sauf peut-être une de ces femmes qui, jusqu'à preuve du contraire, appartiennent au monde de ses chimères. Il vit avec elle. Il en parle comme si elle existait encore. Et plus il en parle, plus je suis convaincue qu'elle n'a jamais existé. À l'en croire, elle aurait un sourire d'enfant effrayé.

– Mais alors, c'est simple : trouvons-lui sa dulcinée ; elle lui apprendra à sourire… Une petite annonce dans les journaux ferait l'affaire.

– Ne te moque pas de lui.

– Je ne me moque de personne.

– Alors, ne te moque pas d'elle.

– Parfois, mon cœur, tu n'y es pas du tout : c'est peut-être elle qui se moque de lui. Et de nous aussi.

– Docteur, avant d'évoquer mon expérience en Israël, il me faudrait peut-être vous parler de l'abandon. Ce sentiment m'a accompagné et oppressé, même au cœur de Jérusalem où j'ai vécu le plus intensément avec mes souvenirs. En fait, il me pèse depuis mon enfance, depuis que j'ai été séparé de mes parents. Séparé me paraît d'ailleurs un mot trop faible. Il s'agit plutôt d'arrachement. Je n'aurais pas dû les quitter. J'aurais dû m'accrocher à la main de ma mère, au bras de mon père. Ne pas les laisser mourir sans moi. Je sais que j'ai tort, que ce n'était pas de ma faute. J'étais trop petit et eux trop déterminés. Je sais que l'Ange de la Mort triomphe toujours des vivants, passés et futurs. Mais voilà où vous faites erreur, docteur : le savoir n'aide pas l'homme à trouver la réponse essentielle, ni la paix sans fard. Il existe un niveau où l'amour de Dieu et la connaissance de soi ne servent à rien.

Chapitre 14

En Israël où je suis finalement allé beaucoup plus tard, j'ai visité plus d'une *yeshiva,* interrogé plus d'un Rabbi et plongé dans plus d'un bain rituel, espérant un miracle. À Bnéi Brak la pieuse, près de la laïque Tel-Aviv, aussi bien que dans les faubourgs de Jérusalem, j'ai assisté à des cours toujours éblouissants et souvent érudits donnés par des maîtres compétents. Je me suis vite rendu compte que mon savoir, acquis durant mes études à Brooklyn, était bien maigre. J'avais donc beaucoup à apprendre. Mais ce n'était pas mon but. Besoin de dépaysement plus que soif de découverte ? Traînant un sentiment vague proche de la culpabilité, je cherchais une école ou un homme capables de m'enseigner le repentir. La culpabilité constituait-elle déjà l'un des aspects de ma condition ? Puritain jusqu'au bout des ongles, Ruth continuait à m'obséder. Je ne l'avais pas touchée et me demandais maintenant si c'était par timidité, par peur du scandale, ou par crainte de transgresser les lois ? En chaque femme que je croisais, au milieu d'un parc ou dans l'autobus, c'est Ruth qui me toisait. C'est stupide et insensé, je l'avoue, mais il m'est même arrivé de la retrouver dans un visage d'homme. Je ne savais plus où me fourrer : où se cache-t-on de soi-même ?

À Safed, cité des kabbalistes, je suis allé m'étendre sur la tombe de Rabbi Itzhak Louria. Je lui demandai conseil. Dans la Vieille Ville de Jérusalem, devant le Mur aux interstices innombrables où je glissai une multitude de bouts de papier présentant ma requête, je me recueillis en implorant le roi David, lui qui avait connu le goût du péché, de me montrer la voie du remords, du pardon ou du moins de l'oubli. Une nuit, j'aperçus un homme seul, près du Mur. Silencieux, il contemplait le ciel étoilé qui, tout proche, semblait protéger la ville endormie en l'enveloppant de sa paix. Soudain, l'homme se mit à rire. Je m'approchai de lui, curieux de ce qui pouvait bien l'amuser en priant devant le dernier vestige du Second Temple. Et je me rendis compte que c'était un vieillard; il sanglotait et s'esclaffait en même temps. Alors, tout en le dévisageant fixement, et me demandant s'il riait et pleurait pour les mêmes raisons, je me mis à rire moi aussi, à rire aux éclats. Je pensai : le monde dans lequel il vit n'est pas le mien; ses prières sont étrangères aux miennes mais, qui sait, mes larmes et les siennes finiront bien par se déverser jusqu'à faire déborder la coupe d'or noir que le Seigneur tient dans sa main droite tant que son peuple est encore en exil. Je riais parce que son visage, bien que tordu, était celui, éternellement jeune, de Ruth.

Tout d'un coup, il sentit ma présence. Les yeux toujours tournés vers le ciel, il me demanda :

— D'où viens-tu ?

— De loin.

— Que fais-tu ici ?

— Je cherche.

— Que cherches-tu ?

— Je cherche le moyen de vaincre mon mauvais penchant.

Il médita un long moment, puis toujours sans me regarder :

— Es-tu marié ?

— Non, je suis célibataire.

192

– Pourquoi ?

– Je ne sais pas.

– Il faut te trouver une femme. Tu veux que je m'en occupe ?

– Pourquoi pas. À une condition…

– … Laquelle ?

– Je veux qu'elle ne m'interroge jamais sur mes sources de revenus ni, de manière générale, sur mon passé.

– Et sinon ?

– Sinon, je ne l'épouserai pas.

Alors il daigna me regarder :

– Tu es en grand danger, jeune homme. Que le Seigneur te protège.

Là-dessus, il éclata de rire, colla son visage contre le mur et fit de son rire une prière dans laquelle Ruth n'avait pas de place.

Et moi non plus.

Un mois après mon arrivée à l'aéroport de Lydda, je logeais tour à tour dans les résidences de diverses écoles talmudiques où je prenais aussi deux repas par jour. Besoins plus que modestes et, grâce à Samek, le frère de Romek, poches toujours pleines. J'aurais pu descendre dans le meilleur hôtel du pays, mais j'aurais eu honte. Je savais que mon oncle Avrohom ne m'aurait pas approuvé : il aurait craint que la nourriture ne soit pas assez kasher. Et puis, avait-il coutume de déclarer, montrer sa richesse est une erreur plus encore qu'un péché : à quoi cela sert-il de susciter envie et jalousie ? Je n'eus pas de mal à m'inscrire dans une *yeshiva* de Jérusalem dont l'un des tuteurs, originaire de Satmàr en Transylvanie, était un ami d'enfance de mon oncle Avrohom, mais encore plus fanatique que lui. Il appartenait à la secte proche de Nétouréi Karta ; antisioniste virulente, elle ne reconnaît toujours pas la légalité ni même l'existence de l'État d'Israël. La langue officielle et courante était le yiddish. On se serait cru dans l'une des bourgades disparues de la lointaine Europe centrale. Je le compris dès le premier Shabbat : à l'office du matin, le chantre ne récita pas la prière pour la sauvegarde d'Israël et la victoire de ses défenseurs. Ici l'on vivait au temps de l'avant-guerre. Devant mon étonnement, ce fut Haïm-Dovid, le fils du Rabbi, qui me répéta l'argument rituel : pour nous, Juifs croyant en Dieu, l'existence de l'État juif nouveau est contraire à la tradition et à la loi rabbinique, donc, de notre point de vue, sacrilège, immorale et illégale.

Je me promenais avec lui un samedi après-midi dans les ruelles étroites et sombres de la Vieille Ville où les pierres elles-mêmes racontent l'histoire du seul peuple de l'Antiquité à avoir survécu à l'Antiquité. Je lui demandai si son groupe était proche des Arabes. Oui, absolument. Mieux vaut un seul État palestinien que deux États, vivant côte à côte. Et tout cela au nom et en l'honneur de la Torah ! Je n'en croyais pas mes oreilles : ne savait-il pas que quiconque se sert des rouleaux sacrés pour tuer devient un assassin ? Je me rappelai les disputes entre Avrohom et les sionistes, à Marseille. Mais en ce temps-là, il n'y avait pas encore d'État juif souverain ; maintenant il existait, et son existence était constamment en danger. Et Haïm-Dovid faisait plus confiance à un État arabe qu'à un État juif ? Oui, absolument. C'était, dite avec son accent traînant, une réponse toute faite et simple comme bonjour. Vêtu d'un caftan élimé, presque en haillons comme s'il l'avait toujours porté, le jeune étudiant Haïm-Dovid ne pouvait parler sans caresser son menton, pourtant imberbe, et ponctuer ses propos d'un péremptoire « absolument ». Est-ce qu'il va pleuvoir demain ? « Oui, absolument. » Est-ce que ton père malade se porte bien ? « Dieu merci, oui, absolument. » Pour Haïm-Dovid, les faits les plus anodins relevaient de l'absolu. Devrais-je me joindre à lui et rester dans cette *yeshiva* ? « Si Dieu le veut, absolument. » Je lui demandai pourquoi ; j'avais besoin d'être convaincu. Il ne se déroba pas :

– Ailleurs, tu risques de déraper absolument. Tu n'imagines pas la puissance de Satan. Il porte de nombreux masques. Ici, c'est celui de l'hérésie des sionistes. Ils essaieront sûrement de te détourner du droit chemin.

– Tu es fou ? Satan, ici ? En Terre sainte ? Dans la ville de David et des prophètes ?

– Où veux-tu qu'il soit ? Satan se moque des cabarets ; là, les gens se débrouillent sans son aide. Absolument. C'est dans une *yeshiva*, dans une ambiance de prière et d'étude, qu'il maraude pour attraper sa proie. Tu veux savoir comment il s'y prend ? Je vais te le dire : il emploie le patriotisme facile, la politique et même l'obsession de la sécurité pour arriver à ses fins. Qu'est-ce que la politique de ce pays sinon l'outil moderne de Satan ?

Décidément, les discussions entre Avrohom et les dirigeants sionistes en France trouvaient leur prolongement à Jérusalem. Et moi qui pensais que les adversaires d'Israël ne pouvaient mener leur combat qu'en dehors d'Israël. Je m'en ouvris à Haïm-Dovid qui fit tout pour m'éclairer là-dessus :

– Tu avais tort, et il est temps que tu en prennes conscience. Si tu veux sauver ton âme, reste ici, avec nous. Sinon…

– Sinon ?

Il hésita avant de poursuivre :

– Sinon tu finiras comme mon frère. Absolument.

C'est ainsi que j'appris que Haïm-Dovid avait un frère aîné dont il préféra ne pas parler. Il m'apprit seulement qu'il avait changé de nom. Ma curiosité aiguisée, je voulus savoir ce qui était arrivé à ce frère absent. Haïm-Dovid hocha la tête : non, il ne me dirait rien de plus. Et il changea de sujet.

Avant de prendre une décision définitive qui mettrait fin à quelques semaines d'hésitation, je crus bon de consulter le chef de l'école, le *Rosh Yeshiva*. Sans prendre rendez-vous chez un quelconque secrétaire, je vins frapper à sa porte. Comme personne ne répondait, je l'ouvris. Assis à une table où de nombreux ouvrages savants étaient entassés pêle-mêle, certains reliés en cuir et d'autres prêts à tomber en miettes, le Rabbi semblait absorbé au point de ne pas se rendre compte qu'il n'était plus seul dans la pièce. C'était la première fois que je le voyais de si près. Je fus surpris non pas par son rayonnement spirituel mais par sa puissance physique. De loin, par une curieuse illusion optique, il paraissait amaigri et de taille moyenne. Mais dans son bureau, même assis, je m'aperçus qu'il était grand et robuste. Ses larges épaules soutenaient une tête lourde, enfouie dans des mains vigoureuses. Obscurément, je fus plutôt déçu. Je m'attendais à me retrouver devant un vieil ascète pour qui le corps est un ennemi qu'il faut affamer ou du moins un obstacle à surmonter par le jeûne et l'insomnie. Or, le Rabbi semblait se porter bien, trop bien. Bien nourri, bien reposé. S'il avait des soucis, ils ne laissaient sur son front aucune trace.

Brusquement, il releva son regard :

— Qui es-tu ?

Je le lui dis.

— Que fais-tu chez nous ?

— Je suis venu étudier.

— Et dans le cercle de ton oncle Avrohom, on ne peut plus étudier ? Il n'y a plus de *yeshivot* à Brooklyn ? Il faut donc traverser les océans et venir jusqu'ici pour apprendre l'enseignement d'Hillel et Shammaï et d'Abbayé et Rava ?

— J'ai pensé que dans ces murs on apprend la Torah autrement...

– Eh bien, jeune homme, tu n'as pas tort de le penser. En général, sauf dans quelques endroits protégés, c'est *autrement* qu'on étudie dans ce pays béni mais corrompu par les mécréants, je veux dire : c'est la *sitra ahra,* le côté impur, qui plane sur les étudiants et leurs Maîtres en les leurrant, en les dupant, en les éloignant de la Torah de vérité qu'est la nôtre…

Et le voilà qui, d'une voix monotone, continua sur sa lancée, condamnant tout ce qu'on appelle le bonheur, la vie et le droit de vivre d'Israël : la société laïque, les intellectuels, les événements culturels et artistiques, les mœurs, les politiques, le monde de la finance, les militaires, le culte de la nudité et de la jouissance : ce n'étaient que péchés et pécheurs, des impies irrécupérables. Mais les fidèles qui fréquentaient chaque jour les synagogues ? Eux aussi étaient coupables de mille transgressions. Et les jeunes étudiants qui remplissaient les écoles ? Perdus aux yeux du Seigneur. Et les petits enfants ? Punis et malheureux par la faute de leurs parents. Il s'arrêta pour se moucher et j'en profitai pour lui demander timidement :

– Mais Rabbi, à vos yeux, le fait qu'il y ait un État juif prêt à accueillir des Juifs pourchassés ne compte pour rien ?

– Cet État n'aurait jamais dû naître. Sa création constitue une offense au Seigneur. Nos Sages l'ont interdit, c'est dans le Talmud. Il fallait attendre, pour en être dignes, les temps messianiques voulus par le Seigneur, béni soit son Nom. Toute précipitation est malsaine et vouée à l'échec. Ici on n'a rien appris de l'épisode de Bar Kochba au temps des Romains : sa révolte a coûté mille et mille vies humaines. Mais nos dirigeants politiques, les sionistes, étaient impatients. Ils brûlaient de jouer aux hommes d'État. Ils voulaient un État à eux pour pouvoir violer la sainteté du Shabbat, transformer les enfants innocents en païens, ridiculiser les leçons de

vie de Moïse notre Maître… C'était leur but véritable…
Empêcher la rédemption ultime, éloigner le peuple d'Israël du Dieu d'Israël.

La colère marquait son visage, et la violence de ses propos finit par l'essouffler. Je lui demandai :

— Le Rabbi aurait préféré que la communauté juive habite ici sous domination arabe ?

— Oui. Dans le passé, l'islam s'est montré plus hospitalier envers nous que les chrétiens.

Était-ce la vérité ? Embarrassé de n'avoir suffisamment étudié l'histoire juive médiévale, je me hâtai de revenir au présent :

— Le Rabbi semble oublier les millions de Juifs qui veulent vivre en sécurité *maintenant* sur le sol de nos ancêtres.

— Ils auraient dû rester chez eux en diaspora. Le « retour à Sion » n'est pas seulement une faute, c'est également une tragédie.

— Le Rabbi ignore-t-il qu'il y a des pays où les Juifs vivent encore en danger ? S'ils restent chez eux, ils risquent de souffrir et de se faire tuer.

— Je ne le leur souhaite pas, répondit le Rabbi, en émettant un long soupir de chagrin. Je prie pour eux chaque jour.

— Mais alors, Rabbi, que doivent-ils faire ? Attendre ?

— Qu'ils prient. Qu'ils restent juifs. Je préfère un Juif qui meurt juif à un Juif qui vit comme un renégat. Ton oncle Avrohom qui m'est proche comme un frère, ne pense-t-il pas comme moi ?

— J'espère que non, Rabbi.

— Mais tu n'en es pas sûr.

— En effet, Rabbi. Je n'en suis pas sûr.

Il prit un air grave pour m'envelopper de son regard farouche. Et peut-être aussi pour mesurer le poids de mon ignorance. Lentement, une tristesse inconnue l'inondait :

– Ne reste pas avec nous. Ce n'est pas ta place. Tu n'as rien à y chercher. Avrohom a eu tort de t'envoyer chez moi. Il ne faut pas que mon fils s'associe avec toi dans l'étude. Un jour, on me dira que tu suis la voie du frère de Haïm-Dovid. Jusqu'au bord de l'abîme. Et je ne serai pas surpris.

Il se pencha à nouveau sur le grand livre qu'il consultait avant mon arrivée. Signe que j'étais congédié. Dommage. J'aurais aimé poursuivre notre entretien. Lui dire que, devant lui, et face à ses arguments, je me sentais étrangement coupable de ne pas me sentir assez coupable ? L'interroger peut-être sur le frère de mon camarade ? Il était trop tard maintenant. Tant pis. La prochaine fois ?

Je le quittai à reculons.

Quelques jours plus tard, à la tombée de la nuit, nous allâmes au Mur, Haïm-Dovid et moi, simplement pour bavarder de choses et d'autres. Son père ne lui avait-il pas interdit de me voir ? Apparemment non. Ou bien est-il concevable qu'il ait choisi de désobéir au Rabbi ? Pourquoi pas. Après tout, nous étions amis. Je le connaissais mieux que la plupart des étudiants. C'est avec lui que je me promenais parfois le soir, admirant le coucher du soleil sur les collines et les dômes de la Vieille Ville. J'aimais, j'aime encore ces heures-là. De jeunes talmudistes se dirigent vers les groupes d'hommes en prière. Des mendiants nous bénissent ; je vide mes poches pour remplir les leurs. Les ombres d'hier se détachent des murs et envahissent la mémoire des passants et les fantasmes des fantômes. Parfois, écoutant le muezzin appelant les fidèles à la prière à la mosquée al-Aqsa, Haïm-Dovid se bouchait les oreilles, pas moi. Moi, j'aimais, j'aime encore absorber le moindre bruit du vent secouant les arbres, le murmure des désespérés, le chant langoureux des déshérités et des errants. Même quand je ne suis pas à Jérusalem, je suis assez fou pour vivre dans ses souvenirs en y intégrant les miens.

Moi, à Jérusalem, en ce temps-là, j'aimais être seul, vraiment seul. Je n'étais pas encore frappé de folie, comme vous pourriez le croire, ou de malédiction, comme le penserait mon ami Haïm-Dovid, mais je ne saurais dire pourquoi j'aspirais à me tenir éloigné des gens, quels qu'ils fussent.

Je n'avais pas encore pris de décision concernant mon avenir proche, mais j'habitais encore à la *yeshiva*. Haïm-Dovid voulut savoir pourquoi j'avais rendu visite au Rabbi, et comment s'était passé mon entretien avec lui. Il ignorait donc ce que son père pensait de notre amitié. Je fronçai les sourcils :

– Comment sais-tu que je l'ai vu ? Je n'en ai parlé à personne.

– Oh, dans un milieu comme le nôtre, tout se sait. Et vite. Absolument vite et absolument tout.

– Tu dis qu'on sait – mais, sois précis, que sait-on au juste ?

– On sait que vous avez parlé longuement.

– Absolument ?

– Hmmm… longuement.

– Et quoi encore ?

– Le Rosh Yeshiva, puisse le Seigneur lui donner longue vie, n'est pas content de toi.

– Sais-tu aussi pourquoi il est, sans doute absolument, mécontent ?

– Non, on ne le sait pas.

– Tu en es certain ?

– Absolument. (Et après une hésitation :) Le Rosh Yeshiva, puisse le Seigneur lui donner longue vie, n'a de comptes à rendre à personne.

– Et personne ne reçoit ses paroles en secret ?

– En tout cas, pas moi.

Lui dire ce que le Rabbi m'avait confié au sujet de son frère ? Pourquoi lui faire de la peine ?

– Dis, Haïm-Dovid, comment s'appelle ton frère ?

Il tressaillit :

– Pourquoi veux-tu le savoir ?

– Aucune idée… Comme ça… Pour rien… Tu en as parlé l'autre jour…

Il se renfrogna :

– Je n'aurais pas dû. Oublie ce que je t'ai dit.

Je ne pouvais plus résister à la curiosité : pourquoi ce rejet de son frère ? Quel péché avait-il donc pu commettre pour se faire blâmer par le Rabbi et répudier par son propre frère ? J'optai pour la franchise :

– Je te dois la vérité, Haïm-Dovid. Le Rabbi lui aussi l'a mentionné.

– Qu'est-ce qu'il a dit ?

– Il m'a prévenu de ne pas faire comme lui, de ne pas suivre ses traces sinon…

– Sinon ?

– Sinon j'aboutirai moi aussi au fond du gouffre.

– Viens avec moi, dit Haïm-Dovid, d'un ton soudain résolu.

En fendant la foule, nous nous approchâmes du Mur. Là, mon ami sortit de sa poche une feuille de papier, la déchira en deux, y inscrivit quelques mots et les fourra dans des interstices du Mur, tandis que ses lèvres murmuraient un psaume. Ensuite, il expliqua :

– Le premier, c'est pour sauver mon frère et l'autre, c'est pour te protéger, toi.

Et une fois de plus, après une hésitation qui le fit soupirer comme si une douleur subite le frappait, il ajouta :

– Mon frère est maudit. Toi, tâche de ne pas l'imiter ; de ta part, ce serait de la folie…

Et il me raconta le chemin semé de pièges et de défis parcouru par Béinish, son frère, ce frère aîné que Haïm-Dovid admirait et aimait.

Il était devenu fou, comme je le serais plus tard. Un fou en colère. Insurgé contre l'autorité établie et la discipline de la foi, rebelle à la rigueur des lois héritées des ancêtres. En clair, un révolté contre son père et le symbole flamboyant qu'il incarnait.

Pourtant, pendant son adolescence et tout au long de ses études, Béinish avait rempli de fierté ses parents et leurs proches. Grand, élancé, généreux, il apprenait vite, retenait tout, s'orientait aisément dans les sources halakhiques les plus nébuleuses et, pendant les offices, il manifestait une piété et une ferveur qui suscitaient la satisfaction et l'orgueil de ses tuteurs. On ne lui connaissait aucune faiblesse, aucun défaut. Parfait en tout, d'une spiritualité rigoureuse, éloquent dans son discours, il tenait tête aux savants réputés des écoles alentour sans en retirer la moindre vanité. Naturellement, le lendemain de sa bar-mitsva, ses parents reçurent les appels des familles les plus illustres qui avaient des jeunes filles à marier.

Tout allait bien. À l'âge de seize ans, Béinish se retrouva fiancé. La jeune fille, Reisele, venait d'une grande famille riche de Szerencsevàros dont le père était connu pour ses actions caritatives aussi bien que pour son dévouement à la Torah. Tout se passa comme autrefois en Europe centrale. Les deux familles avaient préparé des noces qui feraient date par les fastes de la fête autant que par la ferveur de la cérémonie. Trois orchestres firent frémir les invités de joie et de mélancolie avec leurs mélodies judéo-tziganes, sept troubadours se disputèrent l'honneur de divertir l'assemblée avec leur humour à la fois acerbe et tendre, mordant mais jamais agressif. Une cinquantaine de rabbins s'étaient dérangés pour l'occasion. Le plus illustre d'entre eux, le vénérable Rabbi de Rovidok, descendant du célèbre Maguid de Cracovie, à la voix et au visage de prophète biblique, dansa avec Reisele, la jeune mariée, la danse rituelle, chacun des deux tenant un coin du mouchoir. D'un bout du pays à l'autre, les mendiants accoururent pour le festin des pauvres. Des repas somptueux furent distribués tous les jours de la semaine dite des réjouissances. Les cadeaux offerts au couple auraient plu à des rois et des reines anciens et modernes. La communauté d'une ville voisine offrit au jeune marié un poste rabbinique avec bibliothèque, maison d'étude et salaire enviable. Le père de la mariée, de son côté, insista pour accueillir le couple dans son palais pendant trois ans. Mais Béinish préféra rester chez ses parents. Son beau-père ne s'en offusqua pas : « Ah, mon gendre, que Dieu le garde, n'apprécie pas le luxe ; c'est le savoir qui, à ses yeux, est la valeur suprême. » Et tout le monde nagea dans le bonheur avant l'effondrement.

Deux ans à peine après le mariage, la malédiction frappa le petit monde de la famille de Béinish. C'était un lundi matin. Reisele, en pleurs, fit irruption chez sa belle-mère une lettre à la main. L'ayant parcourue en un clin d'œil, la belle-mère se précipita chez le Rabbi pour la lui montrer : « Dieu nous a punis, cria-t-elle d'une voix rauque. Lis ça. Mais quel mal avons-nous fait pour qu'Il nous punisse ainsi ? » Peu habitué à ce genre de crise chez son épouse, le Rabbi garda son calme. Il lut la lettre une fois, deux fois, puis hocha la tête : « Quoi ? Que dit-il ? Je ne comprends pas, je ne comprends pas. » En fait, personne n'y comprenait rien. Le jeune mari avait tout simplement disparu. Oui, disparu sans laisser d'autre trace que cette lettre par laquelle il rompait les liens de son mariage. Comme un voleur, il avait pris la fuite pendant la nuit, n'emportant que son *talith*, ses téphilines et des vêtements de rechange. Quoi ? Béinish se séparait de sa famille ? Béinish divorçait ? Béinish s'en allait ? Béinish abandonnait sa maison et répudiait les siens ? Mais pourquoi ? Qu'est-ce qui lui arrivait ? Béinish capable d'un coup de tête, lui ? Certains hassi-

dim, nourris de superstition, déclarèrent : « C'est un dibbouk, un mauvais esprit, qui l'habite. » Le Rabbi, lui,
n'y croyait pas vraiment. Mais alors, où chercher l'explication ? Et où se trouvait Béinish ? Enlevé par des
malfaiteurs ? Était-il encore en vie ? Fallait-il alerter la
police ? Là, la réponse fut immédiate : « Surtout pas
ça, pas la police chez nous. » Dans ce milieu-là, on se
débrouillait sans demander l'aide d'autorités impies et
hostiles. Mais alors, que fallait-il faire ?

D'abord, garder le secret : cette « affaire » ferait trop
plaisir aux « ennemis » sionistes. Mais comment empêcher les fuites ? Béinish était trop connu et trop sollicité.
Jusqu'à maintenant, on le voyait tous les jours. Même
si, dernièrement, en fait depuis son mariage, il semblait
plus taciturne, maussade, renfermé, évitant autant que
possible conversations et réunions publiques. Mais de là
à s'enfuir…

À l'époque, Haïm-Dovid était encore jeune, mais
assez mûr pour comprendre que sa famille traversait une
épreuve grave, douloureuse et embarrassante. Il s'en
souvenait encore avec une acuité qui ne se dissipait
jamais tout à fait. Les fidèles à qui l'on pouvait se
confier, qui venaient et repartaient l'air lugubre, les
conciliabules improvisés à huis clos, les larmes de Reisele, les soupirs de la *Rebetsin*. Et les silences du Rabbi.
Denses, pesants, opaques, ils se prolongeaient parfois
durant des heures, des jours. Comment les oublier ? Et
les accès de tendresse du père envers son fils cadet, lorsqu'il le prenait sur ses genoux et lui caressait la tête
comme pour se consoler d'une perte irréparable ?

— Aujourd'hui encore, je ne saurais t'expliquer pourquoi Béinish, ce frère que j'admirais et que j'enviais tout
à la fois, a déserté son foyer et sa famille, dit Haïm-
Dovid en fermant les yeux comme si cela pouvait l'aider
à trouver ses mots. Pour moi, pour nous tous cela reste
un mystère pénible, interdit. Absolument.

Comme il s'interrompait, je ne pus m'empêcher de lui demander :

— Était-il malheureux avec sa femme ? Ne tenait-il pas à ce qu'elle lui donne des enfants pour perpétuer son nom ? Ne l'aimait-il pas ? Ou peut-être l'avait-il trop aimée ?

— Il se peut que mon père connaisse la réponse, moi pas.

— Et Reisele ? Où est-elle maintenant ? Qu'est-elle devenue ?

— Après le divorce, elle est devenue recluse.

— Comment ça, invisible, d'un instant à l'autre ?

— Elle a brusquement cessé d'exister.

— Et les médecins, qu'ont-ils déclaré ?

— Ils ont dit que c'était… psychique. Un mot que je ne comprenais pas, mais qui devait tout expliquer.

— Et cela a duré combien de temps ?

— Aujourd'hui encore, elle vit dans sa prison, séparée du monde des gens normaux. Elle écoute et ne répond pas. Elle écoute et n'entend pas. Elle écoute et ne pleure pas.

— Et Béinish ?

Haïm-Dovid se raidit. Tout en lui parut se figer : la souffrance sur son visage. Et l'angoisse.

— Il est perdu. Pour nous, il est perdu.

En fait, pensai-je, c'était l'histoire simple et courante d'une rupture. Avec la famille, les amis intimes, les rigueurs de la foi. Mais aussi l'ouverture sur une autre vie et les défis qu'elle lançait à l'intelligence : voilà les étapes de la nouvelle existence du jeune prodige égaré dans des vignes étrangères.

— Tu te rends compte ? ajouta Haïm-Dovid. Dans sa folie, mon frère est allé jusqu'à s'engager dans l'armée. Il a fait son service militaire. Et on dit qu'il appartient maintenant aux services de sécurité ou du Mossad, que Dieu les châtie tous, chacun selon ses péchés.

205

Pour Haïm-Dovid, son frère rebelle était dément. Mais lui-même, était-il normal ? Le fanatisme qui bride la raison et l'aveugle n'est-il pas l'un des aspects de la folie, celle dont la menace pèse non sur tel ou tel individu mais sur toute la communauté ?

C'est sans doute à ce moment-là que je décidai de ne pas m'attarder dans cette *yeshiva*. Quand même, pensai-je, le Rabbi et les siens vont trop loin dans le refus d'Israël. Je ne peux pas être leur allié. Jamais mon oncle Avrohom n'aurait maudit des Juifs ; même ceux dont il combattait les opinions et les engagements, jamais il n'aurait souhaité leur souffrance, leur humiliation et leur mort. Après tout, ces soldats défendent le seul pays au monde où tout Juif se sent chez lui. On peut déplorer leur négligence, leurs égarements dans le domaine de la pratique religieuse, sans aller jusqu'à prier pour leur défaite, ce qui entraînerait la fin d'Israël. Aujourd'hui encore, je crois avoir fait le bon choix. Je veux bien être différent des autres, mais pas à la manière des membres de cette secte. Je veux bien souffrir, mais pas faire souffrir.

– Haïm-Dovid, demandai-je avant de le quitter, quel est le nouveau nom de ton frère ?

– Pourquoi veux-tu le savoir ? répondit-il avec dépit.

– J'aimerais le rencontrer.

Il me révéla son nom – Tamir –, mais le regretta aussitôt. Je n'imaginais pas que ma curiosité le mettrait en colère :

– Et si Béinish voulait tout simplement vivre seul ? lança-t-il brutalement.

Je me dis alors que, comme sa famille, Haïm-Dovid voyait en son frère un malade. Mais si Béinish avait en effet choisi de vivre seul, j'avais peut-être tort de vouloir le rencontrer. Que pourrait-il m'apporter ? Le moyen de comprendre sa solitude ? La solitude est une femme battue qui n'a plus la force ni l'envie d'aimer. La solitude est un enfant affamé qui rêve d'un bout de pain moisi. La solitude est le mendiant qui n'a plus fermé l'œil depuis des jours et des nuits, et peut-être depuis qu'il a été arraché au ventre de sa mère.

Comme la folie, la solitude est la peur.

Un homme seul est un homme qui a peur. Un homme qui vit dans la peur est un homme seul. Quand la solitude entre en moi, elle devient moi. La solitude surgit à l'improviste quand le corps seul m'appartient, mais aussi quand je lui appartiens seul. La solitude transforme la conscience en prison, une geôle d'où j'ai peur de sortir.

Peur de ne rien comprendre, peur de tout comprendre. Peur d'aimer et de ne plus aimer. Peur de tout oublier et peur de ne rien oublier : les corps déchiquetés traînant sur les champs de bataille, l'agonie lente et implacable des rescapés. Peur de connaître la faim, peur de n'avoir plus soif de rien. Peur de mourir et de vivre. Peur d'avoir peur. Peur d'être seul quand personne n'est plus là. Peur d'être seul quand l'être aimé est là.

Il y a une peur qui n'est pas encore la mort, mais qui n'est plus la vie.

– Pour vous, ce que vous appelez « folie », est-ce une manière d'entrer dans la solitude ?

– Je ne suis pas psychiatre ; je ne sais pas comment définir la folie.

– Vous êtes chez moi depuis longtemps, n'est-ce pas ?

– Oui. En analyse, comme on dit.

– Vous sentez-vous seul quand vous êtes avec moi ?

– Je vous parle, vous m'écoutez. Est-ce que cela devrait me rendre moins seul ?

– Moins fou ?

– Ou plutôt davantage ?

– C'est justement ce que j'aimerais savoir.

– Puis-je vous répondre par une question ?

— Allez-y.

— En fait, Dieu est plus seul que la plus solitaire de ses créatures, car Il ne peut pas ne pas être. Serait-Il fou, Lui aussi ?

— Si vous pensez me choquer, Doriel, c'est raté. Je ne suis pas croyante. Et vous ?

— Je ne sais plus. Autrefois, je l'ai été. Comme dirait Haïm-Dovid : «absolument». Maintenant, les choses ont changé. Il m'arrive de penser que je suis fou tantôt parce que j'ai encore la foi, tantôt parce que je ne l'ai plus. Nietzsche croyait-il en Dieu avant de basculer dans la folie ? Son dernier ouvrage s'appelle *Ecce homo*, «Voici l'homme» : de quel homme parlait-il ? De l'homme cherchant Dieu ou de celui qui le fuit ? De celui qui se prenait pour Dieu peut-être ? En quoi croit-on quand on ne croit plus en rien ? Vous qui avez exploré les multiples faces de la folie, que pensez-vous de la mienne ? Est-elle liée à un besoin ou à une crainte des voiles que la solitude étend sur mes yeux et sur mon cœur ?

On parle souvent de la disposition des lieux, mais pour moi le problème tourne autour de mes souvenirs. Je ne sais plus comment organiser mes pensées et, encore plus simplement, où poser mes regards ; tous persistent à perdre leur place. Si bien que je m'égare de plus en plus dans ma propre vie. Fusion malsaine et malveillante de notions, de termes, de tableaux : quel sens dégager d'une phrase qui forcément en est dépourvue ? Mais, par ailleurs, l'absence de sens aurait-elle un sens autre ? Et la disposition des mots qui se modifie sans cesse ? Il arrive à une virgule de se déplacer : elle court, elle court entre les mots, impossible de l'attraper. Folle, elle aussi, la virgule ?

En général, Thérèse Goldschmidt n'aime pas le mot folie. Elle s'emploie constamment à l'éviter. Elle préfère «maladie», «fatigue mentale», «carence ou instabilité psychique», «névrose», «dépression» et un nombre incalculable de termes techniques.

— Malgré le temps que nous avons passé ensemble, il est trop tôt dans nos travaux communs, dit-elle, pour que je puisse vraiment vous dire que vous êtes guéri. Il nous reste encore beaucoup à faire.

— Ce qui est pour vous trop tôt est peut-être pour moi trop tard.

— Trop tard ? Tant que le cœur bat, il n'est jamais trop tard.

— Vous n'êtes pas cardiologue, que je sache.

— Le cœur a ses propres maux, et certains sont d'ordre psychique.

— De quoi voulez-vous parler ?

— Des maux qui sont liés à la vie du corps humain. Eh oui, on peut considérer que le corps a sa vie propre, avec ses droits, ses besoins et ses mystères. Prenons le phénomène nommé désir, voulez-vous. Il n'apparaît pas fréquemment dans nos conversations ; pourquoi ?

— Je n'en sais rien.

— Je vais être franche et directe : Vous arrive-t-il de désirer une femme ?

— Ne vous ai-je pas parlé de Ruth ?

— L'avez-vous vraiment désirée ? Je veux dire : désirée assez pour vouloir la connaître au sens biblique du terme ?

— Qu'allez-vous imaginer… Oui… Non… Jamais…

— La vérité, Doriel, dites-moi la vérité : vous n'êtes plus tout jeune, mais avez-vous jamais vécu avec une femme ne serait-ce qu'une nuit, une heure même, pour ressentir l'épanouissement du désir et la découverte étonnante du bonheur ?

— Je refuse de vous répondre.

— Mais… c'est la règle…

— Je me moque de vos règles.

209

– J'en conclus que la réponse est négative.

– Vous n'en savez rien.

– Mais j'ai besoin de le savoir.

– Écoutez… Dans la tradition dont je me réclame, il y a des choses dont il n'est pas décent de parler à voix haute. Et ce qui concerne l'érotisme en est une. Seriez-vous surprise si je vous disais que, selon nos Sages, Dieu Lui-même ne regarde pas ce qui se passe dans la chambre à coucher ?

– Laissons Dieu là où Il est. Voulez-vous que nous revenions à Béinish ?

EXTRAIT DES NOTES DU DR THÉRÈSE GOLDSCHMIDT

Le soir même, comme d'habitude, Martin et moi échangeons nos impressions de la journée qui s'achève. À la bibliothèque, un chercheur a découvert dans un ouvrage ancien des pages manuscrites de Paritus, ce philosophe bizarre qui avait fréquenté Benedictus ou Baruch Spinoza et rencontré à deux reprises Don Itzhak Abrabanel qui avait fui la péninsule Ibérique.

– Et de quoi s'agit-il ?

– Du mystère de la lumière première, répond Martin, celle qui a permis à la Création de prendre forme. Paritus s'interroge sur son origine : il a bien fallu qu'elle se cache quelque part, ailleurs que dans l'univers. Mais où ?

Naturellement, je m'intéresse aux activités de mon mari. Je lui réclame des explications, des précisions, des interprétations et le récompense par un beau sourire généreux et prometteur. Pour lui comme pour moi, Paritus est un personnage familier. J'ai lu sur lui des histoires abracadabrantes dans différents récits. On ne sait pas grand-chose sur sa vie, sauf qu'il la voulait secrète. Voyageur intrépide, il a parcouru de nombreux pays en Europe et en Asie, rendant visite à des savants juifs pour les intéresser à ses travaux. À une certaine époque, j'ai envisagé d'écrire une étude sur lui, du point de vue psychiatrique, naturellement. Ma curiosité ne s'est pas éteinte. Je me tourne vers Martin :

— Y a-t-il dans ces pages des éléments nouveaux qui pourraient mieux éclairer ce personnage de légende ?

— C'est fort possible. Il y évoque le destin tragique et déroutant d'une femme délaissée par son mari, une *agounah,* il parle de ses droits et de ses épreuves…

— Vraiment ? Quelle coïncidence ! Aujourd'hui même, Doriel a mentionné un cas presque similaire…

— C'est peut-être le même ?

— Mais non, le cas cité par Doriel s'est produit il y a quelques années, pas quelques siècles.

— Oh, tu sais, avec Paritus rien n'est impossible.

— Arrête ! Dans le récit que j'ai entendu aujourd'hui, il s'agit du frère d'un ancien ami de mon patient.

— Et il ne s'appellerait pas Paritus par hasard ? insiste Martin en souriant.

Puis reprenant son sérieux :

— Et toi, comment s'est passée ta journée ? Ta séance avec Doriel ?

Je secoue la tête, me demandant si je peux entrer dans les détails sans trahir la confiance de mon patient.

— Ton patient malheureux, comment est-il ? Toujours aussi récalcitrant ? Désagréable peut-être ?

— Il l'était, il l'est moins. D'ailleurs, à un certain moment, il n'y a pas si longtemps, je lui ai demandé si c'est son tempérament, s'il est toujours aussi arrogant et déplaisant.

— Que t'a-t-il répondu ?

— Qu'il l'est seulement avec moi. Avec les autres, il est plutôt courtois, aimable…

— Ce traitement spécial, est-ce un compliment pour toi ?

— Je n'en sais rien. Mais…

— Mais quoi ?

– J'ai fait une découverte qui pourrait expliquer pas mal de choses, dis-je d'une voix hésitante. Imagine que mon patient, peut-être victime d'inhibitions religieuses et autres, n'a jamais couché avec une femme.

Martin réprime un nouveau sourire :

– À son âge ?

– Oui. À son âge. On dirait que les femmes lui font peur.

– Elles lui rappellent sa mère ?

– Possible. Bref, c'est une piste à suivre.

Martin m'approuve et ajoute, riant franchement :

– Je me demande si ta découverte ne pourrait pas s'appliquer également à notre cher Paritus.

Chapitre 15

Ce jour-là, pour une raison quelconque, ou peut-être sans raison apparente, ils parlaient surtout de bonheur. Doriel semblait plus détendu, et Thérèse préoccupée. Il lui racontait sa visite chez un écrivain communiste devenu bouddhiste et elle n'arrivait pas à se concentrer. Doriel s'en rendit compte et changea de sujet, sûr qu'elle allait l'interrompre. Mais comme elle restait silencieuse, il s'arrêta, laissa le silence s'appesantir, se redressa pour la dévisager et lui demanda :

— Où êtes-vous ?

Il ne l'avait jamais vue si absente.

Elle tressaillit :

— Je suis distraite, je vous demande pardon.

— Vous ne paraissez pas dans votre assiette aujourd'hui. Qu'est-ce qui vous préoccupe ?

Elle haussa les épaules, essaya de sourire, soupira :

— Oh, ce n'est rien. Ça passera. C'est déjà passé. Où en étions-nous ? Ah oui, votre ami écrivain.

Doriel ne broncha pas. Il faillit la corriger en précisant que l'écrivain en question n'était pas vraiment écrivain et sûrement pas son ami, mais il n'avait plus envie d'en parler. Une autre fois, pas maintenant. Ce qui l'intéressait, c'était le changement d'humeur de cette femme qui, pour la première fois depuis qu'ils se voyaient, ne l'avait pas écouté :

— Qu'est-ce qui ne va pas, dites ? Tout d'un coup, j'ai aperçu sur votre visage un nuage qui m'est familier : un égarement proche de la détresse. Vous qui savez beaucoup de choses de moi, vous n'avez pas le droit de me cacher ce qui vous trouble.

Thérèse attendit un moment, comme pour peser le pour et le contre, et finit par céder :

– Bon, ça a un rapport avec ma vie privée. Je n'ai pas d'enfant. Voilà. Pendant que vous parliez de l'attraction que le bouddhisme exerce sur certains esprits, tout d'un coup une pensée qui n'a rien à voir s'est imposée à moi : lui a un ami et moi, je n'ai pas d'enfant.

– Premièrement, ce n'est pas mon ami ; deuxièmement, des enfants, vous pourriez encore en avoir.

Elle essaya de sourire, mais ne réussit qu'à grimacer pour cacher son embarras :

– Si nous parlions d'Israël ?

Elle me fait pitié. Qui l'eût cru ? se demanda Doriel.

Béinish m'avait fixé rendez-vous dans un café de Tel-Aviv, au bord de la mer. Assis dans un recoin de la terrasse, c'est lui qui m'a fait signe de venir le rejoindre. Je lui demandai comment il m'avait reconnu ; il répondit par un geste de la main et un haussement d'épaules. Comme pour dire : « Je ne fais pas le travail que je fais pour rien. »

La quarantaine, bien vêtu, costume gris, chemise blanche et cravate bleu foncé. L'air d'un diplomate, d'un industriel ou d'un haut fonctionnaire. J'essayai de l'imaginer adolescent, avec un feutre noir et des papillotes, un livre de prières à la main ou un gros volume de commentaires sous le bras. J'essayai aussi d'imaginer le fiancé conduit par son père à la cérémonie de mariage pour dévoiler et recouvrir la femme qui lui était destinée. Or il ne restait en lui aucune trace de sa religiosité ou de son existence d'autrefois.

– Je m'appelle Tamir, dit-il sans me lâcher du regard. Vous vouliez me rencontrer, ajouta-t-il avec méfiance, naturellement en hébreu.

– En effet, répondis-je en yiddish. Ce n'est pas tant votre aventure que l'histoire de cette histoire qui m'a incité à vouloir faire votre connaissance.

Il m'écouta avec, je suppose, une curiosité professionnelle.

– Continuez, dit-il. Je comprends le yiddish.

Continuer ? Pas facile. En fait, je n'avais aucun plan, aucun but en sollicitant cette rencontre. L'interroger sur sa rupture soudaine avec tout ce qui avait constitué sa jeunesse ? Sur les motifs qui l'avaient conduit à rejeter la tradition de nos ancêtres ? Sur le fossé qu'il avait creusé entre lui et les siens ? Sur l'impression qu'on pouvait avoir qu'ils ne l'intéressaient plus ? Que lui était-il arrivé pour agir d'une façon que lui-même aurait naguère crue impensable ? Était-il devenu renégat ou fou du jour au lendemain ? Indifférent peut-être ? Il me répondrait que c'était son affaire, pas la mienne. Autrement dit, sa vie privée ne me regardait pas.

– Êtes-vous heureux au moins ?

Les mots s'étaient comme d'eux-mêmes échappés de mes lèvres : impossible de les récupérer. J'eus l'impression qu'ils le giflaient, tant son visage devint cramoisi comme la flamme du brasier qui couve et s'élance vers la forêt, au cœur de la nuit.

– En quoi mon bonheur personnel pourrait-il vous intéresser ? me lança-t-il, assombri.

J'aurais pu lui dire que tout m'intéressait, ou bien que ce qui m'intéressait particulièrement, c'était la recherche du bonheur dans la vie d'un hérétique, mais je n'avais pas envie de le provoquer davantage.

– Il m'intéresse, répliquai-je, parce que votre bonheur, s'il existe, est bâti sur le malheur des autres.

– Qu'en savez-vous ? Qui vous l'a raconté ? Et de quel droit vous mêlez-vous de ce qui ne vous regarde pas ?

– Je vous demande pardon, dis-je, le front bas, embarrassé. Je suis un ami de votre frère…

– Haïm-Dovid ? Vous le connaissez ? C'est un horrible bavard… Il l'a toujours été… même enfant… Un fanatique aveugle et sourd qui se croit encore au Moyen Âge…

Et après un bref silence :

– Comment va-t-il ? Je suppose qu'il est fiancé à une brave jeune fille juive de bonne famille ? Avec l'espoir de fonder une famille nombreuse et surtout pieuse. Et… mes parents ?

Je gardai le silence. Je craignais qu'il ne me demande si eux étaient heureux. Lui dire que son père ne mentionnait plus son nom ? Qu'il l'avait déshérité ?

Il parut faire un effort pour s'extirper d'une époque qu'il aurait préféré oublier.

– Vous ne m'avez toujours pas dit la raison pour laquelle vous teniez à me rencontrer.

De méfiant, son ton devenait impatient, désagréable. Je lui volais trop de son temps.

– La rupture, répondis-je.

– La… quoi ? fit-il, ahuri.

– Je suis curieux… Votre rupture avec les vôtres, avec leur passé qui est aussi le vôtre… Elle me frappe par sa brutalité… Par sa finalité aussi… Qu'est-ce qui l'a provoquée ? Qu'est-ce qui l'a rendue irrévocable ?

J'avais soudain d'autres questions à lui poser ; elles se bousculaient dans mon esprit enfiévré, formant un infernal noyau qui me coupa le souffle.

Je l'observai de biais. Lui aussi semblait près de laisser jaillir quelque chose qu'il gardait enfoui en lui-même : était-ce du chagrin, du remords peut-être ? Lui dire que je regrettais de l'avoir blessé ? Je préférai m'écarter du sujet. Cela valait mieux. Je courais moins de risques à parler de moi :

– Comme vous autrefois, j'ai l'impression de traverser une crise. Voilà pourquoi…

Il n'attendit pas la fin de mes explications pour s'emporter :

216

– Vous avez des doutes et vous attendez de moi que je les dissipe ? Hein, c'est ça ? Des questions graves vous obsèdent et vous aimeriez que je réponde à votre place ? Vous pensez peut-être que lorsqu'on rompt avec la foi, tout devient clair et transparent ? Que le chemin qui s'ouvre devant vous conduit à un but lumineux dont la chaleur vous réchauffe le cœur ? C'est pour ça que vous avez cru bon de me déranger ? Mais alors, vous n'êtes qu'un pauvre imbécile et je vous en veux de m'avoir fait perdre mon temps avec vous…

Il se leva et fit mine de s'en aller tandis que je restais assis, immobile. S'aperçut-il que j'avais les larmes aux yeux ? Il se rassit et me fixa longuement du regard. Des clients et des passants nous jetaient des coups d'œil étonnés. J'entendis une femme brune aux cheveux ébouriffés confier à son ami : « On dirait deux frères qui se querellent ; l'aîné est en train de… » Je ne pus saisir la fin de sa phrase. Où voulait en venir Tamir ? Il consulta rapidement sa montre, hocha la tête et me dit en hébreu :

– Tu ne parles pas du tout la langue dite sacrée ?

– Si. Un peu.

– Serais-tu prêt à faire un effort ?

Je l'étais.

– Il est tard… Je vais téléphoner pour annuler un rendez-vous. Ne bouge pas. J'en ai pour une minute.

Une bouffée d'angoisse m'envahit. Et s'il ne revenait pas ? Mais il revint.

Et il amena avec lui l'image d'un passé aussi disloqué que le mien.

– J'étouffais, me dit Tamir en sirotant son troisième café noir. Voilà le mot qui convient à ce que je ressentais dans la maison de mes parents. Les regards muets de ma mère, les règles trop rigides que m'imposait mon père. La présence constante et obsédante de Dieu dans ma vie. À chaque pas, je me cognais à Moïse et à Maïmonide.

217

Je n'en pouvais plus. Je manquais d'air et d'espace. Encombré de mon corps et de mon moi, je commençais à me détester, à m'écœurer. J'attendais le sommeil pour m'y réfugier et le néant pour me noyer.

La tête penchée en avant, allumant une cigarette après l'autre, l'œil scrutant un point perdu dans le temps ou dans l'espace, Tamir semblait se battre contre le chagrin ou le remords, sinon les deux à la fois, que sa mémoire avait accumulés. Puis il se tourna vers moi avant de poursuivre avec un haussement d'épaules :

— Tout à l'heure tu as employé un mot qui m'a fait sursauter. « Rupture. » C'est un mot dur, un mot fort, mais il est juste. Et il fait mal. Il est brutal. Il jette du sel sur la plaie mal cicatrisée. De plus, moi, c'est au pluriel que je devrais l'employer.

L'histoire qu'il se mit à raconter ne m'étonna point. Vaguement, je m'y attendais. D'autres avaient connu avant lui, comme lui, les mêmes périodes de doute, les mêmes déchirements, les mêmes crises aboutissant à la révolte. La littérature de l'Émancipation ou la *Haskalah* en est remplie. Et celle des autres cultures en regorge. Un adolescent religieux, écrasé par les contraintes, se sentant à l'étroit comme dans une cage ou dans une cellule, il arrive un moment où il n'en peut plus : avide de surprise, de découvertes et d'évasion, il s'arrache aux lieux et aux visages familiers pour aller commencer ailleurs une existence autre, une aventure nouvelle.

Pour Béinish, l'accident qui provoqua sa première rupture eut lieu un mois après son mariage, le matin, alors qu'il quittait la maison d'étude et de prière. Il traversait la rue lorsque, perdu dans ses réflexions, il se fit renverser par une voiture de l'armée. Il ne reprit connaissance qu'à l'hôpital où il subit plusieurs opérations à la tête et aux vertèbres cervicales. Parmi les visiteurs, dont naturellement ses parents et ses camarades d'étude, il y eut Peleg, le jeune officier qui conduisait la voiture :

– Tu ne peux pas imaginer combien je suis désolé, dit celui-ci d'une voix rauque.

– Ce n'était pas ta faute mais la mienne, le rassura le malade. J'aurais dû regarder avant de traverser.

– Que puis-je faire pour que tu me pardonnes ?

– Rien. Tu n'y es pour rien.

L'officier ne cacha pas son désarroi :

– Tu en es sûr ? Je ne peux vraiment rien faire pour toi ?

– Rien… Mais laisse-moi réfléchir.

Peleg revint le lendemain, le surlendemain ; il revint tous les jours, jusqu'au matin où le blessé lui annonça qu'il allait rentrer chez lui. Son père avait déjà signé les documents nécessaires pour les assurances.

– Nous pourrions nous revoir dans un café…

– Impossible. Je n'ai jamais rien pris ailleurs que chez moi ou à la *yeshiva*. En fait, je n'ai jamais mis les pieds dans un café.

– Je peux venir chez vous ?

– Quelle question, bien sûr que tu le peux ; tu seras le bienvenu.

– Tu ne crains pas que ton père me mette à la porte ? Après tout, regarde-moi : je ne suis pas talmudiste. Je ne suis même pas pratiquant.

Il a raison, pensa Béinish. L'officier est rasé et ne porte pas de kippa sur la tête. Il choquera ma famille, c'est sûr. Il vaudrait peut-être mieux…

– Mais pourquoi veux-tu continuer à me rendre visite ?

Peleg sourit :

– Après tout, je me sens un peu responsable de ton état…

Béinish protesta :

– Cesse donc de culpabiliser. Tu n'y es pour rien. Je te l'ai dit et tu sais que j'ai raison. Alors…

Peleg le regarda sans répondre, mais il parut déçu, triste.

– Soit, dit Béinish. Nous aurons l'occasion de nous revoir. Mais dans le parc, pas à la maison.

219

Le soir, il en parla à son père qui le surprit par sa réponse :

– Qu'il vienne ici. S'il n'a pas la foi aujourd'hui, il pourrait la trouver demain. Il se peut qu'il ait besoin de toi. Aide-le. Sauver une âme est une grande *mitzva*. C'est une vraie bonne action.

Naturellement, les choses se passèrent différemment.

Au début, par respect pour les parents de son nouvel ami, Peleg n'entra jamais sans se couvrir la tête d'une kippa kaki empruntée à un soldat religieux de son unité. Ils parlaient, parlaient de tout et de rien. Peleg préférait l'actualité et Béinish les textes anciens.

– L'événement m'intéresse, remarqua un jour Peleg, dans la mesure où il m'est possible d'agir sur lui. Peux-tu, toi, changer les récits bibliques ?

– Pourquoi essayer ? demanda Béinish. Dieu Lui-même ne peut changer le passé. Mais le passé reste vivant et actif dans le temps. En l'étudiant, je peux comprendre ce qui nous arrive.

– Et cela te suffit ?

– Et toi, cela te suffit-il de t'acharner à vouloir modifier le présent quand tu ignores combien de temps il nous reste à vivre ?

– Philosophiquement, tu as raison. Définir le présent ne va pas de soi : mais pour l'être vivant, pour le malade qui souffre, pour l'amoureux, la première fois qu'il embrasse l'élue de son cœur, le présent existe bel et bien, et comment qu'il existe !

– Il devient presque aussitôt un souvenir, remarqua Béinish. Donc, pratiquement, il n'existe plus.

– Et dans la Bible, qu'est-ce qui existe ? demanda Peleg.

– La nostalgie, répondit Béinish.

– La nostalgie de quoi ?

– Des débuts. Des origines. De ce qui précédait le temps. Et de ce qui l'abritait. Les premiers moments.

220

Les premières brisures. Les premiers signes d'échec du Créateur devant la chute de sa Création. La tristesse, la détresse du Maître des mondes indignes de sa vision. Voilà ce que je cherche et ce que je trouve dans nos grands textes anciens et toujours actuels.

— Actuels ? s'étonna Peleg. Quel rapport vois-tu entre tout ça et l'angoisse, le déchirement qu'éprouve aujourd'hui chaque famille juive dont les enfants font leur service militaire ? Ne me dis pas que la Bible parle de terrorisme !

— Elle parle de conquête.

— Mais pas de victoire.

— Si. Elle en parle. Ou, plutôt, les commentaires en parlent. La victoire sur soi-même. La seule valable.

— Et Samson ? dit Peleg, démontrant ses maigres connaissances. Ne me parle pas de ses principes spirituels ou moraux.

Béinish ne voulait pas parler de Samson. Trop coureur, le guerrier n'était pas son héros, même s'il avait vaillamment défendu la communauté contre l'ennemi philistin. Pour détourner le sens de la discussion, il demanda :

— La Bible, c'est quoi pour toi ?

— Un trésor d'épisodes, de contes possibles et impossibles. Beaux et tristes, drôles et moins drôles. Un jour, quand j'aurai pris ma retraite, et que ce pays connaîtra le bonheur et la paix, je les relirai peut-être. Pour le moment, j'ai d'autres soucis.

Ses soucis étaient ceux d'Israël. Trop d'ennemis le menaçaient, sa sécurité n'était pas assurée. Les pays voisins se renforçaient militairement et Israël manquait de moyens pour maintenir un état d'alerte permanent. Avec le temps, Béinish finit par partager les convictions de son ami. Il quitta le monde du Talmud où tout est ouvert pour celui des services où tout est secret et où Peleg jouait un rôle important.

J'ai revu Tamir plusieurs fois. Il m'interrogeait sur mes habitudes, mes connaissances, mes goûts. Au début, j'attribuais sa curiosité à son désir d'en apprendre davantage sur sa famille. Erreur : elle était purement professionnelle. Je ne l'ai compris qu'à la fin, lorsque, d'un air sérieux sinon grave, voilà qu'il m'annonça qu'il aimerait me recruter. Je lui répondis qu'il était fou.

Jadis, Tamir se nommait donc Béinish, et son histoire, je la connaissais maintenant. Mais j'ignorais tout de celle de Tamir, et il n'y avait pas de raison qu'il m'en parle. Pourquoi essayait-il alors de faire de moi un agent secret ?

— C'est plus simple que tu ne le penses, expliqua-t-il de sa voix redevenue impassible. Tu es citoyen américain, tu as un passeport américain, tu n'es pas mêlé à la vie politique, tu n'es ni sioniste ni pro-israélien, tu es jeune et intelligent, il est normal que tu fasses des voyages à travers le monde, autrement dit : tu as une parfaite couverture pour ne pas attirer l'attention des autorités.

— Tu me flattes, répondis-je. Mais sérieusement, peux-tu vraiment me voir en agent du Mossad ? Je n'ai pas lu de roman d'espionnage…

— Un bon agent est précisément quelqu'un qui ne peut pas être pris pour un espion… Tout ce que je te demande, c'est d'y réfléchir. La vie d'un bon nombre de Juifs, ici ou dans certains pays arabes, pourrait dépendre de ta décision.

Quelques jours plus tard, il me proposa de rencontrer un de ses amis nommé Laurent, dans un café de Tel-Aviv.

Je ne sais pas pourquoi, mais je m'attendais à me retrouver devant un autre fou.

Chapitre 16

Laurent et son regard profond : il réchauffait et apaisait tout ce qu'il enveloppait. L'oiseau en vol, l'arbre dans le vent, la pierre sous le soleil.

Grand, élancé, impeccablement vêtu, rien ne lui manquait pour vivre heureux parmi les vivants. Mais les morts qui refusent l'oubli et la pitié l'en empêchaient. Eux aussi connaissent la folie.

– Venez, me dit-il, je vous offre à boire.

– Je ne bois plus depuis longtemps.

– Un café ?

– D'accord. Un café.

Laurent me fixa de son regard doux et compréhensif :

– Pourquoi Tamir tient-il à ce que nous fassions connaissance ?

– Demandez-le-lui.

– Non, c'est à vous que je pose la question.

– Je n'en sais rien. Je ne peux pas répondre pour lui.

– N'essayez pas de me mentir.

– Je ne vous mens pas : je ne sais vraiment pas ce que Tamir répondrait.

– Quels peuvent être ses motifs ?

– Attendons de le revoir. Il répondra.

– Pourquoi attendre ?

– Je ne vous connais pas assez.

Comme si l'on pouvait connaître, je veux dire vraiment connaître, qui que ce soit en quelques instants ou même en quelques années. Mais si j'attendais plus long-temps, le connaîtrais-je mieux ? Cela signifierait-il qu'il peut exister un coup de foudre pour la connaissance comme il en existe pour l'amour ? Et si l'autre en venait à se confondre avec moi, toujours et partout, aussi fou que je l'étais ou que je le suis encore, le connaîtrais-je un peu mieux, nonobstant les rares éclaircies qui font plus de mal que de bien ?

— Moi, je vous attendais, dit Laurent. Peut-être simplement pour bavarder.

Comme si cela suffisait. Comme si quelques échanges sur l'air du temps pouvaient exprimer tout ce qui définit l'être humain, ses carences et ses vertus, ses instincts et sa volonté de les dompter, ses joies exubérantes et ses cauchemars muets : toutes ces richesses, tous ces signes, tous ces secrets, comment un nom pourrait-il les conte-nir, hormis celui de Dieu, donc par définition un nom scellé et à tout jamais inconnu, autrement dit inutili-sable, ineffable ?

Devant mon silence, Laurent reprit :

— Vous êtes Doriel. On me l'a dit. Mais est-ce votre vrai nom ?

Du coup, je me dis que nous allions devenir com-plices. D'habitude, les gens laissent les noms traîner n'importe où, sur un morceau de papier ou sur des lèvres. Autrefois, pendant l'Occupation, les noms se fai-saient la guerre. Il y avait ceux qui tombaient, d'autres qui se relevaient. Mais tous étaient chargés d'histoires. En bon Juif, Laurent savait que la Bible est bourrée de noms. Chacun est une biographie, un fragment de mémoire. Le pouvoir de nommer, Dieu le donna à Adam, marquant ainsi le début de l'aventure humaine avec ses rebondissements imprévisibles, improbables mais réels.

Laurent avait tout pour plaire aux femmes. Vous l'au-riez aimé, docteur. Tout d'abord parce qu'il était svelte et dynamique, bien habillé, et beau comme un acteur de cinéma. Ensuite, c'était un intellectuel : vaste culture, curiosité inassouvie, altière. Il plaisait aussi aux hommes. Mais comment, je vous le demande, comment peut-on plaire à tout le monde, à Tamir et à moi, aux riches et aux pauvres, aux érudits et aux imbéciles ? Il avait également tout pour être heureux. Là encore comment, je vous le demande, comment peut-on être heureux dans un monde qui, un beau matin, va basculer dans la violence et la haine, autrement dit dans le gouffre béant ou le trou noir de l'Histoire ? Eh bien, Laurent n'a pas basculé. Lorsque je l'ai rencontré, il dirigeait une entreprise pharmaceutique. Admiré, aimé, respecté même dans les milieux politiques. Était-ce la folie seule qui lui faisait défaut ? Vanité des vanités, tout est vanité, tout est folie, et les honneurs plus que le reste. Mais comment s'était-il retrouvé dans les services de renseignements israéliens ?

Il était né de parents juifs polonais immigrés en France et qui travaillaient douze heures par jour pour lui permettre d'acquérir une bonne éducation. Études secondaires dans le meilleur lycée de Paris, interrompues par la guerre. Parents déportés. Lui et son frère cadet, Maurice, appartenant au même réseau communiste clandestin, échappèrent miraculeusement à la rafle du Vélodrome d'hiver.

Et ensuite ?

Journées fébriles, nuits angoissantes. Compagnons disparus dans la nuit et le brouillard. Faits prisonniers, torturés, fusillés.

Et ensuite ?

La Libération. Le bonheur retrouvé ? Laurent passa sur de trop nombreux événements. Ses parents ? Son frère ? Il en était déjà au présent.

Laurent était amoureux de Jacqueline. Tous deux étaient fiers de leurs enfants, Tili et Cécile, qui le leur rendaient bien. Autrement dit : parcours parfait, sans entrave ni zone d'ombre.

Il me raconta tout cela d'un ton naturel, dépourvu de vantardise. Apparemment, il lui importait de me convaincre qu'il vivait heureux dans un environnement ensoleillé. Mais qu'avait-il trouvé dans ce pays où les hauts et les bas se suivent en moins d'un clin d'œil ? Quelque chose dans son comportement me gênait. Était-ce sa voix ? Parlant de sa vie, il donnait l'impression d'évoquer un autre homme, un autre destin.

— Laurent, lui dis-je quelques jours plus tard. Ne m'en veux pas pour mon indiscrétion, mais…

— … mais quoi ?

— Tamir a tenu à ce que nous nous rencontrions. Nous ignorons pourquoi, mais maintenant nous nous connaissons et nous allons bientôt nous séparer. Et si je te quitte sans te poser une question qui me tracasse, j'aurai le sentiment de t'avoir abandonné.

— Je t'écoute.

Je lui dis que j'entretenais un rapport spécial avec ce qu'on nomme la dépression, et plus précisément, grâce à mon sixième ou dix-septième sens, avec ceux qui la craignent ou l'appellent. Il esquissa un sourire ironique, mais resta silencieux. Je lui dis que je ne me moquais pas de lui, que lorsque quelqu'un était malheureux et se sentait attiré par un démon quelconque il émettait un signal que je percevais comme une sorte d'ultrason. Pour employer une métaphore mystique, lui expliquai-je, c'était comme si un gouffre attirant toujours un autre gouffre, je me sentais interpellé. Et aujourd'hui, cet appel venait de lui.

Laurent me regarda sans ciller, comme si je venais de m'évader d'un asile d'aliénés :

— Je t'écoute.

— Moi aussi je t'écoute, Laurent. J'écoute ce que tu entends, et ce qui t'attire pour te faire glisser et trébucher.

226

Ce soir-là, nous étions assis à la même table du même café, observant les clients qui venaient célébrer des victoires amères mais inattendues, ou noyer dans le whisky leurs défaites qui auraient pu être plus lourdes, et leurs délires qui les arrachaient à ceux qui les aimaient.

Je me dis qu'aux yeux du destin nous sommes tous des voyeurs ou des mendiants, car il n'est pas en notre pouvoir de choisir d'autres cieux pour les peupler d'autres spectacles et d'autres dieux.

Laurent me dévisageait avec un pâle sourire sur les lèvres. Une pensée folle, comme une herbe folle caressant le pied d'un arbre, effleura mon esprit : et si nous étions proches non pas à cause de notre caractère mélancolique, mais parce que, lui comme moi, chacun à sa manière, à un degré différent peut-être, nous étions, comment dites-vous, docteur, des malades de l'âme ?

— Est-ce qu'il est toujours votre ami ? demanda la thérapeute.

— Non.

— Comment définiriez-vous votre relation ?

— Il a été mon compagnon de route pendant un moment bref mais important.

— Un moment ?

— Nous nous sommes vus quatre ou cinq fois, puis j'ai perdu tout contact avec lui.

— Pourtant, il reste présent en vous. Plus que tant d'autres que vous avez dû croiser sur votre chemin. Serait-ce parce que vous trouvez en lui une ressemblance ou une différence qui vous trouble ?

— Est-ce que je l'enviais ? Est-ce que je le craignais ? Mettons qu'il m'intriguait. Il me déroutait. Il a vécu une vie si riche, contrairement à la mienne. Connaît-il l'angoisse de l'erreur, du doute ? En l'écoutant, je me disais que j'étais né trop tard.

— C'est tout ?

– Non. Je me disais aussi qu'il avait eu de la chance de pouvoir se refaire une existence. De lui conférer un sens. De rendre heureux ceux qui l'aiment. Lorsque je me compare à lui, je me sens inutile. Je n'ai rien fait, rien bâti, rien obtenu. Les grands événements ne m'ont pas touché, les idéaux sublimes ne m'ont pas attiré. Comparée à son histoire, la mienne semble fade, puérile et plutôt vaine.

Je suis fasciné par les différents épisodes de la Seconde Guerre mondiale, la plus meurtrière et la plus démente de l'Histoire. Ceux que me raconta Laurent, c'est Tamir qui avait souhaité me les faire connaître. Ils me frappèrent parce qu'ils me firent penser à ma mère et à ma sœur.

Comme elles, Laurent, mon nouvel ami, avait vécu les combats clandestins. Est-ce pour cette raison qu'il me devenait proche ? Parce que, ainsi que ma sœur et ma mère dans un autre pays, Laurent s'était battu contre la cruauté de l'occupant allemand ? Laurent était son nom de guerre. Idéaliste, casse-cou, volontaire pour les missions les plus dangereuses. Malgré sa jeunesse ou peut-être à cause d'elle, il n'attendait pas de recevoir des ordres. Incarnant l'esprit d'initiative individuel, il agissait à sa guise. Affaire d'impulsion. Dès que l'occasion lui semblait propice, il ne la laissait pas filer. Tout en le félicitant pour ses succès, ses supérieurs lui reprochaient son impétuosité : ignorait-il que dans toutes les armées, même secrètes, il existe une hiérarchie qu'on doit respecter sous peine de mettre en péril d'autres camarades ? Il ne l'ignorait pas, mais sa volonté de vaincre l'ennemi était la plus forte.

Parfois, je l'interrompais :

– Laurent, tu devrais écrire tout cela…

– Pourquoi donc ?

– Parce que c'est passionnant, tiens.

– Et alors ? Ne me dis pas que tout ce qui est intéressant dans la vie doit être écrit.

– Pas tout, mais certaines choses.

– Lesquelles ?

– Celles qui aident l'homme à avancer, à découvrir, à s'accomplir.

– À quoi les reconnaît-on ?

Que pouvais-je répondre ? Romek avait voulu convaincre ma mère de la même manière, en utilisant les mêmes arguments. En vain. Insister ? Laurent s'était déjà lancé dans un nouveau récit.

– Et aujourd'hui, en l'évoquant, docteur, je me demande : si tous ces événements m'étaient arrivés, à moi plutôt qu'à lui, si j'étais Laurent, me serais-je laissé emporter par mes démons secrets ?

– Et si vous aviez été lui, justement ? demanda la doctoresse.

Qu'est-ce qui la faisait sortir brusquement de son mutisme ?

– Pourquoi me posez-vous cette question, docteur ?

– Je ne sais pas. Elle m'est venue à l'esprit comme ça, à l'improviste. Je songe à notre dernière conversation…

– Eh bien non, je ne me suis jamais pris pour Laurent. Vous êtes déçue ?

– Pas du tout. Continuez.

– Non, docteur. Je veux d'abord savoir pourquoi vous essayez de me dérober mon identité. J'en ai le droit.

– Loin de moi l'idée de vous priver de votre identité. Bien au contraire, j'essaie de vous aider à mieux la cerner pour la défendre contre ce qui la mine. La maladie dont vous souffrez, à la différence de l'amour qui protège et célèbre l'identité, peut entraîner sa déformation, sa perte et sa dissolution.

Lui répondre que l'amour… Mais la séance allait s'achever. Dieu merci. Je connaissais assez ma thérapeute pour anticiper la suite : l'érotisme, l'amour dans ma vie, l'amour de ma mère, pourquoi j'en parlais si peu et si mal, et pourquoi je ne disais rien des femmes, si j'en avais connu tout au long de ma vie et si non pourquoi... Serais-je donc à jamais privé de la joie des sens que seul un corps de femme peut allumer et enrichir ? Non, non, docteur, je suis en sueur, ça suffit pour aujourd'hui. D'ailleurs, l'excitation est pour moi nuisible, je ne contrôle plus mes mots. Ma pensée reste claire, mais les phrases soudain s'enchevêtrent, se bousculent, se piétinent et s'allient et s'enlacent, passé et présent se confondent comme se confondent les êtres, Laurent et moi devenant un seul et même moi, pour mieux nous haïr et me haïr, et nous répudier et me condamner.

Laurent, mon alter ego ? Je le répète : son passé n'a rien de commun avec le mien. À l'époque, le temps lui-même manifestait des signes accablants de véritable folie.

Hiver. Ciel gris. Bourrasques de neige. Verglas. Un long frisson. Muettes, les demeures de la longue avenue de Paris. Menaçantes, les patrouilles dont les pas lourds martèlent le pavé en faisant attention à ne pas glisser. Laurent me raconte Reims, un soir de décembre 1942.

Comme dans un film de guerre. J'aime les films de guerre, alors que j'ai horreur de la guerre. Je les aime car ils aboutissent au triomphe du Bien sur le Mal. J'aime le rythme de ce genre de films. Chaque image, chaque parole, chaque signe nous approchent de la mort pour les uns et de la joie pour les autres. Elle est patiente, la victoire. Elle attend son heure. Quant à la mort... Dans ces films, la mort est partout.

— Ce soir, la ville entière tremble de froid, dit Laurent. Et de peur.

Il vient de quitter Maurice, son frère, qui loge chez un vieux camarade de leur père, ancien ingénieur des che-

230

mins de fer. En lui serrant la main, Maurice lui a demandé : « Tu feras attention ? – Bien sûr, a répondu l'aîné. Je rentrerai demain après-midi, comme d'habitude. Toi, tu ne bouges pas d'ici. »

Tout en avançant vers la station d'autobus, Laurent sent une inquiétude le gagner. Elle est diffuse et il a du mal à l'identifier. D'ordinaire, son calme fait l'admiration de ses camarades. Alors, pourquoi cette anxiété ? Il n'en sait rien.

Dumas, son supérieur direct, sera-t-il au rendez-vous ? Et si lui, Laurent, est pris dans une rafle, tiendra-t-il sa langue face à la Gestapo ou aux miliciens ? Et son petit frère, têtu comme une mule, ne va-t-il pas faire des bêtises ? En réalité, c'est Laurent lui-même, qui va en faire une.

Et pas seulement lui. Le sous-officier allemand qui l'interpelle va lui aussi commettre une erreur. Comme surgi des ténèbres, il braque sa torche électrique sur le visage de Laurent, l'aveugle et dit à voix basse : « *Papieren.* » Instinctivement, Laurent met la main dans la poche de son pardessus pour en tirer les faux documents qui font de lui un brave garçon français poursuivant ses études à l'Institut protestant. « *Priechst du Deutsch ?* », demande l'Allemand. Et là, se rappelant quelques mots yiddish entendus chez lui, dans son enfance, Laurent répond machinalement : « *a bissel* », un peu. À peine a-t-il prononcé ces quelques mots, même pas allemands, qu'il se rend compte de sa bévue. Le sous-officier va l'appréhender. Pas grave en soi : les documents sont bons ; la carte d'identité, établie par un employé à la préfecture de Rouen, est authentique. Plus grave ? Si l'Allemand l'emmène au commissariat, il sera fouillé. Et, dans sa poche, il y a de quoi le condamner à mort : un revolver pris à un soldat, tué lors d'un attentat organisé par Dumas une semaine auparavant. Retrouvant son sang-froid, Laurent dit : « Je vais vous montrer quelque chose qui vous convaincra.» Il remet la main dans sa poche. Le temps d'un clin d'œil, l'Allemand est étalé dans la neige, sa torche toujours allumée. Laurent se penche sur le corps ensanglanté, saisit l'arme que tient encore le soldat et s'en va d'un pas égal sans se retourner. Un quart d'heure plus tard, il a retrouvé Maurice. «Écoute, petit frère, lui dit-il. Je viens d'abattre un Allemand.» Maurice est choqué, mais reste calme. Tout en cachant les deux revolvers, Laurent continue : «Il faut partir tout de suite. D'ici peu, le quartier sera bouclé. L'armée, la police et tous les salauds de la Gestapo vont fouiller les maisons. Mieux vaut être ailleurs avant qu'ils ne s'amènent avec leurs chiens.» Par chance, ils connaissent des détours pour gagner une autre partie de la ville. Ils trouvent le moyen de se rendre à Paris. Ils prennent le métro jusqu'à Châtelet. Maurice rejoint leurs parents qui ont été recueillis par la femme d'un cordonnier du quartier, tandis que Laurent contacte l'agent de liaison de Dumas. Rendez-vous au jardin du Luxembourg, à l'heure du déjeuner, quand les étudiants sont nombreux et occupés à trouver un peu de chaleur et d'amitié autour du grand bassin. Laurent reçoit l'ordre d'aller voir Dumas. C'est urgent. Un coup de fil confirme le rendez-vous le lendemain, en fin d'après-midi.

Les épaules larges, vêtu d'une veste de cuir, mal rasé, tête lourde de travailleur manuel fatigué, Dumas est déjà au courant.

– C'est toi ? lui demande-t-il sans le regarder.

Toutes les règles de sécurité ont été respectées. Le lieu : un café près des Halles. C'est la première fois qu'ils y viennent : il est réservé aux situations exceptionnelles. Dumas s'est assuré qu'il n'y avait rien de suspect dans les parages. Laurent l'a rejoint un peu plus tard. Ce pourrait être une rencontre fortuite de deux employés. Dumas se tient à droite du comptoir, signe qu'il n'y a pas de danger. À part eux deux, des habitués seulement. Un clochard frigorifié, à moitié ivre. Un ouvrier épuisé par sa journée. Deux femmes fardées, un homme trop bien habillé qui les fait rire. Tous bavardent à voix basse. Comme s'ils étaient tous enroués. Une lumière bleuâtre les enveloppe d'une couleur irréelle.

– Alors, c'est toi ? répète Dumas.

Laurent est surpris : Comment et par qui son chef a-t-il appris la nouvelle ? Par la radio ? Laurent a écouté l'émission du matin : l'habituel mélange de nouvelles triomphales du front et de propagande, mais rien sur l'attentat.

– C'est toi ? insiste Dumas en le regardant.

– Oui, répond Laurent. C'est moi.

– Pourquoi ? Tu as oublié ? Pas d'attaque individuelle. Pas sans ordre d'en haut.

– Je n'avais pas le choix.

– Explique.

– Il allait m'arrêter. J'étais armé.

– Il était seul ?

– Pas vraiment… Il y avait sûrement une patrouille dans les parages…

Dumas ne cache pas son mécontentement :

– Tu aurais dû t'enfuir. Tu es jeune. Tu cours vite.

– Les Allemands m'auraient rattrapé.

Dumas n'est pas satisfait :

– Tu as eu tort de te promener armé.

Laurent ne répond pas. Il sait que Dumas a raison. Dans la clandestinité, la discipline est de fer. Toute transgression est sévèrement punie. Agir seul, c'est mettre en danger son réseau. Va-t-on l'exclure du mouvement ? Pour lui, ce serait une humiliation pire que la mort.

– Je suis désolé, dit Laurent. Je n'avais vraiment pas le choix.

– Je te crois, mais ce n'est pas moi qui vais décider de ton sort.

– Qui, alors ?

Il regrette aussitôt d'avoir posé cette question. Il sait très bien qu'il n'y aura pas de réponse.

– Là où tu es, qui te connaît ?

– Mon petit frère, Maurice.

– Il appartient au mouvement ?

– Oui.

– Qu'il change de domicile. Toi aussi. Dans quelques heures on lira les affiches rouges. Elles sont sans doute déjà prêtes. Il y aura forcément des représailles. Les Allemands ne vont pas tarder à déclencher la chasse à l'homme, tu peux en être sûr. L'opération risque de nous coûter cher. Reste invisible, introuvable. Et attends un signe de moi.

Il met quelques francs sur le comptoir, hoche la tête en vague signe d'adieu et sort sans serrer la main de Laurent. Par prudence, celui-ci attend un quart d'heure pour s'en aller, la tête lourde de remords et d'inquiétude.

L'affiche rouge et noir. Des mots violents et précis. C'est un destin aveugle qui va frapper des innocents : si l'assassin de Reims n'est pas livré aux autorités allemandes dans les quarante-huit heures, dix otages seront exécutés.

Enfermé dans sa chambre, Laurent n'a pas vu l'affiche, mais il en connaît le contenu par la radio. Il emploie toute son énergie à étouffer en lui le sentiment de culpabilité qui le ronge. D'autant plus que la conversation avec Dumas lui a laissé un goût amer dans la bouche : il ne s'attendait pas à de tels reproches. Mais il doit bien se demander maintenant : De quel droit a-t-il mis en balance la vie de dix Français d'un côté et celle d'un Allemand de l'autre ? Son nouveau logeur essaie de le rassurer : « Cesse de te faire du mauvais sang… et de t'accuser… C'est la guerre, mon vieux… S'il faut condamner quelqu'un, condamne les Allemands… » Laurent l'écoute sans répondre.

La journée s'écoule avec une lenteur énervante. Les noms des otages n'ont pas encore été révélés. Laurent se demande s'il connaît l'un d'entre eux. Un camarade d'école ? Un ami de Maurice ? Soudain, une pensée lui déchire la poitrine : et si Maurice en faisait partie ? Depuis hier, Laurent n'en a aucune nouvelle. Des images atroces se bousculent dans sa tête prête à éclater. Son frère en sang, étendu par terre, muet de douleur. Et ses parents ? D'un saut, il se précipite sur le téléphone. Cinq longues sonneries, six, sept. Enfin quelqu'un décroche : la femme du cordonnier qui le rassure.

Le lendemain, les otages ont apparu sur l'affiche rouge et noir. Dix noms, dix visages. Condamnés à mort comme criminels, saboteurs et terroristes. Ils paieront pour le meurtre du sous-officier allemand. Ils mourront parce que Laurent a cru qu'on pouvait verser le sang d'un Allemand sans risquer le sien, attenter à la vie d'un soldat d'Hitler sans sacrifier celle des innocents. Autrement dit, impunément. En mangeant et dormant tranquillement. Le bourreau des dix prisonniers ? C'est lui, Laurent, suggère l'affiche rouge et noir.

Il est sorti pour la voir de ses propres yeux. Il lit chaque nom lentement, en s'arrêtant pour réfléchir avant d'aborder le suivant. Un tailleur lituanien. Juif étranger. Un étudiant en médecine polonais. Juif immigré. Un jeune ouvrier d'origine roumaine. Juif sans papiers. Un journaliste politique d'origine hongroise. Juif étranger. Les noms sont sans doute faux. Mais les visages ne le sont pas. Laurent connaît le journaliste, Yancsi, poète à ses heures. Ils ont fréquenté les mêmes milieux proches du Parti. Il faisait rire avec son accent. Il aimait chanter en s'applaudissant lui-même. Le Roumain, Yonel, avait un sourire captivant. Les filles ne pouvaient rien lui refuser.

Yonel ne sourira plus. Yancsi ne chantera plus. À cause de ce salaud de sous-officier, se dit Laurent.

Qu'est-il venu chercher chez nous en France ? Pourquoi n'est-il pas resté dans sa famille ou avec ses camarades balafrés, le ventre rempli de bière, à Munich ou Francfort ? C'est sa faute, pas la mienne. Et l'exécution des otages sera son crime, pas le mien. Laurent se le répète sans conviction ni apaisement. Quand la mort frappe, nul argument ne soulage le cœur brisé.

Et la compassion là-dedans ? L'amour du prochain ? La fidélité ? L'espérance trahie ? Et la vérité ? Quels rôles jouent-ils ? Et quelle est leur place dans cet univers de terreur ?

Sa pensée ne quitte pas les otages, comme s'il cherchait à les accompagner dans leur solitude. Mais sont-ils seuls ? Certes, c'est seul que tout être humain reçoit la mort. Mais l'instant d'avant, les otages seront ensemble. Debout devant le peloton d'exécution, ne tomberont-ils pas au même moment ? En offrant leur dernier regard au monde indifférent, comme un testament, fiers de leur solidarité, fiers de ne pas s'en aller seuls ?

Laurent ne parvient pas à voir clair dans ses pensées. Préférerait-il être avec les otages plutôt qu'en liberté ? Ce serait plus logique, plus juste. À la limite, n'est-il pas le véritable responsable de leur agonie et de leur mort ? Les Allemands ? Ils seront punis. Ils perdront la guerre, nul doute là-dessus. Ils seront battus, écrasés, humiliés. La joie et la liberté du monde seront leur châtiment.

Et moi là-dedans ? se demande Laurent. Serai-je en vie ce jour-là ?

Le soir même, un appel téléphonique le convoque à un rendez-vous immédiat avec Dumas. Il s'attend à un blâme sévère. Va-t-on le juger irresponsable, indigne de sa mission, et finalement l'exclure du mouvement, lui ôter sa raison de vivre, l'effacer des mémoires en l'excluant du mouvement ? Son acte, qu'il croyait héroïque car nécessaire, fera-t-il de lui sa propre victime ?

Dumas l'attend à l'endroit convenu, proche d'un hôtel de passe. Crépuscule gris, épais, lourd, qui embrume le cerveau. Aide-t-il l'occupant ou ceux qui le combattent ? Deux guetteurs veillent aux bouts de la ruelle. À la première alerte, Dumas disparaîtra dans l'immeuble d'en face tandis que Laurent sera accueilli par une beauté professionnelle.

Dumas ne perd pas de temps. Tout d'abord, il rassure Laurent : personne n'a assisté à l'attentat. Aucun avis de recherche ne peut donc le viser. Mais la Kommandantur se sait humiliée ; enragée, elle suit l'enquête menée par la Gestapo auprès des délateurs de tous poils, agents doubles, mouchards par idéologie ou opportunisme qui côtoient les bas-fonds aussi bien que les milieux proches de la Résistance : qu'ils remuent ciel et terre mais qu'ils ramènent un nom, une photo, une bribe d'information, une piste. Les Allemands se disent prêts à libérer les otages si l'auteur de l'assassinat de Reims se rend. D'une voix calme, Dumas remarque :

– Ils ne sont pas stupides, les salauds. Ils savent bien que tu ne tomberas pas dans leur piège. Mais ils comptent rallier la population avec leurs propagandistes qui nous traiteront de criminels sans cœur capables de sacrifier dix vies humaines pour épargner la tienne. Et tu verras ce que les collabos écriront dans leurs torchons.

Laurent écoute sans broncher. Pourtant une voix en lui suggère : Et si tu te sacrifiais ? Cela simplifierait les choses. Plus d'angoisse, plus de culpabilité. De toute façon, si tu ne le fais pas, si tu ne songes qu'à sauver ta peau, quelle vie te restera-t-il ? Comment faire taire cette voix ? Demander conseil à quelqu'un qui le connaît et l'aime, voilà ce qu'il lui faut. Ses parents ? Maurice ? Non, pourquoi leur infliger cette nouvelle souffrance ? Reste Dumas. Pourquoi pas ? Mais celui-ci le devance :

– Je sais à quoi tu penses. Ça ne servira à rien de jouer les héros ou les martyrs. Si tu te laisses prendre, les Allemands t'interrogeront, et imagines-tu que tu résisteras à leurs méthodes ? À la fin, ils vous tueront, toi et les otages, voilà ce qu'ils feront. Et tu leur auras donné ton avenir pour rien.

Tendu jusqu'à la douleur, Laurent sait que Dumas a raison. Mais pas tout à fait. Il a raison pour la torture, mais Laurent saura l'éviter simplement en se donnant la mort avant de parler.

Une fois de plus, son chef semble deviner sa pensée. Il enchaîne :

– D'ailleurs, Laurent, la décision ne t'appartient pas ; elle appartient au Réseau et au Parti. En abattant cet Allemand tu as déjà commis une faute grave ; nous t'interdisons d'en faire une autre.

Dumas lui donne des consignes pour les journées à venir. Rester là où il est. Ne téléphoner à personne. En cas d'urgence, son logeur servira de contact. Il sait qui appeler et quelle procédure utiliser.

On ne m'a donc pas puni, se dit Laurent. Aux yeux du Parti, je suis innocent. Demain on ira peut-être jusqu'à vanter mon courage. Mais qui suis-je aux yeux des otages ? Pour eux, pour leurs familles et leurs camarades, qui suis-je ?

Laurent se tourna vers moi et me regarda dans les yeux avec une intensité qui me mit mal à l'aise :

– Et toi, Doriel, dis-moi : Vois-tu en moi un homme cruel ?

– Je n'ai pas le droit de te juger, lui répondis-je. Je n'ai pas connu l'Occupation comme toi tu l'as connue et vécue. Je n'ai pas eu à tuer.

J'allais continuer, lui demander si les otages avaient été exécutés, s'ils étaient morts ensemble ou non, si son frère cadet, Maurice, était toujours en vie, et où se trouvaient ses parents. J'aurais voulu savoir si ses expériences de la Résistance avaient joué un rôle dans sa décision d'aller en Israël et de s'engager dans ses services de renseignements, mais tout d'un coup j'ai senti que j'avais déjà trop parlé.

Laurent a dû avoir la même impression. Il n'a plus rien dit et s'est contenté de sourire. Et son sourire m'est apparu comme une leçon d'optimisme.

– Laurent n'est plus un étranger pour vous, n'est-ce pas ? remarqua la doctoresse de sa voix impassible. Vous m'avez dit qu'il n'était pas un ami ; serait-il plus qu'un ami ? un autre aspect de vous, peut-être ?

J'aurais pu la gifler. Je laissai la colère m'emporter :

– Vous n'allez pas recommencer, docteur ? C'est vous qui avez besoin d'un psychiatre, pas moi. Laurent était Laurent, et moi, je suis moi. Vous oubliez notre différence d'âge.

– Mais il n'empêche que vous auriez aimé être Laurent.

– J'aurais aussi aimé être Moïse, Socrate ou Cicéron.

– Il arrive que l'on ait envie de procéder à un transfert d'être, donc de changer de personnalité. C'est assez courant. Plusieurs de mes patients vous le diraient. Pour des raisons variées et souvent obscures, ils se détestent. Certains vont jusqu'à se donner la mort. D'autres optent pour une méthode moins radicale mais aussi grave : ils se détachent du réel et vivent dans l'imaginaire. Quelles seraient vos raisons à vous d'agir de la sorte ?

Je me redressai :

– Vous êtes... vous êtes folle, ma parole. Je vais finir par apprécier Karl Kraus, sa haine des Juifs et de la psychanalyse, « cette maladie qui se prend pour son remède »... Je perds mon temps avec vous. On dirait que ça vous amuse de me mettre en colère. Et en plus, vous vous faites payer. Si j'étais pauvre, dites, me garderiez-vous encore ?

Offensée, elle ne répondit pas. Plongée dans ses notes, elle ne me regarda même pas. Avait-elle honte de me montrer son visage ? Avais-je touché une corde sensible ? Et comprenait-elle qu'elle avait dépassé les bornes ? Elle m'écœurait.

Avant de me congédier, elle me lança une dernière série de questions :

– Et les otages ? Ont-ils été exécutés ensemble ? Et Laurent ? Qu'est-il devenu ? A-t-il vraiment trouvé la force de travailler, d'espérer, d'aimer ? Et l'armée israélienne lui a-t-elle offert la paix et le bonheur ?

J'aurais pu lui répondre que je lui avais déjà dit qu'il était marié et père de deux enfants, mais elle m'énervait, elle m'agaçait, elle me mettait hors de moi. J'étais près de la porte. Revenir pour lui donner une leçon de respect et de courtoisie ? Elle n'avait toujours pas bronché, les yeux rivés sur son carnet. Brusquement, elle releva la tête et soudain, comme chaque fois que je suis devant une inconnue, je la trouvai attrayante, désirable, mystérieuse, et je fus bouleversé par son inaccessibilité autant que par sa féminité.

La semaine suivante, calmé, Doriel reprit le récit de Laurent tel qu'il se le rappelait.

Des dix otages, six furent épargnés, mais ni Yonel ni Yancsi. Dumas raconta à Laurent leurs dernières heures, leur comportement face à leurs bourreaux. Catholiques, leurs deux camarades eurent droit à la visite d'un prêtre. Par provocation, alors que tous deux étaient athées, Yancsi proposa à Yonel d'exiger de voir un rabbin. Yonel refusa : les Allemands seraient capables d'en dénicher un, de l'arrêter et de l'envoyer dans le prochain transport. Devant le peloton, sous un ciel gris et impénétrable, ils lancèrent le même cri avant de tomber : « Demain, ce sera votre tour à tous. »

Maurice fut transféré dans le Sud, mais Laurent resta à

Paris temporairement. Dure, nécessaire, la séparation des deux frères se déroula sans larmes. Ils se donnèrent rendez-vous au lendemain de la Libération. Avec leurs parents, naturellement. Ils ne savaient pas alors qu'ils ne tiendraient pas leur promesse. Laurent fut le seul survivant de la famille.

Laurent ne resta pas longtemps à Paris et, tout au fond de lui-même, il en fut soulagé. Il redoutait que le hasard ne lui fasse rencontrer les familles des otages. Il essayait de se raisonner en se disant que, à part Dumas, personne ne connaissait l'identité de l'auteur de l'attentat. Mais si elle était découverte ? Que trouverait-il à dire au fils de l'un ou à la fille de l'autre, ou à la fiancée de Yancsi ? Que les guerres font toujours plus de victimes que ceux qui y meurent ? Et pourtant, quelques années plus tard, Laurent vécut le moment qu'il avait redouté plus que tout. Dumas et lui dînaient avec leur famille dans un restaurant du quartier. Printanière, la soirée embaumait. On parlait politique, théâtre, éducation. Les deux amis avaient rompu avec le Parti en même temps, lors de l'insurrection populaire de Budapest brutalement réprimée par les Soviétiques. Pourquoi avaient-ils attendu si longtemps ? La question les perturbait. Mais comment auraient-ils pu connaître l'aspect cruel et inhumain du stalinisme ? Malgré tout, ils restaient d'accord sur une chose : ils ne regrettaient pas d'avoir participé à la Résistance dans un réseau communiste.

Soudain, une femme assise à une table voisine se leva et vint les aborder :

— Pardonnez-moi de vous déranger au milieu du repas. Mais, sans le vouloir, j'ai entendu des bribes de votre conversation. Vous étiez communistes et résistants. Or, j'avais un jeune frère qui a fait le même parcours. Vous l'avez peut-être connu…

Était-ce son accent hongrois ? Laurent eut l'intuition qu'il avait devant lui la sœur de Yancsi. Il aurait voulu

quitter la table et s'enfuir mais il n'en eut pas le temps.
La femme reprit :

– Il a été pris par les Allemands. Ils l'ont torturé. Mais il n'a pas parlé. Alors ils l'ont fusillé. Il est mort en héros.

– Yancsi, balbutia Laurent, la gorge nouée.

– Vous l'avez connu ?

– Nous l'avons connu, dit Dumas. C'était quelqu'un, croyez-moi. Nous étions fiers d'être ses camarades.

– Fiers, répéta Laurent. Mais…

Et il se mit à pleurer.

– Et quand je pense à lui, ajouta Dumas, j'ai moi aussi envie de pleurer. Mais cela ne sert à rien de verser des larmes. Le cœur risquerait de s'y noyer.

Dumas baissa la tête. Les autres, ahuris, se dévisageaient, ne sachant comment réagir. La sœur de Yancsi bredouilla :

– Je vous demande pardon, je vous demande…

C'est la fille de Laurent, une belle gamine nommée Cécile, qui la première se ressaisit et vint au secours de son père. Elle s'assit sur ses genoux, l'embrassa longuement sur le front, les cheveux et les joues, et murmura :

– Ne pleure pas, papa, nous t'aimons.

Et, continua Doriel, Laurent me dit :

– Après la guerre, j'ai sombré dans une dépression nerveuse qui m'a conduit à l'hôpital. Rétabli, j'ai vécu une vie plus ou moins normale, avec des rechutes fréquentes mais imprévisibles. En Israël, ça allait mieux. J'ai travaillé avec Tamir. Des missions intéressantes, souvent dangereuses. Concrètement, elles me rappelaient l'époque de la Résistance, à cette différence près que la police que je fuyais n'était plus la Gestapo. Tamir prétend que j'ai accompli des actes héroïques. C'est une blague, il exagère. Mais ça fait du bien à entendre.

Tout en l'écoutant, je me demandais pourquoi il me racontait tout cela, et pourquoi Tamir avait tenu à ce que je l'entende. Comptait-il faire appel à mes sentiments juifs et à mes propres souvenirs de la Tragédie dans l'espoir que je finirais par accepter sa proposition de recrutement ?

— Tu veux que je te dise quelque chose de bizarre, ajouta Laurent pour conclure son récit, pendant longtemps j'ai été incapable de pleurer. Jusqu'à cette rencontre avec la sœur de Yancsi. Ce sont ces larmes qui m'ont guéri.

— Et moi, docteur ? Qu'est-ce qui me guérira ?

« À sa façon, Tamir-Béinish voulait m'aider, docteur, c'est sûr. Sans doute pensait-il qu'il existe un remède à toutes les souffrances. Mais lequel me conviendrait ? Me lancer dans l'action, contribuer à l'essor du jeune État d'Israël m'aiderait. Bref, me rendre utile.

— Et vous avez répondu quoi ?

— J'ai demandé à réfléchir. Je suis rentré en Amérique.

— Et ensuite ?

— Ensuite, j'ai dit non.

— Pourquoi ? Parce que ce nouveau rôle vous déplaisait ? Vous ne vous voyiez pas dans la peau d'un aventurier, ou simplement d'un patriote ?

— Ce n'est pas ça, docteur. C'est pour une tout autre raison que j'ai refusé.

— Laquelle ?

— Tamir ne me faisait pas assez confiance. Malgré ma curiosité, il ne m'a jamais vraiment expliqué pourquoi il avait abandonné son épouse, la pauvre Reisele. Cela ne m'a pas plu.

« Je ne l'ai plus jamais revu. Je sais qu'il m'en a voulu. À ses yeux, j'aurais fait un excellent agent secret. Il m'aurait formé puis envoyé dans un pays arabe. Après mon refus, il a confié cette mission à un autre espion. Je ne sais pas qui c'était. Mais je sais qu'il a été arrêté. Torturé. Pendu.

« À ma place.

Chapitre 17

Et pourtant, oui, et pourtant. Pour Doriel, ces mots sont devenus une espèce de mantra contemporain. Maintenant ils ravagent son cerveau comme un remords. Thérèse Goldschmidt a raison : il faut continuer, il le faut. Continuer à creuser la mémoire. Y renoncer serait pire. L'incident qu'elle cherche à débusquer doit bien exister quelque part. Un geste oublié, un mot perdu, une blessure. Emmitouflé sous des couches de souvenirs, le sens de ce qui accable son patient et le ruine l'attend depuis… depuis quand ? Il tourne les pages, année par année, revivant un épisode pour s'accrocher au suivant : un événement de son enfance, une image de son adolescence. Et bien sûr, bravo oncle Sigmund, comme dans les anciennes annales enluminées de la psychanalyse naissante, le salut finit par arriver. Il s'était caché dans un mot, un simple mot : convulsions.

Soudain, son monde familier et plus ou moins stable chavire de nouveau. Et il se demande, pantois : « Et moi, qu'est-ce que je fais là-dedans ? » En fait, Doriel ignore comment le bouleversement s'est produit. Mais peut-on parler de bouleversement ? Bouleversement signifierait un changement brusque, un caprice du destin, le clin d'œil imprévu des dieux en quête de divertissement. Non. C'est plutôt la conséquence, certes imperceptible jusqu'alors, de tous les événements qui ont façonné son existence, depuis son enfance jusqu'à l'âge mûr : la guerre puis l'exil, les périodes agitées de formation et d'apprentissage en Amérique et ensuite en Terre sainte, les égarements de l'amour, de la ferveur religieuse et les éblouissements apaisants de l'amitié.

Puisque la vie est faite non d'années mais de moments, certains sombres et d'autres souriants, peut-être faudrait-il les évoquer, ne serait-ce que pour y déceler quelque fil conducteur, si ténu qu'il soit.

C'est arrivé, correction : cela a éclaté à l'improviste, en pleine séance de thérapie. Distrait, j'étais distrait. Je ne sais plus exactement de quoi je parlais, mais je sais, et je le savais alors pertinemment, que ma pensée était allée vagabonder au loin. Je m'écoutais discourir tout en me demandant ce que je faisais là, sur le divan, à fixer une figure pourpre au plafond et pensant : « Quelqu'un a dû l'oublier telle quelle, informe et inutile, peut-être comme un message d'amour ou d'adieu à une amante fatiguée. » Soudain, une voix lointaine interrompit mon observation :

— Alors, Doriel ?

— Alors quoi ? dis-je, étonné.

— Qu'est-il arrivé après ?

— Après quoi ?

J'avais déjà oublié ce que je venais de confier à la bonne et insupportable thérapeute.

— Vous me disiez tout à l'heure que lorsque vous étiez jeune, vous souffriez de migraines. Mais vous vous êtes vite corrigé : non, pas de migraines, mais de convulsions. Je vous ai demandé de m'expliquer la différence. Et vous m'avez répondu qu'un être humain souffre de migraines, mais que c'est l'Histoire qui subit des convulsions. Et là, vous vous êtes arrêté.

— J'ai dit « convulsions » ? Vous êtes sûre ?

— Sûre et certaine.

Je me suis mis à répéter ce mot et tout d'un coup je me

revis petit garçon avec mes parents, en Pologne. Mon cœur cognait comme si j'avais un marteau dans la poitrine. Et mon père, affolé, s'écria : « Regarde, regarde le petit ! Regarde comme il tremble de la tête aux pieds ! » Alors ma mère me toucha le front et, pour me calmer, l'embrassa : « On dirait qu'il a des convulsions. » C'était la première fois que j'entendais ce mot.

Silencieuse, la doctoresse nota quelque chose sur son calepin. J'ignore si elle m'a regardé. Peut-être se contenta-t-elle de dire :

– Intéressant, tout cela. Nous y reviendrons la prochaine fois.

Dans la rue, je ne pouvais me détacher de ce mot : convulsion. Seul au monde, tour à tour vêtu et dénudé, il vivait en moi en maître, il courait, revenait en sautillant, repartait à la vitesse du vent ; il riait et aboyait comme pour effrayer les vivants et apaiser les morts ; il me giflait et me caressait, il me flattait et me menaçait. C'est comme si j'étais devenu son jouet, ou carrément sa victime.

Dès le début de la séance suivante, la doctoresse proposa, d'une voix qui trahissait sa curiosité :

– Revenons aux convulsions, si vous le voulez bien. Ce mot n'est pas neutre, pas plus qu'il n'est innocent. Que vous suggère-t-il ? Où vous mène-t-il ? Laissez-le vous conduire.

Ainsi le patient se voit dans un hôpital, quelque part en Californie. Hypnotisé, il observe son voisin de chambre, un adolescent barbu, qui gémit en tremblant de la tête aux pieds. Comme si un courant électrique parcourait son corps selon une loi constante et rigoureuse, allant d'un membre à l'autre, du front au cou, de l'œil droit à l'œil gauche, de la lèvre supérieure à la lèvre inférieure ; on dirait une marionnette entre les mains nerveuses d'un homme impassible, entièrement occupé par ses expériences. « Qu'est-ce qu'il a ? demande-t-il au médecin qui l'examine. – Dose massive de LSD. Il est plongé dans un autre univers, un univers irréel, onirique. Halluciné, il assiste au combat dramatique entre la vie et la mort, les anges et les démons. Tantôt c'est un camp qui gagne, tantôt c'est l'autre. D'où ses soubresauts.»

Doriel se revoit dans un camp de réfugiés en Asie. Une foule d'enfants en haillons entourent un vieillard décharné qui danse et tourne sur lui-même, la tête renversée en arrière, à un rythme stupéfiant. «Qu'est-ce qu'il a? demande-t-il à son guide. – C'est un saint. Il sait rendre sacré le quotidien. Sa méthode? Son âme entre en transe; elle ne tardera pas à entraîner son corps vers les cimes.»

Souffrance extrême, joie indicible, amour incandescent: tous s'accompagnent de convulsions pour mieux s'accomplir dans l'instant qui précède la naissance, la mort ou la révélation ultime.

Soudain, sans aucune transition ni rapport apparent, Doriel se voit à nouveau dans sa maison en Pologne, un beau dimanche de printemps. C'est encore un enfant. Ses parents sont avec lui dans le jardin. Il respire le bonheur des retrouvailles. Calme, la petite ville. Paix sur la Création de Dieu. L'arrivée brutale de Romek rompt le charme. Doriel sait déjà qu'il ne l'aime pas, qu'il doit se méfier de lui comme s'il était porteur de malheur et de malédiction. Pourtant il est tout souriant, le visiteur, et ses bras sont chargés de cadeaux. Doriel ne s'éloigne pas pour mieux écouter les adultes. Ils parlent de la guerre, du groupe clandestin dont Romek et maman ont été membres. «Tu te souviens de…?» Naturellement, elle se souvient. «Et de…» Mais oui, comment aurait-il oublié? Père n'intervient presque pas. Pourquoi le petit garçon éprouve-t-il un sentiment de gêne? Parce que, comme son père, il se sent exclu de cet échange et de ces souvenirs?

Des éternités plus tard, il se demande pourquoi son

cœur se met à battre plus fort. Pourquoi sa respiration s'emballe au point de déverser en lui une angoisse sombre et maléfique.

C'est Romek qui en est la cause, Doriel pourrait le jurer. Le souvenir de cet homme qui… qui quoi ? Qui a réussi à s'interposer entre père et mère. Dès son arrivée, un équilibre bienfaisant s'est aboli, laissant place à une tension muette, impalpable et lourde.

Tout d'un coup, là encore à l'improviste – ou serait-ce l'effet magique de l'analyse ? –, Doriel revit un épisode dont il ne se souvenait plus depuis la fin de la guerre. Pourquoi est-il resté occulté ? Trop douloureux peut-être. Et déplaisant. Et sûrement agaçant, comme un murmure vague venant de la pièce voisine qui empêche de dormir ou entrave la réflexion.

Il s'agit simplement d'une image furtive de la même journée. Le soleil se couche. Père s'absente pour quelques instants. Est-il allé chercher un verre à la cuisine ou un livre dans sa bibliothèque ? Romek et maman restent dans le jardin. Doriel se tient un peu plus loin, à l'écart. C'est alors que son regard capte celui de l'homme penché vers maman et lui parlant à voix basse. Sans doute lui pose-t-il une question, car maman lui répond aussitôt en hochant la tête : « Non, c'est fini. » L'homme insiste et maman répète : « Je te l'ai dit : c'est fini. Tu ne devrais pas essayer de briser une famille, et sûrement pas la mienne. » Là encore, il persévère. Et maman, d'un ton de reproche lui répond : « Le passé est le passé ; si tu persistes, tu ne feras que l'enlaidir. » La tête baissée comme un coupable, l'homme chuchote : « Une fois, une seule fois, c'est tout ce que je te demande. » Maman s'apprête à dire quelque chose, mais Père est déjà de retour.

Cette nuit-là, Doriel eut de la température. Frissonnant, l'œil vague, il se mit à délirer. Appelé à son chevet, le médecin expliqua : « Le petit a dû attraper froid ou un coup de soleil, d'où ses convulsions.» Maman, les mains nouées, remarqua : «Regarde-le. Tout son corps tremble. On dirait qu'il fait un cauchemar. Lui arrive-t-il de penser à Dina et à Jacob sans vouloir nous en parler ? Pourtant, il avait l'air heureux jusqu'à maintenant. Comment pourrait-il ne pas l'être avec ses parents auprès de lui ? »

En vérité, le petit était heureux, mais son bonheur se brisa d'un simple regard jeté vers sa mère en pleine dispute, car c'en était une, avec le visiteur qui lui parlait comme s'il avait des droits sur elle. Plus tard, une question ne cessa de le harceler plus ou moins consciemment : Que serait-il arrivé si, à ce moment-là, son père n'était pas revenu ?

Ces images et cette question ont-elles pu sournoisement hanter le cerveau de Doriel au point de perturber son comportement avec les femmes ? Doit-il l'admettre maintenant, alors que sa raison avançait depuis si long-temps des arguments plus simples : il cherchait, disait-elle, il cherchait la femme, la femme unique que le destin lui avait désignée. Mais il ne l'avait pas encore trouvée… Ou bien : N'est-il pas irresponsable de la part d'un couple d'introduire, contre leur volonté, des enfants dans un monde qui ne les attend pas et qui ne les aimera pas ?

Mais la véritable explication, découvre Doriel avec stupéfaction, ce serait ce soupçon inavoué, jamais for-mulé, qui lentement, implacablement, l'aurait enfermé dans l'ascèse du célibat, le condamnant à la solitude et aux désordres de la pensée.

– C'est possible, dit la doctoresse alors que le silence s'est installé.

Comme pris en flagrant délit, Doriel sursaute : A-t-elle lu dans ses pensées ? Aurait-il réfléchi à voix haute ?

– Qu'est-ce qui est possible ?

– Lorsqu'on croit avoir tout perdu dans le gouffre, y

compris le sens de l'orientation et de la pureté, on s'accroche parfois à ses parois. Sans même savoir si cela sert à quelque chose.

La doctoresse baissa la voix, comme si elle se parlait à elle-même :

– Cela aide à survivre, mais pas à vivre.

Doriel ne répond pas. À quoi bon ? Une pensée l'effleure : il faudrait peut-être imaginer les dieux rendus fous par les hommes.

Chapitre 18

Martin lit le journal avec tant d'attention que je dois me faire violence pour l'interrompre :

– Crois-tu à la folie mystique ?

– Autant qu'à la folie politique, répond-il sans lever la tête.

Il m'énerve. Pourquoi n'a-t-il pas épousé une journaliste ? Cela fait longtemps que je sais que j'ai une rivale le dimanche : la presse. La grande, la petite. Les quotidiens locaux et nationaux. Hebdomadaires, mensuels, tout l'intéresse : actualité, informations et commentaires, pages littéraires, sport, cuisine… Comme si j'existais en marge. Comme un entrefilet.

– Explique, dis-je.

– Toutes les deux sont meurtrières.

Comme je me tais, il enchaîne :

– Les croisades, l'Inquisition, le nazisme, le communisme…

– Mais Doriel n'est pas un assassin. Je ne détecte en lui aucune trace de violence. La colère, oui, mais c'est tout.

Un haussement d'épaules en guise de réponse, voilà Martin quand il lit le journal. D'habitude, je m'occupe toute seule pour ne pas gâcher son plaisir. Ce matin, je suis trop agitée. Frustrée.

– J'ai besoin d'un livre sur le dibbouk ; il y en a sûrement dans ta bibliothèque.

253

Grands dieux, il a levé la tête. Il me regarde :

– Sans doute, dit-il. Chez nous, on trouve tout. Mais pourquoi ?

– Pourquoi… quoi ?

– Pourquoi ce sujet t'intéresse-t-il tout d'un coup ?

Tout en me mordillant les lèvres, je réponds :

– Doriel prétend qu'un dibbouk est entré en lui.

– Tu y crois, toi ?

– Ce que je crois importe peu. Lui semble y croire. À ses yeux, cela explique son comportement, ses carences, ses maux.

– Qu'attend-il de toi ? Que tu l'exorcises ? Seuls les grands mystiques, et ils sont peu nombreux, en seraient capables. Or toi, tu es…

Je n'aime pas son ton. Il trahit son agacement. C'est clair : l'histoire de Doriel et le rôle que j'y joue lui déplaisent.

– Je suis désolée de t'avoir dérangé, mais sois gentil : apporte-moi demain un ouvrage ou deux sur le sujet.

Le lendemain, je trouve sur ma table de travail un dossier volumineux préparé par le spécialiste de l'occultisme à la bibliothèque : un film en yiddish (avec des sous-titres), une pièce de théâtre traduite en anglais, quelques essais et une note explicative m'informant que, pour la plupart, tous les ouvrages sur le sujet sont écrits en hébreu ou en yiddish.

Le spécialiste a cru bon d'ajouter quelques pages rédigées à mon intention. Ainsi j'apprends que le dibbouk n'est mentionné ni dans la Bible ni dans le Talmud. Il figure abondamment dans la littérature de la Kabbale et dans le folklore populaire, surtout hassidique, d'Europe centrale. Là, le dibbouk apparaît comme l'âme d'un impie dont les transgressions étaient telles qu'elles ne méritaient même pas d'être jugées ; le pire des châtiments serait encore trop faible pour elle. Voilà pourquoi elle erre à travers les mondes à la recherche d'un être fragile qu'elle pourrait pénétrer par effraction. Les kabbalistes lourianiques dont Rabbi Hayim Vital, Rabbi Israël Baal Shem Tov, le Maître du Bon Nom, et certains autres Maîtres possédaient le pouvoir de guérir la victime en l'exorcisant. D'ailleurs, précise l'expert, il existe une sorte de manuel dont on se servait pour chasser le dibbouk hors d'un corps et d'une vie. Le rituel est solennel et grave ; il doit faire peur. La salle est éclairée par des cierges noirs. Tout est noir. Convoquée par un tribunal rabbinique spécial, l'âme maudite reçoit l'ordre d'expliquer sa conduite. Sous la menace d'anathème irrémédiable et éternel, le dibbouk est contraint d'abandonner son refuge et de s'en aller vers le néant.

Du point de vue psychiatrique, toute cette histoire me paraît renvoyer à des symptômes de schizophrénie et de névrose, mais je sais que je ne suis pas suffisamment équipée pour m'y mesurer.

Que faire ?

Si cela continue, j'en viendrai à croire en l'existence du dibbouk : Doriel n'est-il pas devenu le mien ?

Chapitre 19

Un grand Maître demande : Quel est le personnage le
plus tragique de la Bible ? Un disciple lui répond : Abraham, le premier croyant qui reçut l'ordre de sacrifier à
son Dieu son fils aimé. Non, répond le Maître. Abraham
sentit que Dieu le lui interdirait au dernier moment.
Isaac ? lance un autre. Ligoté par son père sur l'autel
où sa vie allait devenir offrande suprême ? Non plus,
tranche le Maître. Une voix en lui le rassurait : son père
n'irait pas jusqu'au bout. Serait-ce Moïse ? suggère un
troisième disciple. Moïse, fils de Yoheved et d'Amram ?
L'homme le plus solitaire du monde, éternellement
tiraillé entre les commandements du ciel et les besoins
du peuple ? Non plus : il savait que ses victoires pèse-
raient sur le destin de son peuple ; comment sa vie
aurait-elle pu être la plus tragique ? Mais alors, qui est-
ce ? s'écrient d'une même voix tous les disciples. C'est
le Seigneur béni soit-Il, leur apprend le Maître. De son
trône là-haut, Il contemple ce que les humains font de
sa Création. Et cela Le rend triste.

Se souvenant bizarrement de cette leçon le lendemain
d'une séance d'analyse particulièrement éprouvante,
Doriel se demande, tout en flânant dans les rues
bruyantes de Manhattan : Pourquoi ce tintamarre de
coups et ce constant besoin de silence qui lui font tourner la tête ? Depuis le temps qu'il erre sur les routes de
ses exils, quand trouvera-t-il un peu de repos ? Et Dieu

là-dedans, hein ? L'homme serait-il l'échec de son Créateur, son cauchemar, peut-être même sa douleur, ce que les humains nomment mélancolie ? Condamné au désespoir, de qui cet homme est-il le prisonnier ou la victime ? Pour quel motif l'a-t-on puni et enchaîné ? Comment faire pour s'en sortir ? Et, comme toujours lorsqu'il bute sur un obstacle infranchissable, Doriel s'interroge : Et moi là-dedans ? Soudain, il se rend compte de son incapacité à répondre à ces questions. Il sait seulement qu'il a suivi une voie qui, apparemment, ne mène à rien. Est-il trop tard pour rebrousser chemin ? pour revendiquer son droit de se définir dans un monde hanté par tant d'étrangers ? À son âge, il doit se rendre à l'évidence. Il a eu tort de rester seul. Tort de ne pas se marier. Tort de ne pas recommencer à vivre lorsqu'il est arrivé à New York avec son oncle. De ne pas songer à l'avenir, donc à la vie qui donne la vie. Est-il donc irrévocablement trop tard ? Trop tard pour nouer des liens qui seraient la promesse d'une réalité et d'un bonheur possibles ? Devant ses yeux, des visages apparaissent et disparaissent comme sur un écran de cinéma ou sur une scène de théâtre aux décors changeants. C'est comme si, sans quitter les feux de la rampe, des jeunes filles vibrantes et des femmes au sourire chaud et prometteur venaient par moments le rejoindre dans sa loge. La jeune femme pieuse de Brooklyn. La chanteuse aux cheveux flamboyants sur le pont d'un bateau se rendant de Marseille à Haïfa. La veuve qui cherchait à se consoler dans les bras des inconnus. Doriel aurait pu épouser l'une d'entre elles. Est-il vraiment trop tard pour se faire une identité de mari, de père, ou du moins une place dans le paysage haut en couleur d'une communauté ?

À l'époque, songe-t-il, j'avais souvent le sentiment que tout ce qui pouvait m'arriver m'échappait. Tout glissait sur mon existence : je ne retenais rien.

Quant à nos séances, docteur, je m'y perds. Je suis

votre patient et vous êtes mon seul espoir. Chacune de mes histoires vécues ou imaginées, tous ces fardeaux lourds de remords et de culpabilité, c'est à vous que je les montre : dites-moi quel usage devrais-je en faire.

– J'aimerais que vous m'expliquiez, me dit Thérèse. Vous êtes cultivé, riche et passablement intelligent, comment se fait-il que vous ne soyez pas marié ?

– Je pourrais vous répondre que je suis fou, mais pas assez pour prendre femme. Mais trêve de plaisanterie. Je vous l'ai dit : j'ai toujours pensé que mon passé et l'état dans lequel il m'a laissé ne me permettent pas de donner la vie.

– Soyez franc, Doriel. Est-ce la seule raison ?

C'est bête, mais je me sentis rougir.

– Elle s'appelle comment ?

– Ayala.

– Joli nom. Et elle ? L'avez-vous aimée ?

Elle se nommait, pardon : je l'ai nommée Ayala. Elle a enrichi mon existence pendant quelques jours et c'est avec elle que, entre deux respirations, j'ai attendu, à tort naturellement, l'ultime instant de sérénité auquel nous avons droit.

Notre rencontre a été le fruit du hasard. Je dis bien hasard, car elle aurait pu ne pas se produire : tout nous séparait. Elle était française et moi américain. Elle venait d'une famille riche et moi j'étais quasi sans famille. Elle était belle et moi, bah, mon corps avait depuis longtemps oublié de me rappeler sa vigueur et sa jeunesse d'antan. Elle avait vingt-deux ans et moi presque trois fois plus.

Nous nous sommes retrouvés côte à côte sur un vol Paris-New York. Je m'y rendais pour passer les Grandes Fêtes avec les enfants et petits-enfants de tante Gittel et oncle Avrohom qui, eux, n'étaient plus en vie. Et j'avais prévu, par la même occasion, de rencontrer un poète yiddish, Yitzhok Goldfeld, peu connu mais admiré par ceux qui ont eu la curiosité et la chance de le lire et de l'approcher. Ayala, elle, partait retrouver son fiancé, sans savoir si c'était pour l'épouser.

C'est elle qui a engagé la conversation :

– Ce sera un long vol, dit-elle. Et j'ai du mal à dormir en avion. Je vais essayer de lire et je vous serais reconnaissante de ne pas me déranger. Même quand je ne lirai plus. Je dois profiter de ces quelques heures pour réfléchir.

Et après une pause :

– C'est que j'ai des décisions à prendre. Importantes. Voilà, c'est tout.

Je ne répondis pas, mais un hochement de tête lui signifia mon accord. Lui dire que moi aussi j'avais des décisions à prendre ? Lui révéler le véritable but de mon séjour ? Qu'il y allait de ma tranquillité d'âme, donc de ma santé, donc de mon avenir ? Elle n'avait pas l'air de vouloir s'intéresser à mon cas. D'un geste brusque, elle ouvrit son livre, et moi le mien. Encore le hasard ? Nous lisions le même roman. En fait, il n'y avait rien d'étonnant à cela. Bien que mal conçue et pauvrement écrite, cette histoire se passait durant la Seconde Guerre mondiale, ma période préférée, et le livre figurait depuis des semaines sur la liste des meilleures ventes.

Une heure passa. Le commandant de bord et l'équipage s'étaient occupés de notre état d'âme en nous fournissant informations et instructions inutiles : altitude, vitesse, heure d'arrivée approximative et, d'un ton sobre et sérieux, maniement du gilet de sauvetage en cas de… Une blonde plantureuse nous proposa le paradis : voulions-nous boire ? manger ? Une couverture pour mieux dormir ? Pas de preneur dans ma rangée. Dépitée, elle s'éloigna. Elle eut plus de chance dans la rangée suivante. Tout d'un coup, ma voisine se mit à parler sans me regarder :

– Si je décide de vous parler, me promettez-vous de ne pas me demander mon nom ?

– Je ne vous connais pas ; je n'ai rien à vous promettre.

– Seriez-vous cruel ou bête ?

– Est-ce un choix ? Ne peut-on pas être bêtement cruel ou cruellement bête ?

Elle me fusilla du regard avant de se détourner :

– Bon. Tant pis pour vous.

Fermer la parenthèse ? Si vite ?

– En vérité, je suis plutôt content de votre demande. Content de ne pas apprendre votre nom. Et puis-je vous dire pourquoi ? Parce que j'ai l'intention, si vous me le permettez, de vous faire cadeau d'un nom, un nom original.

– Lequel ?

– Je ne le connais pas encore. Laissez-moi réfléchir. Mais pendant ce temps, parlez-moi puisque vous en avez envie. Entendre votre voix m'inspirera. Vous savez sûrement qu'il y a une correspondance entre les noms et les voix.

– D'accord. Mais je m'arrêterai quand je le déciderai.

– Je vous écoute.

Sa voix. Profonde, mélodieuse, caressante : c'est elle que j'ai aussitôt appréciée. La voix de quelqu'un qui se cherche en cherchant. Un sentiment de bien-être et de sérénité m'inonda. J'étais prêt à m'endormir, tout en emportant sa voix dans le sommeil.

– Voilà, dit-elle. C'est tout.

Je n'avais rien compris à ce qu'elle venait de dire. Je n'avais retenu aucune de ses paroles.

– Non, répondis-je à demi éveillé. N'arrêtez pas. Ce n'est pas tout. Ce n'est que le commencement.

– Le commencement de quoi ?

– D'un rêve. D'une aventure. D'une histoire. D'une promesse faite d'interdits et de soleil au cœur de la nuit.

Après une hésitation, je poursuivis :

– Ne craignez rien, je n'ai aucunement l'intention de vous faire la cour. Regardez-moi : je suis vieux, trop vieux pour cela, trop vieux pour vous. Ah, si seulement j'étais plus jeune…

– … Qu'auriez-vous fait ?

– J'aurais pris votre main. Oui, votre main. Rien de plus.

Et le miracle se produisit : je sentis une main serrant la mienne.

– Rien de plus, dit la voix qui semblait résonner en moi comme pour conforter la mienne.

Dans la pénombre qui avait envahi la cabine, je me mis à songer à tous les êtres qui avaient traversé ma vie. Chacun avait un visage, un corps et un nom. Chacun m'avait apporté des moments de joie à faire chanter ou des heures sombres à faire pleurer, et désormais je ne connaîtrais plus ni les uns ni les autres. Eh oui, avec l'âge, le corps pressent les pièges, devine les périls et impose la prudence : il doit accepter ses limites. Et pourtant. Qu'avais-je à perdre en offrant un sourire de plus au destin ? En amour, tout surgit en un clin d'œil ; avec pour ingrédient obligatoire la surprise, l'étonnement et le sens du miracle. Tout ce que j'avais à faire à présent, c'était jouer le jeu, pousser l'histoire en avant, mais sans bouger :

– Ne me dites pas comment vous vous appelez ; ni en ce moment ni plus tard. Je vous nomme Ayala.

– Puis-je vous demander pourquoi ?

– Ayala est une biche. Elle court.

– Expliquez-vous, je vous prie.

– Dans les textes juifs, la vie est parfois comparée à une course, à une fuite. À un rêve aussi. En Orient, elle n'est qu'illusion. Une biche portée par l'illusion. Ou une illusion portée par une biche.

Je m'attendais à la voir sourire, mais elle conserva son air grave.

– Est-ce à dire que je dois me défaire de mon nom actuel ? Le jeter aux quatre vents ? Redevenir vierge, vide de tout souvenir ?

– Mais non, chère Ayala. Pour cette seule nuit, je vous reçois telle que vous êtes, uniquement accompagnée de vos bagages.

– Et après ?

– Oublions la durée, renvoyons le temps.

– Et après ?

– Pour les fous, l'après n'existe plus.

– Je ne suis pas folle, moi.

– Moi si, peut-être.

Elle retira sa main. Elle n'aimait pas les fous. Ils lui faisaient peur. Quelque chose en moi se déchira. Il avait suffi de quelques instants de grâce, ou de malédiction, et toutes les voies s'étaient ouvertes puis refermées. Comme si, dans cet avion, nous venions de nous rencontrer, de nous aimer, de nous marier et de divorcer. Je me reprochai mon inconscience, mon manque de maturité, de sérieux. J'avais tout simplement été stupide et ridicule. À mon âge, on ne joue plus à ce genre de jeux. On ne lance plus des mots en l'air. Ma voisine m'avait sûrement pris pour un imbécile, sinon pire.

Je ne sais plus combien de temps nous gardâmes le silence.

Je me réveillai peu avant l'atterrissage.

– J'aime mon nouveau nom, me dit Ayala en souriant. Je vais lui faire découvrir l'Amérique. Et pour vous remercier, voici une proposition : si le hasard nous réunit à nouveau, je vous dirai si j'ai réussi à me séparer de mon fiancé. Et alors…

– Et alors ?

– Nous verrons bien.

À Brooklyn, dans le quartier de Williamsburg, je suis prévenu par un homme long et maigre, la bouche déformée par un tic, que ce n'est pas chose facile d'être reçu par le poète Yitzhok Goldfeld : il est souffrant.

– Je viens de loin, dis-je.

– Ici, la géographie est une notion désuète. La poésie se place en dehors et au-dessus des frontières.

– Mais mon cas est urgent.

– Seriez-vous malade ?

– Oui… Non… Mais il connaissait mon oncle Avrohom.

– Il n'est pas le seul à porter le nom de notre patriarche.

– Mon oncle reb Avrohom

– Et le Rabbi le connaît ?

– Ils se connaissaient.

– Vous en êtes sûr ?

– Ils se connaissent.

En vérité, l'idée de cette rencontre était venue de mon oncle. Il était préoccupé par l'intensité déclinante de ma fidélité à Dieu. Il sentait que je m'éloignais non pas de ma famille ou de ce qui en restait, mais de ce qui, pour lui, représentait plus que le bonheur et la paix : la crainte de Dieu et l'amour de Dieu.

Nous avions eu maintes conversations à ce propos. Il présentait ses arguments et moi mes objections. Je doutais non pas de l'existence d'un juge suprême gouvernant l'univers des hommes, mais de sa justice. Un jour, faisant écho aux propos que Gittel avait jadis tenus, je lui affirmai que, à la limite, je pourrais admettre la mort tragiquement prématurée et absurde de mes parents. Peut-être avaient-ils péché devant l'Éternel qui les avait punis. Mais leur progéniture, leur petit orphelin, pourquoi, pour quels péchés, avait-il été condamné, lui, à grandir et à vivre sans eux ? Là, mon brave oncle ne put que hocher la tête et répéter : « Il sait, Lui, mieux que nous, ce qu'Il fait, et pourquoi Il le fait. » C'est alors qu'il me conseilla de rendre visite à son ancien ami, le poète mystique reb Yitzhok. « J'ignore s'il s'occupe de guérir le mal que constitue la perte de la foi, mais cela vaut la peine d'essayer. Tout ce que tu risques, c'est de découvrir un grand poète. » Et c'est ainsi que, plusieurs années après la mort d'Avrohom, j'ai décidé de suivre son conseil.

On m'a prévenu que ce serait compliqué, difficile. Ce poète yiddish, pratiquement inabordable, tout le monde essaie de passer un moment auprès de lui. Des étudiants pour lui montrer leurs travaux sur sa vision du monde. Des journalistes pour l'interroger sur son interprétation de l'Ecclésiaste et des Psaumes. Des visiteurs naïfs qui le prennent pour un riche donateur. Bref, tous ceux qui ont besoin d'espérance et d'aide. Comme moi.

Ce mystique représente ma dernière chance de vaincre le mal qui me mine. J'ai tout essayé. Les sommités médicales de New York et de Paris, d'Amsterdam et de Los Angeles connaissent mon dossier. J'ai vraiment besoin d'un miracle.

Il faut que ce poète me regarde dans les yeux. Qu'ils voient ce qu'ils voient. Qu'il m'écoute. Qu'il me parle. Qu'il corrige les erreurs en moi de la nature. Ou du Seigneur.

– Écoutez, dis-je au gardien de la porte. Ne me renvoyez pas les mains vides ; je sais être reconnaissant.

– N'essayez pas de me soudoyer, répond-il d'un ton méchant. Je n'ai pas besoin de votre argent. Je suis médecin. Ce dont j'ai besoin, ce n'est pas vous qui pourriez me le donner.

– Et c'est quoi ?

– De *Yirat Shamayim,* de la crainte de Dieu. En auriez-vous à mettre à ma disposition ?

Je baisse la tête. Si seulement il savait… Le médecin a disparu. Ce n'est pas lui qui viendra à mon secours. Les minutes passent. Il réapparaît :

– J'ai de bonnes nouvelles pour vous. Reb Yitzhok

connaissait effectivement votre oncle. Revenez demain matin. S'il se sent mieux, il vous recevra. Sinon, revenez après-demain.

— Merci.

— Revenez, donc.

— Ce mot semble être celui que vous préférez.

— Peut-être. Pour certains d'entre nous, *« teshuva »*, le retour, signifie aussi le désir du repentir. Et pour vous ?

— Pour moi, tous les mots se valent.

En moi-même, je continue pour illustrer mon propos : Oui et non. Hier ou demain, joie et deuil. Tout se vaut. Même une bonne et une mauvaise action.

Le médecin me scrute longuement, se demandant à l'évidence s'il doit se fâcher ou passer outre, et finit par se retirer sans dire un mot.

Je pourrais rentrer chez moi, mais je reste dans le quartier. J'entre dans quelques oratoires où l'on étudie le Talmud en chantonnant. J'observe les hommes et les femmes qui ont entendu tel ou tel Maître commenter les textes et leurs secrets. Étrange, tous comprennent qu'une heure est donnée à chacun pour permettre à son âme d'ouvrir une porte dans le palais céleste où tout s'accomplit ou se défait.

Un fidèle raconte que, un jour, un pénitent exalté à la carrure impressionnante, tout feu et flamme, fit irruption dans la demeure du Maître de Rovidok, en visite à Safed, pendant qu'il étudiait les mystères de l'apocalypse et de la rédemption : « Si vous ne faites pas venir le Messie tout de suite, je vous tue », hurla-t-il devant les élèves ahuris. Et comme le Maître ne répondait pas, il se jeta sur lui pour l'étrangler. Seul le vieillard ne manifesta aucune peur. Il s'adressa à son agresseur d'une voix douce et mélancolique : « Et si tu me tues, penses-tu que le Messie arrivera ? » Alors, l'intrus se mit à sangloter : « Voilà ma dernière espérance partie en fumée. — Non, lui dit le vieillard. Elle reviendra un jour et, je te le souhaite, te conduira devant le Rédempteur.»

Quelqu'un demande au conteur si l'histoire a une suite. Qu'est-il arrivé au bonhomme et à sa violence? Un soir, il apparut dans la Vieille Ville de Jérusalem, hagard et farouche, frappant aux portes et aux fenêtres, criant de toutes ses forces: «Je parle au nom du prophète invisible qui réside là-haut, dans les sphères célestes, il vous dit: Suivez-moi avant de me chasser, craignez-moi avant de me haïr... L'homme a le choix entre le brasier et l'arbre desséché... Je suis votre première espérance! La seule!»

Et je me demande où donc a pu passer ce fou qui combattait un seul ennemi: le désespoir? Et le Maître si serein, faut-il voir en lui son allié ou son adversaire?

Un autre visiteur remplace le premier. Lui aussi a une histoire dans sa poche. Un autre fou. Je l'écoute également. J'ai le temps. Puis, encombré de mes propres histoires de foi et de déception, je m'interroge tout en poursuivant ma flânerie: pourquoi ne pas reprendre contact avec mes anciens amis et connaissances de la *yeshiva,* s'ils sont encore en vie? Et si je retrouvais Ayala? Et si j'essayais de la convaincre de quitter son fiancé? Idée folle, indécente: je suis trop vieux pour elle. Et d'autres préoccupations s'imposent à mon esprit. Je me dis que si je suis venu ici, et si l'on me fait attendre, c'est que quelqu'un l'a voulu, programmé: à moi de découvrir pourquoi, et dans quel but – car moi seul peux donner un sens à ce but.

Le lendemain, le poète me reçoit. Enfin. Dans une pièce étroite et mal éclairée, assis à sa table couverte de livres, l'œil à la fois scrutateur et apaisant, il laisse le silence s'installer. Ma première réaction? Je suis déconcerté par son âge. Comme jadis reb Yohanan, il paraît étonnamment énergique. Cette force, la puise-t-il au cœur de sa vision poétique de l'homme dans le temps? Seul le regard est vieux. Je ne sais pourquoi, mon cœur se met à battre fort, très fort ; mon sang afflue dans mon cerveau. Que voit-il en moi ? Quels secrets inviolés est-il en train d'y déceler ? Pourquoi reste-t-il silencieux ? Serait-ce pour me déstabiliser, me mettre en état d'infériorité sinon de culpabilité ? Un frémissement désagréable parcourt mes lèvres.

Finalement, il décide de faire entendre sa voix ; elle est enrouée, profonde, empreinte d'une réticence indéfinissable. Parler représente pour lui une épreuve douloureuse.

— Tu vis seul, affirme-t-il en m'obligeant à ne pas détourner mon regard du sien.

— Oui, dis-je. Seul.

— C'est la raison de ta venue ici ?

— Non.

— Serait-ce que tu as lu certains de mes poèmes ?

— Non plus.

— Est-ce pour parler avec moi de la littérature yiddish qui est en voie de disparition ?

— Pas vraiment.

— Aurais-tu, comment dire, des ambitions littéraires ?

— Sûrement pas.

— Mais alors, pourquoi ?

— Je ne comprends pas…

— … Pourquoi es-tu ici devant moi ? Pour me dire que tu es seul ? Pourquoi es-tu seul ? L'as-tu toujours été ? Tu as pourtant eu des parents, des amis ? Est-ce un choix de ta part de t'enfermer dans ton corps et sa solitude ?

Je me sens désorienté, déstabilisé, secoué, un peu déçu aussi. Ai-je eu tort de chercher à le voir ? Vais-je lui avouer que « ça ne va pas dans ma tête » ? Ses questions me paraissent simplistes, banales. Où sont donc ses dons d'écriture et d'expression ? Lui parler d'abord de mon oncle, de mon mal ensuite ?

Cependant, le poète poursuit son monologue qu'il ponctue de questions parfois précises et parfois vagues sur mon enfance, mon expérience religieuse, les combats qu'en moi l'ange du bien mène contre l'ange du mal.

– Qu'attends-tu donc de moi ? finit-il par me demander.

– En vérité, je l'ignore. Un miracle peut-être.

– Lequel ?

– Je n'en sais rien. Tout ce que je sais, c'est que je souffre à la fois d'un manque et d'un débordement. D'un trop-plein et d'un trop de vide.

– Les poètes éprouvent la même douleur.

– Mais je ne suis pas poète.

– Dans ce cas, qu'est-ce que tu es ?

– Si je sais lire dans les yeux des gens, ils me prennent pour un fou. Et moi, il me semble que je l'ai toujours été. Fou de mes parents d'abord, de Dieu ensuite, de l'étude, de la vérité, fou de la beauté, de l'amour impossible.

Le poète redresse la tête et me contemple longuement :

– Pour un homme comme toi, l'écriture peut devenir une ancre, un refuge peut-être.

– Mais elle m'est hostile. Pour écrire, s'il faut aimer les mots, il faut aussi qu'ils vous aiment. Les miens me narguent. Dès que j'en choisis un, dix autres surgissent pour le chasser.

Le poète sourit :

– Pour moi, c'est le contraire qui se produit. Dix mots se présentent devant moi, c'est la richesse de ma langue ; mais je n'en veux qu'un seul. Celui-ci reste souvent caché.

Comme je me tais, il poursuit son interrogatoire :

– Tes études, où en es-tu avec elles ?

– Je ne les ai jamais vraiment interrompues. Et je n'ai rien oublié, reb Yitzhok. Mais mon savoir ne m'est d'aucun secours. Comme le reste, j'ai l'impression qu'il me rend fou. C'est ainsi : le fou en moi est plus fort que moi.

Le poète malade se lève. Et je me rends compte qu'il

ne m'a pas invité à m'asseoir. Il est grand ; il me dépasse d'une tête. Maigre, les épaules voûtées, il ne cesse de se mordiller les lèvres. Va-t-il me montrer la porte ? Il se rassied dans son fauteuil et m'indique une chaise.

— Tout d'abord, dit-il après un soupir, je tiens à te prévenir : je ne suis pas un faiseur de miracles. Avec l'aide de Dieu, je ne sais que faire des mots. Dieu seul peut changer les lois de la nature. Et ses voies restent secrètes. Moi, je ne peux t'aider qu'à voir plus clairement en toi-même. Est-ce que cela te suffit ?

Une pensée me traverse l'esprit : je ne l'ai jamais rencontré, et pourtant il me tutoie. Mais moi non, et cela n'a rien à voir avec l'âge. Je le respecte, cet homme que tant d'êtres humains admirent.

— Dis-moi au moins ceci : crois-tu encore que notre rencontre peut t'aider ?

— Je pense que oui, dis-je tout bas. Mais de quelle manière ? Je n'en sais rien. La clarté à l'intérieur du cauchemar est-elle plus stable ? Le sens du destin plus apparent ? La menace moins proche ? En moi et hors de moi, parviendrai-je à mieux m'orienter au milieu des pièges qui sont en moi et de ceux que je trouve sur ma route ?

Le médecin arrive, fait un signe discret à son Maître : il estime que l'entretien dure trop longtemps, mais il se retire aussitôt.

— Parle-moi encore de ta solitude, dit le poète malade. Pourquoi l'as-tu acceptée ? Ne savais-tu pas qu'elle peut mener au désespoir, parfois à la folie ? Dieu seul est seul. Nous, ses créatures, nous devons former une famille, une communauté. Tu n'as ni femme ni enfant : pourquoi ? Tu ne crains pas de quitter ce monde sans y laisser des descendants, des héritiers, des traces ? Disparaître à tout jamais, est-ce cela que tu veux ? Parle. Je t'écoute. C'est en me parlant que tu te comprendras mieux toi-même.

— C'est une longue histoire, dis-je. Et le temps…

– Oublie le temps. Tu es venu de loin. Tu tenais à me voir. Tu me vois. Tu croyais avoir besoin de moi. Je suis là. En ce moment, je ne suis là que pour toi.

Où commencer ? Les premières fêlures, où les situer ? Les premières chutes, les premières défaites, les premières déchirures, les premiers effondrements. L'invasion des ténèbres, leurs hurlements de fin du monde que je portais en moi ou qui me servaient de tuteurs…

D'une voix saccadée, butant sur les mots, je lui dis mon enfance exilée, la mort de mes parents, le sentiment de culpabilité qui hante l'orphelin que j'étais et que je suis resté. L'attrait du néant. Certes, plus d'une fois, en maintes occasions, rencontrant telle jeune femme dont j'aimais la voix, j'aurais pu fonder un foyer. Chaque fois, presque à la dernière minute, je reculais, effrayé. Je me disais : Je ne suis pas prêt, pas encore prêt à exprimer ma confiance en l'homme et son humanité. Pas prêt à dire au monde : Je crois en toi et en ceux qui te façonnent, je tiens à participer à ta démarche, faire partie de ton avenir. Pas prêt à lui livrer mes enfants condamnés d'avance.

Et puis, il y a ma maladie. Je la nomme mal, mais peut-être que, grâce à ses dons poétiques, il parviendra à décrire ce que je recèle tout au fond de mon être. Depuis mon enfance, je porte en moi un indéfinissable sentiment de manque, de défaite, mais comment le lui faire sentir ? Je me sens fautif à l'égard de mes parents : je suis plus vieux qu'eux désormais. Avais-je le droit de les juger, surtout ma mère ? Avais-je le droit de la soupçonner ? Lui parler de mes hallucinations qui me recouvrent parfois comme les vagues de l'océan pour y noyer les derniers éclats de ma lucidité ?

Je lui raconte le soir où, affaibli, mon corps endolori par les perfusions, je me suis réveillé dans une clinique psychiatrique. Je venais d'être sauvé d'un suicide manqué. Des voix me parviennent, certaines étouffées, d'autres étourdissantes. Mon voisin de chambre, dans son délire, prend le ciel à partie. Je ne saisis qu'un mot sur trois, mais ils réussissent à m'endormir. Le lendemain, j'essaie d'engager la conversation avec lui. Pourquoi en veut-il tant à Dieu? Dès qu'il entend ce nom, il est piqué au vif. Tous les reproches y passent, toutes les complaintes, tous les blâmes : depuis la sortie d'Égypte et le désert du Sinaï jusqu'à Auschwitz, sans oublier les persécutions babyloniennes, perses, romaines, les croisades, les ghettos, les descendants d'Abraham, Isaac et Jacob ne connaissent pas de répit, s'insurge-t-il – et pourquoi? Pourquoi la mort d'un million et demi d'enfants durant la grande et terrible tourmente? À un certain moment, il s'arrête avant de s'écrier : «On sait que pour un homme né aveugle, Dieu est aveugle, mais qu'en est-il pour l'homme né fou : son dieu serait-il aussi…? Que Dieu me pardonne…» Drôle de bonhomme : il a voulu mourir parce qu'il ne croyait plus en Dieu…

— Arrête. Cela suffit, m'interrompt le poète yiddish visiblement blessé. Change de sujet. Vite. Tout à l'heure, l'idée m'est venue de me servir de tes histoires pour les intégrer dans mes poèmes. J'y renonce : les blasphémateurs m'indisposent.

— Écoutez-moi encore quelques minutes, lui dis-je d'un ton implorant. Il faut que je vous raconte une dernière histoire toute récente.

Je lui fais part de mon unique rencontre avec Ayala, la jeune fiancée de l'avion. De la nostalgie qui m'étreint quand je pense à elle, sentiment étrange car je n'en saisis pas le sens. J'ignore tout d'elle, et de moi face à elle ; je ne sais pas si mon corps, sous son regard, se réveillerait et m'offrirait des sensations et des bonheurs depuis longtemps évanouis. Et pourtant elle occupe mes pensées ; même dans cette pièce, elle est présente, comme si elle souhaitait participer à notre entretien.

– Ayala, répète reb Yitzhok, la main sur le front. C'est un beau nom pour une femme juive…

– Ce n'est qu'un nom, dis-je.

– Mais il est beau. Je n'ai jamais rencontré une femme s'appelant ainsi.

– La femme qui le porte lui ressemble ; elle est étrange.

– Te sens-tu coupable envers elle ?

– Non. Du moins, pas encore.

– Parce qu'elle t'a dit vouloir rompre ses fiançailles ?

– Peut-être.

– Mais si elle ne les a pas rompues ?

– Elle les a rompues. J'en suis certain.

– Et alors, que comptes-tu faire ? L'épouser ? N'est-elle pas trop jeune pour toi ?

Je ne réponds pas. Je ne suis pas venu pour demander conseil, mais… en fait, pourquoi suis-je venu ? Pour qu'il m'aide à alléger le fardeau sur mes épaules en chassant les démons qui s'acharnent sur moi pour me posséder avant de m'anéantir ? Est-ce que je souhaite vraiment qu'il me guérisse ?

– Alors ? reprend le poète, comptes-tu l'épouser ? Si oui, est-ce pour lancer un défi à ton passé ou un appel à ce qui subsiste encore de ton avenir ?

– Je n'en sais rien, dis-je. Je n'y ai pas pensé. Tout cela n'a rien à voir avec, comment dire, mon problème. J'ai éprouvé le besoin de venir vous voir bien avant de rencontrer Ayala.

– Et le but premier de ta visite, c'était quoi ?

Je ne sais plus comment répondre. Le but peut-il changer en cours de route ?

– J'imagine que tu attendais de moi que je te sauve, n'est-ce pas ?

– Oui, en un certain sens.

– Mais te sauver de qui, de quoi exactement ? De toi-même ? De la peur ? De la peur de mourir peut-être ? Ou d'aimer ?

273

– J'attends de vous, lui dis-je d'un ton hésitant, que vous me guidiez vers le chemin qui me ramènerait à moi-même.

Pendant un long moment il me regarde sans prononcer un mot. Puis, baissant la tête, dans un murmure à peine audible, il me donne ce que je crois être une bénédiction.

Ayala ? Je ne l'ai jamais revue. Elle a dû épouser son fiancé.

Je n'ai pas revu non plus le poète yiddish. Mais une semaine après, très tôt le matin, en buvant mon café, le rideau se déchira soudain. Était-ce la conséquence de notre rencontre ?

Et la jeune femme au sourire d'enfant effrayé que j'ai cherchée toute ma vie ?

Aujourd'hui, en achevant mon récit, je me dis qu'en fait l'échec est de ma faute, pas celle de Thérèse : elle avait fait honnêtement son travail, mais de mon côté j'avais tout fait pour créer des obstacles sur son chemin. Elle avait tenu son engagement, moi non. N'avais-je pas consenti à ce qu'elle explore les coins les plus obscurs de mon inconscient ? Pourtant, je ne lui ai jamais parlé de Samek. À plusieurs reprises, elle m'avait interrogé, sans jamais insister, sur mes moyens de subsistance. Mais chaque fois qu'elle semblait s'étonner de mes largesses (« Mais dites donc, vous disposez de sommes illimitées. Seriez-vous un prince arabe déguisé en Juif malheureux ? ») j'éludais avec un haussement d'épaules.

Finalement, je ne sais plus si la doctoresse m'a beaucoup aidé. Mes migraines s'obstinent à me rendre visite, mon sommeil demeure troublé et mes rêves hantés. La nuit n'est qu'une interminable attente avant de savourer l'aube. Ma tête et mon âme se font la guerre. Et je me sens toujours mal dans ma peau et mal dans ma vie, traînant un cafard sombre qui est devenu une sorte de seconde nature.

Ma thérapie a été interrompue. Ce n'est pas moi qui ai pris la décision, mais elle, la doctoresse. Surpris, offensé, j'ai protesté : j'en étais venu à bien aimer nos séances, même quand elle me rebattait les oreilles avec ses références à la libido et ses desseins bizarres mais logiques, à l'inconscient et sa puissance mystérieuse mais rationnelle, même quand elle me scandalisait en insinuant que je voyais ma mère dans chaque femme, expliquant ainsi mes rapports avec elles, toujours ambigus et peureux. Je me sentais comme chez moi sur le divan, mon regard se promenant sur le plafond nu, puisant des images de mon enfance la plus lointaine. Je voulais continuer. Devant mon insistance, et contrairement à son habitude, la doctoresse consentit à s'en expliquer :

— Mes raisons sont multiples. Professionnelles et autres. En premier lieu, il y a le fait indéniable que je ne vous suis plus d'aucun secours. Certes, en vous aidant à vous rappeler vos convulsions, nous avons franchi un pas important. Mais ce fut le dernier. Votre histoire abracadabrante du dibbouk m'a plongée dans le désarroi, elle me déprime. Je ne suis pas exorciste de métier. Les superstitions, je n'y crois pas ; c'est pour les fanatiques ou les imbéciles. Pas pour quelqu'un comme moi qui doute de tout. Or vous, Doriel... Depuis un certain temps, nous ne progressons plus. Auparavant, nous avancions pas à pas, avec des lueurs brusques, surprenantes. Plus maintenant. Je vous écoute, je vous observe : vous vivez toujours aussi mal votre vie. Une souffrance innommable vous mine. Vous n'arrivez pas à comprendre ce que vous faites sur cette terre. Et ce n'est pas seulement un problème de mémoire — qu'elle soit défaillante ou qu'elle déborde : dans les deux cas, l'on peut mener une existence à peu près normale. Mais, dans les deux cas, l'on pourrait également parler de maladie mentale. Certains ont fait leur choix pour continuer à vivre en société. Seulement, chez vous, il y a autre chose aussi, il y a un élément qui sans cesse se dérobe pour me narguer… Votre mal, nullement pathologique, et pas nécessairement lié à la mémoire qui est inévitablement sélective, dérive d'une zone impénétrable que vous appelez mystique. Persécuté par les dieux, vous fuyez les humains. Mais quand Dieu est l'ennemi, je refuse le combat.

– Je vous croyais plus courageuse.

– Ce n'est pas le courage qui me manque, mais la foi n'est pas mon affaire. Situation lamentable. J'en souffre. Je n'ai plus confiance en mon jugement. Nous n'avançons plus. Vos zones cloisonnées restent obscures ; aucune lumière, aucune chaleur ne les pénètre.

La doctoresse s'interrompt, sans doute pour réfléchir avant de poursuivre un monologue qui pourrait lui faire avouer des choses inavouables :

– Au début, j'espérais, tout en en ayant peur, que la théorie freudienne s'appliquerait aussi dans votre cas. Vous le savez : selon le célèbre principe du transfert, le patient finit par tomber amoureux de son ou de sa thérapeute. À un certain moment, j'en suis venue à me dire que, pour précipiter ce processus, je devrais peut-être, au contraire, adopter une attitude affectueuse, voire amoureuse, à votre égard. Dieu m'est témoin que j'ai tout essayé, j'ai même tout risqué. Mon mari s'en est rendu compte avant moi et cela a conduit notre couple au bord du désastre. Heureusement, nous avons su l'éviter. Mais en ce qui vous concerne, je reconnais mon échec. Et voilà pourquoi il est temps de nous séparer.

Il y a une telle tristesse en elle que je me surprends à la plaindre, comme si c'était elle qui souffrait et pas moi. Comment faire pour lui venir en aide ? Essayer de la convaincre que, perdu dans mon labyrinthe, j'ai plus que jamais besoin d'elle, de son écoute, de son savoir, de sa manière de me guider en réveillant en moi le souvenir de ceux que j'ai aimés, et surtout de son silence ?

Là-dessus, elle me tend une grosse enveloppe :

– Ce que je fais là n'est pas très orthodoxe. Je veux dire : je viole les règles qui s'imposent à l'analyste. Bref, je vous confie des notes qui vous concernent. Ne me demandez pas pourquoi je le fais, je ne le sais pas moi-même. Peut-être à cause de la qualité particulière de nos rapports. Dans mon cabinet, habituellement, les choses ne se passent pas ainsi. Il se peut aussi que je me sente fautive à votre égard ; je ne vous ai pas apporté le soutien et le secours auxquels vous avez droit. Maintenant, à vous de jouer. Avec un peu de chance, vous vous guérirez vous-même. Allez, prenez ces cahiers et tâchez de ne pas me juger.

Ne trouvant pas de mots suffisamment convaincants et vrais, je me tais. Et contrairement à l'habitude, mon silence la désarçonne.

– D'ailleurs, reprend-elle d'une voix tendue, vous m'avez trop payée. Je ne sais toujours pas d'où vient cet argent et cela me perturbe. Je me dis que je devrais vous le rendre. Seriez-vous banquier ? Actionnaire principal d'une multinationale ? Espion russe, marchand d'armes peut-être ?

Je retiens un éclat de rire :

– Vous avez beaucoup d'imagination, ma chère doctoresse.

– C'est possible. Mais j'ai appris à me méfier des gens qui ont trop d'argent à distribuer autour d'eux, surtout si j'ignore comment ils se débrouillent pour le gagner.

Je me redresse d'un saut et viens m'asseoir en face d'elle :

– De combien de temps disposez-vous cet après-midi ?

– Vous êtes mon dernier patient.

– Très bien. Je vais vous raconter une histoire.

Pour la première fois depuis que je la consulte, elle allume une cigarette.

C'est encore une histoire de fou. Mais elle est belle parce qu'elle fait l'éloge de la générosité. Et elle répondra aux questions que vous vous posez sur ma fortune.

Cela se passe à Brooklyn, avant mon séjour en Israël qui n'est encore qu'un projet. Je cherche un travail quelconque. Il faut bien que je m'occupe, que je gagne de quoi payer mon voyage. Tante Gittel est morte. Mon oncle se fait vieux et se fatigue vite. Je ne peux plus compter sur son aide, et je n'ai aucun métier. Dans le cercle que je fréquente, les jeunes hommes trouvent facilement des emplois dans le commerce ou dans le domaine en plein essor de l'informatique. Les ordinateurs, neutres en matière de religion, paraissent les attirer et les aimer – sauf moi. Je n'y comprends rien, et ils me le rendent bien. Je pourrais devenir chauffeur de taxi, seulement je n'ai aucun sens de l'orientation, et d'ailleurs je n'ai jamais appris à conduire. Compter sur un miracle ? Depuis longtemps j'ai cessé d'y croire.

Et j'avais tort.

J'ai vingt-cinq ans. Un beau matin d'hiver, mon oncle me demande si je connais un certain Samek Ternover qui a téléphoné plusieurs fois et qui cherche à me joindre. Non, ce nom ne me dit rien. Il parle un bon yiddish et a laissé son numéro de téléphone, ajoute mon oncle. Pourquoi ne pas le rappeler ? Bah, je peux bien faire ce plaisir à l'homme qui me considère presque comme son fils.

Il avait raison, mon brave oncle. Samek Ternover s'exprimait dans un yiddish mélodieux et savoureux. Et il voulait me rencontrer. Le plus tôt possible. C'était assez urgent. Curieux, je lui demandai pour quelle raison. «Pas au téléphone», répondit-il. Je sentis une vague inquiétude me gagner : «Pourquoi ce secret ? – Quand nous nous verrons, vous comprendrez. – Ce sera long ? – Possible, cela dépend», dit-il toujours aussi énigmatique. Soit, qu'il vienne à Brooklyn. Non, il préférait que je le retrouve à Manhattan, dans son hôtel de la 64e Rue entre la Seconde et la Troisième Avenue. «Quand ? Tout de suite ? – Oui, tout de suite. – Cela ne peut donc pas attendre jusqu'à demain ? – Quand nous nous verrons, vous comprendrez. – Sans problème ? Je comprendrai en un clin d'œil ? – Peut-être, un clin d'œil, ça peut être long. D'ailleurs, ajouta-t-il, comment et avec quoi le mesurer ? Vous le savez, vous ? Moi, non.»

Mon oncle me conseilla d'y aller tout de suite. En métro, ça irait plus vite. Il avait raison. Une heure plus tard, je frappai à la porte de M. Ternover.

La soixantaine, grand et mince, costume de bonne coupe, regard brûlant et dur, traversé de lueurs de douceur : une étrange impression d'attente mêlée de résignation émanait de l'ascète ou du malade qui, en m'accueillant, garda un long moment ma main dans la sienne avant de me proposer de m'asseoir. Lui resta debout.

– J'attends cette rencontre depuis longtemps, me dit-il.

J'allais lui demander pourquoi, mais il me devança :

– Je vous ai cherché pendant des années, le saviez-vous ?

J'hésitai à répondre que non, je ne savais pas qu'il me cherchait, je ne savais même pas que j'intéressais suffisamment quelqu'un pour qu'il me cherche, mais quelque chose dans son comportement me fit comprendre qu'il valait mieux me taire. Son visage se voila :

– Et savez-vous que vous êtes, hormis moi, le dernier homme encore en vie d'un monde englouti ?

Mon cerveau s'enfiévra. Qui était-il ? Qu'attendait-il de moi ? En quoi lui serais-je utile ? Qui étais-je pour lui ? Pourquoi ne s'asseyait-il pas pour me parler ?

— Autrefois, reprit Samek Ternover, j'avais une grande famille. Un frère, quatre sœurs, des oncles, des tantes, d'innombrables cousins et cousines. Je n'ai plus personne. Presque tous les miens ont disparu dans la tempête de feu et de cendres. La plupart n'ont même pas eu de sépulture.

— Je connais l'histoire, dis-je.

— Je le sais.

Lui demander comment il le savait ?

— Seul mon frère a eu le droit à des obsèques selon le rite juif.

— Comme mes parents.

— Cela aussi, je le sais. Vous serez surpris, mais je sais beaucoup de choses sur vous. Je sais que vous êtes seul, comme moi. Mais votre solitude est différente. Vous, vous avez un oncle, des cousins germains, des amis proches, moi, je n'ai plus personne.

Il s'interrompit, fit quelques pas, s'arrêta pour contempler une photo accrochée au mur et représentant un paysage urbain, puis revint pour me dévisager :

— Je n'ai plus personne de ce passé-là, sauf toi.

Le tutoiement me fit sursauter :

— Moi ?

— Oui, toi.

Il se remit à arpenter la pièce, de la table à la porte, de la porte à la chambre à coucher et finit par revenir s'asseoir en face de moi. Puis il entreprit de me raconter son passé. Je l'écoutais mais, malgré mes efforts, je n'arrivais pas à comprendre pourquoi il m'avait choisi comme interlocuteur. Pour recueillir son témoignage ? Répondre aux questions qui en découleraient ? Je n'étais pas qualifié pour ce rôle. Mais alors ? Alors je me contentai de lui prêter l'oreille.

Souffrance, faim, maladies, peur, agonie : voilà les têtes de chapitre. Les brimades. Les interdits. Les décrets. L'abandon des foyers, la séparation des familles. Le ghetto surpeuplé. La fatigue, l'incertitude, l'arrachement, les larmes d'impuissance. Les premières victimes, les fosses communes. Les premiers convois nocturnes vers l'Est traversant des paysages endormis. Pour ne pas voir la honte qui accablait sa Création, Dieu devait sans doute se cacher la face.

– Mon père, le plus lucide parmi nous, invoqua l'exemple du patriarche Jacob et décida de séparer la famille en deux. Mon frère s'engagea dans un mouvement clandestin de résistants juifs. Mes sœurs aînées et moi devions le rejoindre après quelques semaines. Mais il était déjà trop tard. Les Allemands envahirent le ghetto et nous chassèrent vers la gare de marchandise où des wagons à bestiaux nous attendaient.

Lui dire que je savais ? J'étais trop ému pour me libérer du poids qui pesait sur ma poitrine. Depuis quand étais-je là ? Seulement depuis midi ? Cependant, il continuait son récit. Nuits de cauchemars, scènes tirées de l'enfer. Comme si les bourreaux étaient nés pour tuer, et les victimes pour périr sous leurs coups. Ah, quel temps, quels temps : à cette époque-là, sous le signe des malédictions, sous le règne du mal absolu, il était humain d'être inhumain.

Une heure avait passé, lente et lourde du néant des âmes mortes. Samek Ternover ne s'interrompait pas :

– Mon frère a passé la guerre dans la clandestinité et moi dans différents camps. Après la libération de la Pologne, il se lança dans la politique et moi dans les affaires. Cependant, nous restions liés. Lui a tout perdu, moi, j'ai beaucoup gagné. Alors je lui cédai la moitié de mes biens. Mais les dieux sont jaloux. Alors qu'il allait quitter le pays, mon frère est tombé gravement malade. Moi, le mariage, ne me disait rien. Je menais une exis-

281

tence joyeuse sans devoirs ni attaches. Je n'avais de comptes à rendre à personne. Ce que je cherchais ? Le bonheur quotidien, immédiat. Je me disais : l'humanité ne mérite pas que je lui donne des enfants. Je ne lui fais pas confiance. Que tout disparaisse avec moi, ça m'est égal. Ma solitude, je l'ai choisie entière, illimitée, faite de colère et de protestation contre celle du Seigneur béni soit-Il.

S'il espérait que son blasphème me choquerait, il ne pouvait qu'être déçu. Bien au contraire, je me sentis plus proche de lui : comme lui, il m'arrivait de douter de la justice du ciel autant que de sa bonté. Mais je ne comprenais toujours pas pourquoi il tenait tant à me rencontrer. Pendant qu'il monologuait, je ne pouvais m'empêcher de m'interroger : Qu'est-ce que j'avais à voir là-dedans ? Mais je l'écoutai avec une intensité douloureuse lorsqu'il revint sur son expérience des camps.

— Je ne te dirai pas ce que j'ai subi et vécu là-bas. L'être y devint méconnaissable, dépouillé de tout, au-delà de tout. Pour nous, la ville se rétrécit en rue, la rue en immeuble, l'immeuble en chambre, la chambre en wagon à bestiaux ; la fortune se réduisit à un balluchon, le balluchon à une gamelle, et le bonheur à une malheureuse et unique pomme de terre. Et l'homme au destin incommensurable ne fut plus qu'un simple numéro, et le numéro devint cendres. En un mot, je te dirai seulement ce que j'y ai appris. J'ai appris que l'on peut vivre avec les morts, et plus loin encore : on peut vivre dans la mort. Toi, si jeune, es-tu capable de comprendre cela ? Je ne répondis pas – que peut-on dire à un homme qui porte en lui une telle somme de douleurs et de tourments ? Quels mots employer pour le consoler, pour transformer ses mots nus et glacés en langage fécond et chaleureux ?

— C'est vrai, hasardai-je, c'est vrai que je suis jeune. Mais l'âge n'a rien à voir. Même si j'étais centenaire, je ne comprendrais pas. Je refuserais de comprendre. Pourtant, j'aimerais continuer à vous écouter.

Il évoqua un épisode qu'il décrivit comme l'un des plus accablants de sa vie. De retour des camps, ne sachant pas encore si son frère était vivant, il rentra chez lui. En route, il s'arrêta à Bendin, la petite ville où il avait habité avec ses parents. Des étrangers occupaient leur demeure. Avec colère, ils lui interdirent l'entrée et lui crièrent : «Tu es encore en vie, youpin ? Si elle t'est chère, emmène-la loin d'ici.» À la police, on lui dit qu'il n'y avait plus de Juifs dans cette ville : la plupart avaient été anéantis. Quant aux rares survivants, ils préféraient résider dans la capitale, à Lodz, Cracovie ou Lublin. On lui conseilla de s'en aller lui aussi : à quoi bon s'obstiner à vivre en un lieu si hostile ? Qu'il déménage à Varsovie. Ce qu'il fit. Peu de temps après, il apprit que son frère était en vie. Et qu'il était devenu un personnage important du nouveau système. Retrouvailles bouleversantes. Mais passons. Samek brûlait de revenir en arrière et de revoir les occupants répugnants de leur ancienne maison.

– J'ai demandé à mon frère de m'accompagner et nous avons eu droit à un accueil différent. Le chef de la police en personne se fit notre protecteur et notre guide. Arrivés devant chez nous, je me demandai comment les occupants allaient se comporter maintenant. Ma grande surprise ? La maison était vide. «Mais où sont les "locataires" ? m'écriai-je. – Punis, chassés», répondit le chef de police. Ce qu'il oublia d'ajouter, c'est que leur châtiment fut de courte durée. Le lendemain de notre départ, ils étaient de retour, les nouveaux propriétaires de la maison de mes parents.

Samek respira profondément comme s'il avait une cigarette aux lèvres. Ses mains tremblaient.

– Il faut être à la fois audacieux et humble, reprit-il, le front bas. Il faut être capable de raconter les choses les plus horribles avec les mots les plus simples, d'une voix égale, dénuée de toute émotion. Il y a des histoires qui méritent mieux que l'émotion immédiate qu'elles suscitent. Ce sentiment nous aide seulement à apaiser notre conscience, à nous absoudre nous-mêmes, à nous persuader que nous ne sommes pas si mauvais que cela, ni si condamnables, puisque, la preuve en est, nous souffrons avec les victimes.

C'est à Bendin que Samek découvrit le dernier Juif de sa ville. Comment avait-il réussi à échapper aux rafles, aux massacres, avant d'être dénoncé – par qui ? – aux Allemands qui le firent déporter à Auschwitz ? Nul ne le savait. Lui seul aurait pu répondre. Mais il se trouvait hors d'atteinte, dans un hôpital. Il souffrait d'aphasie.

– Symbolique, tu ne trouves pas ? remarqua Samek. Le seul être au monde qui aurait pu témoigner pour tant de morts était frappé d'aphasie. C'est simple, chez lui, les mots ne sortaient pas. Comme si Dieu Lui-même avait peur de sa déposition.

– Qu'attendez-vous de moi ? lui demandai-je. Pourquoi suis-je ici ?

– Patience, jeune homme, dit-il légèrement irrité. Penses-tu vraiment que je t'ai choisi ? Je n'y suis pour rien : c'est la vie qui décide, suivant peut-être une logique dont nous ne saisissons le sens que beaucoup plus tard… Mais tout d'abord, attardons-nous un peu, si tu n'es pas contre, sur le dernier rescapé de ma ville. Sais-tu pourquoi et comment il a perdu l'usage de la parole ? Au retour des camps, il a décidé de parcourir le monde pour lui dire l'indicible et le sortir ainsi de sa torpeur et d'une indifférence qui pouvaient le mener à son propre anéantissement. Il parlait, parlait partout, jusqu'à l'épuisement. « Vous cherchez la jouissance ? Songez à sa futilité. Vous rêvez de richesse ? Un bout de pain *là-bas* pesait plus lourd que mille perles. Les honneurs vous excitent ? D'où je viens, ils valaient moins que la poussière. » Au début, les gens l'écoutaient en pleurant, ou simplement en se taisant. Puis, on se détourna de lui. Et, comme il refusait de se décourager, on chercha à l'humilier. Mais il poursuivait malgré tout sa mission. Alors, des individus moralement malades se mirent à l'accuser de mensonge. Ils l'interrompaient en criant : « Tu n'as même pas été déporté, tu inventes des souffrances que tu n'as pas subies et tout ça pour susciter la pitié ; pour gagner des sous. » Il entendit même ces calomnies dans une école où il était venu parler à un jeune public. C'est là qu'il s'évanouit. On le transporta à l'hôpital. Et depuis, il n'a plus prononcé un mot.

Samek Ternover me fixa du regard comme pour vérifier que je le comprenais. Oui, je le comprenais. J'avais lu assez de témoignages pour savoir que la tragédie du survivant ne s'arrête pas à la fin de son épreuve. De même qu'une femme outragée le reste pour la vie, un homme torturé le demeure à tout jamais. Mais je ne comprenais toujours pas pourquoi je me trouvais devant lui.

Samek se redressa, se remit à marcher dans la chambre, se versa un verre d'eau pour s'éclaircir la voix et remarqua :

— Comme tu le vois, je suis malade, moi aussi.

Puis il revint à son histoire. Contrairement à son frère, il s'était laissé berner par les Allemands, avait vécu dans le ghetto avec ses parents avant d'être emmené avec eux : il ne les quitta que devant la rampe de Birkenau. Je l'écoutais maintenant comme on écoute un revenant, et je me demandai si ce n'était pas lui le survivant muet et malheureux dont il m'avait conté le destin et qui aurait fini par guérir.

— Mon vieux père, ma mère, trois oncles et deux tantes moururent cette nuit-là, dit-il d'une voix égale, monotone, impersonnelle. Moi, j'ai eu de la chance. J'ai passé la « sélection » et on m'a déclaré apte aux travaux pénibles, épuisants, inhumains dont on ne parle pas assez. Parfois je me disais : Dieu merci, mes parents ne voient pas quelle vie on fait mener à leur fils. Mais en vérité, ce n'était plus une vie. Le froid et la faim, la peur et les coups, les hurlements des kapos et l'aboiement des chiens eurent le dessus : malade à la Libération, j'étais un mort vivant. Et je le suis toujours… Cela ne se voit pas, mais il ne me reste plus longtemps pour mettre un terme à cette histoire. Car elle demeure inachevée. Et c'est là que tu interviens.

– Moi ? Je ne suis pas médecin !

– Je le sais bien. Je te l'ai dit : je sais tout de toi, d'où tu viens, et ce que tu as fait de ta vie…

Lui demander des détails, des précisions ?

– … Mais pour l'instant je tiens à finir de te parler de la mienne. Elle m'a beaucoup apporté. Considération, respect, autorité : je pouvais tout me permettre car je pouvais tout acheter. Oui, j'étais devenu riche. Multimillionnaire. Grâce au marché noir d'abord, ensuite parce que j'avais appris à jouer en Bourse. J'avais un don pour la spéculation. C'est moi qui me suis occupé de mon frère malade. J'ai tout payé : les meilleurs médecins, les infirmières les plus dévouées, les villégiatures les plus chères. C'est à cause de lui que je suis resté pendant des années en Pologne. En fait, je lui avais proposé de l'emmener en France, en Israël ou en Floride, mais il a toujours refusé. Pour des raisons à lui, il voulait rester près de sa ville natale. C'est là qu'il est enterré. Avant de mourir, il me raconta sa guerre. Je n'en connaissais que ce que j'avais lu dans les journaux officiels ou officieux. Ses faits d'armes, ses combats politiques, son retour aux sources : oui, vers la fin, il s'intéressait à la culture juive et même à la tradition juive. Il se plongeait dans les textes sacrés, demanda que l'on récite le Kaddish sur sa tombe et pendant l'année de deuil. Pour cela, j'ai loué les services d'une *yeshiva* de Jérusalem. Mais il me raconta aussi sa vie intime. Aventures, liaisons, flirts innocents, triomphes du désir suivis de déceptions amoureuses. La dernière surtout m'émut. Il était amoureux d'une combattante juive de son âge qui conservait une certaine jeunesse, beaucoup de grâce, de maturité et de caractère, en même temps qu'une sorte d'innocence dans ses propos et dans son comportement. Mais elle était mariée. Il en retira un sentiment de frustration et d'échec ; il en voulait au destin. Les derniers mois, il ne songeait plus qu'à cette femme, l'imaginant à son chevet, épouse fidèle et fervente. Après ses funérailles, pour accomplir sa dernière volonté que je n'étais pourtant pas sûr d'avoir comprise, je me mis à la recherche de cette femme pour la faire parler, ou pour lui parler de mon frère. Tâche rude et ingrate. J'ai consulté fichiers gouvernementaux et archives nationales ; j'ai remué ciel et terre ; en vain.

Il se tut, comme si au point où il en était arrivé il valait mieux ne pas poursuivre des révélations qu'il faisait, après tout, à un inconnu. J'en profitai pour lui lancer, sans dissimuler ma nervosité, ma petite question à moi : Qu'attendait-il de moi ? Pourquoi étais-je là ? Soudain, son souffle se précipita, son visage s'empourpra :

— Pardonne-moi ; je connais ce genre de malaise. C'est que j'ai besoin de repos. Laissons la suite pour la prochaine fois. Si cela ne te fait rien, nous continuerons demain. À la même heure.

Il disparut dans la chambre à coucher. Et moi, je rentrai à la maison le cœur lourd de présages.

Mon oncle, à qui je racontai l'entrevue, se montra aussi confus, aussi perplexe que moi. Il voulut que je lui rapporte la conversation jusque dans ses moindres détails. Samek Ternover parlait le yiddish avec un accent, mais lequel : galicien, lituanien, roumain ? Je n'en savais rien. Portait-il des lunettes pour lire ? Il n'avait lu aucun document en ma présence. Semblait-il avoir des soucis autres que ceux de sa santé ? D'ailleurs, il se disait malade, mais malade de quoi ? Il avait gardé là-dessus un silence absolu. Mon oncle et moi discutâmes jusque tard dans la nuit. Lui se demandait si ce bonhomme étrange ne serait pas par hasard un escroc (non), un baroudeur (non plus), un aventurier international (peut-être) à la recherche d'alliés ou de complices naïfs (non, quand même)… Moi, même si j'écartais toutes ces hypothèses, je dus reconnaître que je n'en voyais pas d'autre. Tout ce que je pouvais concevoir, c'est que ce Samek Ternover devait posséder une imagination plus fertile que la mienne.

– Mais alors, s'écria mon oncle soudain exalté, puisque ce n'est pas dans le mal qu'il faut le chercher, pourquoi ne pas essayer le bien ? Et si ce Samek – donc Shmuel – Ternover était le prophète Élie, protecteur des orphelins, qui aurait été envoyé par Dieu pour t'aider à t'établir dans la vie et à fonder un foyer selon la loi de Moïse et d'Israël ?

S'apercevant de mon incrédulité, il s'engagea sur une autre voie :

– Il se peut aussi que nous ayons affaire à l'un de ces trente-six Justes cachés grâce à qui l'univers subsiste encore. Aurait-il cherché à te rencontrer parce qu'il a deviné en toi une âme mystique capable de l'aider à renverser l'ordre des choses ? Mais dans ce cas, que le Seigneur béni soit-Il me pardonne tant d'audace, cela signifierait que nous sommes entrés dans l'ère prémessianique…

Pour le calmer, je lui dis de ne pas s'en faire ; demain matin, je reverrais Samek Ternover, et je recevrais toutes les réponses – sauf naturellement celle concernant la date de la Rédemption ultime.

Le lendemain matin, Samek m'attend devant l'ascenseur. Comment a-t-il su que j'arrivais ? D'un geste de la main, il m'invite à le suivre. Je prends place sur la même chaise qu'hier. Un rayon de soleil s'infiltre par la fenêtre, comme pour balayer des ombres. Je lui en suis reconnaissant. Étrangement, je me sens moins menacé. Comme hier, l'homme reste debout. Blême, frêle, les traits tirés, fatigué comme après une nuit blanche, il me scrute avec une fixité déroutante, mais je soutiens son regard inquisiteur. D'une voix rauque, il finit par m'interpeller :

– As-tu réfléchi ?

– À quoi ?

– À ce qui t'arrive.

– Oui.

– Alors ?

– Mon oncle croit que vous êtes venu me mettre à l'épreuve parce que vous êtes un Juste caché, œuvrant à l'avènement messianique.

– Et toi, que penses-tu de moi ?

– Je ne sais que penser. Je ne sais toujours pas ce que je suis venu faire dans cette chambre d'hôtel.

– Et dans la vie ? demande-t-il.

– Je ne vous comprends pas.

– Sais-tu au moins ce que tu es venu faire dans ta vie ?

– La même chose que vous, diraient nos Sages : aider le Créateur à rendre sa Création plus hospitalière et ses créatures plus justes, plus charitables.

Il me contemple longuement sans ouvrir la bouche, puis hoche la tête en signe de dénégation :

– Si tu crois en Dieu, tu devrais savoir que Dieu s'adresse de mille façons à chacun de nous, conférant à chaque être une mission particulière pour laquelle il est fait. Toi comme moi, et nous comme ton oncle, et lui comme chaque passant dans la rue, nous ne vivons que pour un instant, un événement, une rencontre. Moi, j'ai peut-être vécu, ou plutôt survécu, dans le seul but de t'avoir devant moi hier, aujourd'hui et qui sait combien de temps encore.

Je lui dis que je le comprends de moins en moins. Pourquoi m'a-t-il choisi ? Pour faire quoi ? Il ébauche un sourire maladroit :

— Je vais te raconter la suite de mon histoire. Mon frère y joue encore un rôle prépondérant, son dernier peut-être.

Voix basse, regard perdu dans le lointain, il évoque un roman d'amour que son frère a vécu pendant et après la guerre. Le courage, l'héroïsme de deux jeunes Juifs luttant contre l'oppression, l'humiliation et la mort. Gardiens de l'honneur juif, ils livraient aux Allemands une guerre désespérée et sans pitié. Pour tous les deux, ce fut la période la plus belle, la plus riche, la plus marquante, la plus lourde de sens, bref, la plus vibrante et vraie de leur vie. La Libération les sépara.

— Nul ne peut imaginer la souffrance de mon frère. C'est que cette femme était spéciale, singulière, unique en tout. J'y ai fait allusion hier. Elle n'était pas libre. Sa vie ne lui appartenait pas. Mariée, oui, elle était mariée. Cela n'a pas empêché mon frère de l'aimer. Et comme tout ce qu'il faisait, il l'a aimée de tout son être : jusqu'au dernier soupir. À la fin, il m'a demandé d'essayer de la retrouver. Pour lui dire adieu en son nom.

Il s'arrête, comme pour reprendre haleine, le visage tour à tour pâle, exsangue et rouge, et poursuit :

— Je n'ai aucune idée de la raison pour laquelle il y tenait à ce point, mais il était comme ça, mon frère. Bizarre, impossible à deviner. Souvent, il voulait et faisait des choses qu'on ne comprenait pas. Mais je lui ai donné ma parole.

— Et cette femme très spéciale, vous l'avez trouvée ?

— Je l'ai cherchée pendant des années, et lorsque j'ai retrouvé sa trace, il était trop tard. Mais j'ai réussi à découvrir son fils. Il sera riche. Eh oui, il n'aura plus de soucis d'argent. Il pourra tout se permettre. Je te l'ai dit hier : comme mon frère, je suis malade. Il me reste peu de temps devant moi. Le fils de cette femme que mon frère aimait tant sera notre héritier.

– Mais sa mère ?

Son regard s'embruma :

– Elle est morte quelques mois après avoir vu mon frère pour la dernière fois.

Et, après un nouveau silence :

– En France. Léah est morte en France.

Un coup à l'estomac me donne le vertige. Je suis abasourdi, haletant. Soudain enflammée, ma mémoire m'empoigne et me ramène en arrière. J'aurais dû deviner. Dans un souffle, je murmure :

– Léah… Léah… Comme ma mère.

Samek Ternover inspire profondément et chuchote :

– C'était ta mère.

Je ferme les yeux et je me revois enfant, au loin. J'ai mal, ma tête éclate. Mon cœur bat à se rompre. Je me dis : Maintenant, je comprends tout.

– Votre frère, dis-je lentement, essayant de ne pas trahir mon émotion, je m'en souviens. Je l'ai vu.

Samek Ternover sourit.

– Je le sais. Léah était son grand amour.

– Je crois l'avoir deviné.

Du coup, je comprends ce que je suis venu faire dans cette chambre. Cependant j'attends un moment pour préciser :

– Mais ma mère ne l'aimait pas, pas vraiment.

– Cela aussi, je le sais. Elle n'aimait que toi.

– Non. Pas seulement moi. Elle aimait mon père.

Pourquoi suis-je bouleversé ? Pourquoi mes yeux se remplissent-ils de larmes ? Samek sourit, mais son sourire a changé : il est dans les rides, dans le frémissement qui les parcourt. D'une voix douce et mélancolique, il se met à me parler de Romek, son frère. Comment il a vécu les dernières années de sa vie. Sa maladie, sa crainte de tomber, sans le savoir, du jour au lendemain, dans la déchéance physique et mentale, bref, de devenir un invalide, un «légume». Son chagrin de ne pas avoir de descendant. De disparaître sans trace :

— Sais-tu à qui il a pensé juste avant de… de s'en aller ?

— Comment voulez-vous que je le sache ?

— À toi. C'est ton nom qu'il a prononcé. Il t'a désigné comme son héritier. En principe, c'est moi qui devais l'être. Il me l'a dit. Mais il a ajouté que je ne serais pas le seul.

Comme je reste muet, il me fixe de son regard hanté et murmure :

— Toi. Oui, toi. Comme moi, tu figures dans son testament. Et puisque je suis seul et que mes jours sont comptés, tu seras notre unique héritier.

Il émet un petit rire rauque où regrets, remords et humour s'entremêlent :

— Sais-tu ce que cela signifie ? Cela signifie tout simplement que ta vie a changé. Te voilà riche. Toutes tes fantaisies, tu peux te les permettre. Tous tes rêves, libre à toi de les accomplir à ta façon. Moment grandiose, pas vrai ? Avoue qu'il est miraculeux. C'est pour le vivre que je te cherche depuis si longtemps. Tu ne nous oublieras pas, hein ? Tu n'oublieras pas ce que tu nous dois, tu le promets ?

— Je ne comprends rien à tout ça, dis-je en rougissant.

Une étrange sensation de culpabilité m'envahit et je me demande pourquoi. Est-ce parce que je me rappelle mes parents morts ? Ou Romek, mort lui aussi ? Serait-ce à cause de ma richesse nouvellement, et injustement, acquise ?

Ma tête tourne, tourne. Je me revois à l'enterrement de mes parents, entouré d'hommes en colère, de femmes immobiles et muettes de chagrin. Tous ont l'air menaçants. Inquiet, je le suis, mais bizarrement j'ignore pourquoi et depuis quand. Qu'est-ce que Samek vient faire là-dedans ? Ce n'est pas lui qui me guette, c'est son frère. Je le revois avec ma mère. Ils étaient proches, cela est certain. Et il l'aimait, mais c'est seulement maintenant, grâce à ce messager du destin, que cela devient une évidence. Et ma mère, l'aurait-elle aimé, elle aussi ? Pas tout le temps, pas même une semaine, mais une nuit, une heure ? Ma tête ne tourne plus, elle se fige et va éclater d'un instant à l'autre.

Chapitre 20

Ce matin-là, je déambule sur Madison Avenue ennei-
gée et je m'arrête devant la vitrine de ma pâtisserie habituelle, attiré par la saveur particulière de ses gâteaux.
Depuis quelques semaines, j'y viens presque tous les
jours. Pour passer le temps, par jeu peut-être. J'y trouve
une chaleur qui me fait du bien. Suivant un rite idiot,
hérité de mes séances avec Thérèse Goldschmidt, dès
que je suis entré, je donne libre cours à ma langue et
demande ce qui me passe par la tête : un morceau du
ciel, une chanson gaie à la mode, une plume blanche et
du papier bleu, une colombe multicolore, n'importe
quoi. Aujourd'hui, j'ai envie d'un chocolat chaud et
d'un croissant ; je commande une chemise et une cravate. La jeune serveuse ne paraît plus surprise. Elle sait
à quoi s'en tenir. Elle me contemple un instant, comme
pour voir si je suis redevenu normal et sérieux, puis,
sans la moindre trace de désarroi, consent à s'occuper
de moi, dans un instant, me dit-elle, d'un ton strictement
professionnel en souriant. Mais, ce matin-là, un événement totalement inattendu se produit. Si le destin avait
décidé de me révéler le plus caché de ses visages inviolés, je n'aurais pas été plus surpris. Car, comme si elle
possédait des pouvoirs occultes, y compris celui de lire
dans mes pensées, voici qu'elle m'apporte une tasse de
chocolat chaud et un croissant en disant d'un air
sérieux :
— Je suis désolée, je n'ai plus de chemise, ni de cra-

vate. Mais je peux vous proposer des gants noirs, vous verrez, ils sont beaux et vous iront à merveille.

Bouche bée, je prends le plateau qu'elle me tend et reste immobile devant elle.

– Cela fait huit dollars, dit-elle, un soupçon d'amusement dans la voix, tout en me regardant droit dans les yeux. Là-bas, à gauche, une table vide vous attend.

Si elle voulait m'infliger une leçon d'humilité, de sagesse et de bonne humeur, elle a parfaitement réussi. Lui demander si elle connaît ma langue et ma logique à moi, celles de ma maladie ? Si elle était folle, je dis bien folle, pas déréglée ni déphasée, mais folle dans sa tête, un peu comme moi ? Deux fous, venus de galaxies ou d'horizons lointains, peuvent-ils avoir la même vision, posséder la même clé, le même code pour ouvrir un coffre où ils déposent, comme des trésors, des paroles vidées de leur sens habituel, auxquelles ils en donnent un nouveau, le leur ? Il faudrait que je la fasse parler davantage, mais elle est déjà loin, la serveuse, occupée avec de nouveaux clients. Pourtant, je sais que nous devons impérativement poursuivre ce trop bref échange. C'est le commencement d'une aventure. Je ne sais où elle nous conduira, vers quelles victoires sur quels ennemis, et c'est mieux ainsi. Cela prouve que je vis un moment d'incertitude et de doute qui n'a rien à voir avec les crises où tout demeure clair, rigoureux et inévitable. Comme dans un rêve qui n'est pas encore le mien, je me vois me levant de table, m'approchant du comptoir et m'adressant à la serveuse d'une voix que les clients peuvent entendre :

– Je vous ai attendue. Il faut que vous veniez avec moi.

– Mais...

– ... Mais quoi ?

– Mon travail...

– ... Ce qu'on vous paie ici, je vous en offre le double. Ou le triple, si ça vous fait plaisir.

296

– Et si je suis renvoyée ?

– Ma proposition vaut pour toutes les éventualités, toutes les situations.

– Si je vous suis, c'est pour aller où ? Pour faire quoi ? Pour vous venger ? Pour humilier quelqu'un ? Pour trouver le bonheur dans le malheur d'un autre ?

Bonnes questions, me dis-je. Raisonnables, pertinentes. Il faut être idiot pour les repousser, et poète pour y répondre. Mais les fous ne sont-ils pas parfois, à leur façon, des poètes qui s'ignorent ? Où ai-je lu ou entendu les vers improvisés que mes lèvres vont prononcer ? Éberlué, mon « public » ne va-t-il pas réagir, comme il le devrait, par un bruyant éclat de rire ? Tant pis, je risque tout.

– Tout ce que je souhaite, c'est être avec vous, dis-je sur un ton incantatoire, oui, ma jeune dame, ensemble nous nous délesterons du poids des souvenirs qui ne nous appartiennent pas encore. Ensemble nous chercherons l'ivresse ; celle des aubes d'or et celle des ténèbres en deuil.

Soudain, elle ne joue plus. La vie redevient normale. La serveuse n'incarne plus mes rêves de rompre avec la routine : elle a de nouveau les pieds sur terre. La voilà retrouvant son sérieux, sceptique, presque soucieuse. Et ses lèvres prononcent ces mots qui ne peuvent que me décevoir :

– Mais qui êtes-vous donc, monsieur ? De quel monde bizarre sortez-vous ? Et pour qui me prenez-vous ?

Elle, elle me prend pour un menteur. Je sors de ma poche une liasse de billets :

– Ils sont à vous.

Elle m'observe, les yeux écarquillés, ses poings sur les hanches : je n'ai pas l'air d'un banquier, ni d'un homme d'affaires de Wall Street. Je l'intrigue, c'est clair. Je lui fais peur. Elle chuchote :

– Un escroc, seriez-vous un escroc de haut vol ? un

aventurier ? un brigand romantique qui aime l'argent des autres ?

Puisque, comme j'en suis persuadé, elle devine ce qui se passe dans mon cerveau et dans mon cœur, je lui réponds qu'elle doit savoir que je ne suis pas un malfaiteur.

– Mais alors, qui êtes-vous ?

Je lui dis que c'est une longue histoire. Je la lui raconterai plus tard. Mais il faut d'abord qu'elle vienne avec moi. Comme elle hésite, je me tourne vers les clients de cette pâtisserie bénie ; hypnotisés, ils observent la scène en riant ou en s'énervant. Je leur demande de m'aider à convaincre mon élue de ma bonne foi. Un vieux monsieur, feutre noir et col de fourrure, s'écrie en applaudissant : « C'est une belle histoire d'amour ! » Et une dame respectable mais exubérante d'approuver : « Un vieil homme avec une jeune femme ! Et moi qui croyais que ça n'arrivait que dans les films ! » Un client se fait pressant : « Allez-y, mademoiselle ! Ne faites pas attention à son âge ! Il pourrait être votre grand-père, et après ? » Et un autre : « Le prince charmant vous appelle, ne le faites pas attendre ! »

Alors, d'un mouvement brusque, elle saisit son manteau, vient vers moi, s'empare de mon bras et me dit :

– Voyez : je vous suis. Je veux bien tout sacrifier. Mais vous n'allez pas me décevoir, hein, ce serait plutôt moche, et bête par-dessus le marché !

– Ayez confiance, dis-je.

– Oh, je saurai bien me méfier. Ce que vous ignorez, c'est que j'ai déjà vécu une histoire pareille...

– Ayez confiance, lui dis-je.

Lui prenant le bras, j'ouvre la porte et nous plongeons dans une vie qui ne nous attend pas mais dont, j'en suis sûr, nous sommes désireux d'affronter les incertitudes.

– Écoutez-moi sans m'interrompre, dit-elle comme pour faire écho à des paroles déjà entendues dans d'autres circonstances… Je vous parle de moi pendant dix minutes ; puis c'est vous qui me parlez de vous. Dix minutes, compris ? Je peux dire n'importe quoi, vous aussi. Mensonges ou vérités, c'est pareil. Ensuite nous décidons si cela vaut la peine de continuer. Est-ce clair ?

Nous sommes assis dans un café voisin, devant des chocolats chauds. Comme convenu, elle évoque son passé. Juive laïque ou agnostique, elle ne sait plus très bien. Séfarade née à Jérusalem, citoyenne américaine. Âge : trente-six ans. Diplômée en sciences humaines. Études tantôt médiocres et tantôt brillantes, cela dépendait de son humeur. Elle a tout abandonné à la suite d'une liaison malheureuse avec son professeur de philosophie. Jamais mariée. Divers emplois, autant d'échecs. Fille unique de rescapés, ce qui devrait tout expliquer. Tout ? Un bien grand mot peut ne rien dire, ou si peu. Léger, sans épaisseur, comme tous les autres. Il recouvre peut-être ses impulsions, ses lubies irrationnelles, sa curiosité pour tout ce qui sort de l'ordinaire, son refus des normes imposées par une société hypocrite, à la dérive et condamnée à périr à force d'avoir peur de s'ennuyer.

– Mais vous n'avez pas parlé de l'histoire…

– Quelle histoire ?

– Celle qui vous est arrivée… Qui ressemble à la nôtre…

– Ah oui, celle-là…

Un jour, dans un grand hôtel, elle est venue voir une amie américaine de passage à Paris. Elle se trompe d'étage et frappe à une mauvaise porte. Un inconnu l'ouvre. Déroutée, embarrassée, elle murmure : « Je vous demande pardon, je me suis trompée… » Il sourit : « Mais non, ne dites pas ça. Puisque vous êtes ici, entrez donc.» Et comme elle hésite, il enchaîne : «Je vous promets que rien de mal ne vous arrivera.»

– Naïve comme je suis, adorant l'imprévu, j'ai accepté. D'ailleurs, il n'avait pas l'air dangereux. Il me pria de m'asseoir, ce que je fis. La chambre était faite, le lit recouvert. Beaucoup de livres et de manuscrits s'empilaient sur la table. En guise d'explication, il m'informa qu'il était romancier... Je suis restée avec lui pendant trois mois... Trois mois de voyages au soleil, d'aventures nocturnes, de découvertes, d'apprentissage... Puis un matin, pendant que je dormais, il a disparu sans me laisser un mot d'adieu...

– Ayez confiance...

Une fois de plus, c'est tout ce que je trouve à lui dire.

Mon tour venu de parler de moi, je me contente de lui raconter une histoire du grand Rabbi Nahman de Bratzlav :

Un jour, le roi lut dans les étoiles que la prochaine moisson serait frappée par la malédiction : quiconque en mangerait deviendrait fou. Il convoqua son meilleur ami et lui dit : Marquons, toi et moi, notre front d'un signe. Ainsi lorsque, comme toute la population du royaume, nous perdrons la raison, tous les deux, nous saurons que nous sommes fous.

– Autrement dit ? demande-t-elle.

Je me penche vers elle :

– Je ne comprends pas.

– Moi, je vous ai parlé de moi, et vous me citez une parabole, répond-elle sans se fâcher mais intriguée.

Je lui rapporte alors une parole d'un autre grand Maître, Rabbi Israël de Rizshin : un jour viendra où la parabole et son sens n'auront plus rien en commun.

– À mon tour de ne pas comprendre : en clair, tout cela veut dire quoi ?

– Faisons comme ces deux grands Maîtres, voulez-vous ? Dans ce monde dément et condamné où tous les vivants semblent fuir un passé qui tôt ou tard deviendra leur avenir, nous serons seuls ensemble, irrémédiablement seuls, mais nous saurons.

– Nous saurons quoi ?

– Que nous sommes fous.

J'ai espéré la voir sourire, je donnerais tout pour un sourire d'elle, mais elle reste fermée à mon humour. Grave, soupçonneuse, elle me contemple comme si je venais d'arriver de la planète Mars :

– Vraiment, monsieur le conteur, je vous trouve étrange. Je ne connais pas votre nom et vous ne m'avez pas demandé le mien. Nous sommes deux inconnus qu'un hasard généreux ou maléfique a cru utile de mettre face à face dans une pâtisserie où d'autres inconnus viennent pour se nourrir et, indirectement, me nourrir. Cédant à l'un de vos caprices, je vous laisse m'arracher à mes clients, à mon lieu de travail, à mon milieu, à mon entourage, à mes habitudes. Sans explication et peut-être sans raison. Bah, d'autres avant vous l'ont déjà fait et le font encore à d'autres jeunes femmes. Mais eux leur promettent une semaine de plaisir au bord de la mer, un bijou de grande valeur, quantité de souvenirs exotiques, des rencontres avec des personnages célèbres, et aussi un peu d'amour et même de bonheur. Mais vous, si j'ai bien compris, votre cadeau, ce serait la folie, c'est ça ?

– Mettons qu'à cette question je réponds par un seul mot : oui.

– Mais… Est-ce que vous vous moquez de moi ?

– Non. Je ne me moque pas de vous, mais de moi-même.

– Et vous voudriez vous servir de moi pour mieux rire de vous-même ?

– Là vous faites erreur. Je ne me sers de personne.

Soudain, elle semble effrayée :

– Monsieur l'inconnu, oublions ces plaisanteries, vou-

301

lez-vous ? Dites-moi plutôt la vérité : que faisons-nous ici ?

Je me penche encore plus près d'elle, comme si je souhaitais que ma tête touche la sienne, que ma vie rejoigne sa vie ou, au moins, que je la fasse sourire. Et, bêtement, je me dis dans le même instant que si je n'y arrive pas toute mon existence sera gâchée :

– Vous tenez donc à apprendre ce que nous faisons ici. Je pourrais vous répondre tout simplement que nous cherchons tous deux à transformer une rencontre apparemment fortuite en une histoire qui pourrait parfaitement, avec un peu de chance, se placer sous le signe du destin qui, lui, a plus d'imagination que nous.

Elle sait écouter, la jeune pâtissière. Silencieuse, elle semble recueillir mes paroles avant de décider si elle peut leur trouver aussitôt une place dans le livre de sa vie. Puis, elle se secoue :

– On m'appelle Liatt, dit-elle.

Mon cœur fait un bond : elle n'a pas dit « Je m'appelle » mais « On m'appelle ». Je n'ai jamais connu de femme portant ce nom. C'est un mot hébreu. Il signifie : tu es à moi. Je répète :

– Li-att.

Et, finalement, comme si elle cessait de résister, son visage ovale et beau, aux traits harmonieux, s'illumine d'un sourire.

– Je pourrais vous dire mon nom à moi, celui dont je me suis servi jusqu'à maintenant. Mais pour vous, pour vous seule, j'aimerais en inventer un nouveau.

Elle attend. Son sourire semble s'approfondir. Il réconcilie tristesse et joie, ferveur et grâce, nostalgie du passé et accomplissement de l'instant. Fiévreusement, je cherche parmi les noms bibliques, prophétiques et talmudiques, un nom spécial, singulier, unique, qui reflète le moment que je viens de vivre et celui qui va suivre. Je la regarde intensément, espérant le trouver en elle.

Ainsi, puisqu'elle m'a fait cadeau de Liatt, je lui offrirais mon nouveau nom.

– Alors, dit-elle. Ce nom, vous l'avez trouvé ? Je l'attends.

J'aime quand elle attend.

– Un mot. Hébreu comme le vôtre. Une syllabe : *Od*.

– Qui signifie quoi ?

– Il a deux sens. *Od* avec un *ayin* veut dire : encore. Avec un *aleph*, ce mot pourrait signifier : merci, je remercierai.

Est-elle émue ? Elle prend ma main et dit :

– Encore.

Voilà bien longtemps que je n'avais pas été aussi bouleversé.

Ni aussi angoissé.

C'est qu'une voix en moi, timide mais obstinée, me chuchote doutes et avertissements : Qu'es-tu donc en train de faire ? Attention, vieux célibataire endurci. Tu avances sur un terrain inconnu, dangereux, miné. Ce coup de tête risque de te coûter cher. Tu oublies les éléments négatifs de cette équation, et d'abord ton âge. Cette fois, c'est sérieux ; il ne s'agit plus d'un flirt ni d'une liaison fugace. Mais de quel droit déciderais-tu de façonner ou de changer l'existence de cette jeune femme, d'abuser de sa naïveté ou tout simplement de sa curiosité ? Toi qui souffres de tant de complexes, celui de culpabilité inclus, imagine à quoi tu es en train de te préparer.

Cependant une autre voix me chuchote : « Souviens-toi des femmes que tu as connues. Et qui te faisaient peur. Es-tu sûr que ce n'est pas toujours la même, mais qui aurait vécu plusieurs vies avant de devenir celle qui se trouve devant toi ? »

– Qu'est-ce qu'il y a ? demande Liatt. Tout d'un coup je vous sens troublé.

– Je l'ai toujours été. Il m'arrive de penser que si je

me suis parfois laissé emporter par des moments de folie, c'était pour y noyer ce qui me troublait dans ma vie.

Mais la voix, toute petite, insistante, ose me faire la morale : « Pourquoi ne lui dis-tu pas la vérité, hein ? Reconnais que tu es trop vieux, que ton avenir est plutôt limité, que tu n'as jamais pu vivre comme tout le monde, installé dans un foyer stable, avec des enfants qui chantent et des petits-enfants qui rient ; dis-lui que, pour toi, il est trop tard pour commencer une existence à deux avec une jeune femme belle et intelligente qui mérite un compagnon de son âge, vas-y, dis-lui que… »

Non, je ne lui dirai pas que… Et je décide de la tutoyer.

— Écoute-moi, Liatt.

— Je vous écoute.

— Liatt. J'aime ce nom et je pense que je vais t'aimer, toi qui le portes. Et si j'ai envie de te tutoyer, alors que tu me vouvoies, c'est parce que tu es encore très jeune, et moi bien plus âgé. Si nous restons ensemble, je sais que je vais recevoir beaucoup de toi, et toi très peu de moi.

— Et cela vous fait peur ?

— Non, pas vraiment. Mais c'est toi qui as peur. Est-ce que je me trompe ?

— Oui, j'ai peur. Peur de trop aimer ma nouvelle vie. Autrement dit : peur de vous aimer puis de devoir vous quitter.

Ce jour-là, nous n'avons fait que parler. De tout et de rien. De nos origines, de nos premiers souvenirs, de nos rêves et de nos échecs. Comme moi, Liatt a déjà vécu une vie pleine et turbulente, faite de blessures et de joies. Mais, par rapport à moi, sa vie ne fait que commencer. Elle me pose des questions sur mes lectures, et moi sur les siennes. Sur mes parents et moi sur les siens. Professeurs de biogénétique, ils vivent six mois en Israël et six mois en Californie. Elle m'interroge sur mes opinions politiques, et moi sur ses loisirs. Sur ma judéité. Je lui explique mon attachement à la tradition, à la mémoire, à la communauté. Notre expérience amoureuse ? Pauvre de mon côté, riche du sien. Elle en a souffert, et moi aussi. Elle évoque plusieurs liaisons à l'université, sans entrer dans les détails. À un certain moment, elle s'est éprise d'un gourou pseudo-hindou. Elle l'a suivi dans son ashram pour une semaine : ce fut la pire de sa vie. L'enfer. Et la perte de ses illusions. Mais maintenant elle est libre.

Nous avons quitté le café vers midi, pensant aller déjeuner au restaurant. Elle n'a pas faim, moi non plus. Nous marchons sans but dans les avenues enneigées. Elle porte un manteau trop léger. Je lui propose de lui en acheter un plus chaud. Refus catégorique : elle ne sera jamais une femme entretenue. Même si je l'aime ? Surtout si je l'aime. Même si je suis loin d'être démuni ? Même si j'étais l'homme le plus riche de Wall Street. Même si je lui dis que je n'ai qu'elle au monde ? Là, elle ne répond pas tout de suite. Puis, sans me regarder, elle me demande à son tour :

— Vous ne vous êtes jamais marié : pourquoi ?

— Je n'en sais rien, Liatt. Mettons qu'avant c'était trop tôt, et que maintenant il est probablement trop tard.

— Pourtant vous avez dû rencontrer des femmes, vous en avez aimé certaines.

— Oui, je crois avoir aimé. Je cherchais l'âme sœur tout en sachant que je prendrais la fuite avant de l'avoir trouvée.

— Mais… pourquoi cette peur de vous lier ? Pourquoi ces fuites ?

— Ma psychothérapeute m'a posé les mêmes questions. Avec son aide, j'ai cherché à creuser le terrain en profondeur. Tu ne connais sans doute pas les analystes, c'est une race à part. Leur univers, c'est l'âme ou la sexualité, ou les deux ensemble. D'après ma thérapeute, j'aurais regardé là où il ne fallait pas, d'où mes troubles psychiques. Puis, je souffrirais d'un complexe aigu de culpabilité parce que j'ai survécu à mes parents. D'où mon refus de les imiter, c'est-à-dire : ne pas fonder de foyer, ne pas me marier, ne pas avoir d'enfants.

– C'est tout ce que vous avez découvert ?

– Non. Il y a autre chose aussi. Ma thérapeute est convaincue que j'ai peur des rapports sexuels. Que veux-tu, elle est freudienne. Elle me l'a clairement laissé entendre : si j'avais eu le courage de ne pas refouler mon désir, si j'avais choisi une femme qui me plaisait assez pour l'aimer autrement qu'en pensée, ce que j'appelle ma folie m'aurait depuis longtemps quitté.

– Et qu'avez-vous répondu ?

– Je lui ai dit que, dans la vie, les choses intimes doivent rester intimes. Mais si tu exiges…

– Je n'exige rien.

Liatt s'arrête devant un magasin de vêtements, nous regardons nos deux silhouettes, nos deux visages dans le reflet de la vitrine :

– Et à présent ? dit-elle.

– À présent quoi ?

– Vous ne regrettez pas d'être resté seul, je veux dire : seul à tout jamais ? Sans femme, bien sûr, mais aussi et surtout sans descendance.

Elle a vite décelé le point faible, la part vulnérable en moi : les enfants. Autrefois, j'étais convaincu qu'il ne fallait plus en avoir. C'est comme si je disais à Dieu, faisant écho à mon voisin de chambre à la clinique : Seigneur, Tu as vu d'en haut l'anéantissement systématique, implacable, d'un million et demi d'enfants juifs. Tu as laissé faire les tueurs. Eh bien, si ce sont là ton désir et ton dessein, si Tu préfères un monde sans enfants juifs, qui suis-je pour aller à l'encontre de ta volonté ? Vois, je me retire sur la pointe des pieds et je

Te dis : mes enfants à moi, l'ennemi ne les tuera pas. Il ne les tuera pas parce qu'ils ne naîtront pas. Ainsi, pour moi, rester seul fut la conséquence d'une décision mûrement réfléchie. C'était ma manière de protester contre la cruauté des hommes et le silence de leur créateur. Or, voilà que cette jeune femme belle et grave remet tout cela en question. Veut-elle m'épouser ? Est-ce là le sens de sa curiosité concernant mon état de vieux célibataire ? Je lui pose la question. Elle répond d'un seul mot :

– Possible.

– Et la différence d'âge, Liatt, qu'en fais-tu ? Le corps a ses droits et ses exigences. Appel irrésistible de la vie et à la vie, il est aussi soumis à la nature. Et la nature veut qu'une jeune femme épouse un jeune homme. Quand une femme jeune se marie avec un homme âgé, c'est contre nature. Car le corps se fiche du sentiment amoureux.

– Je vous répondrai par une pensée simpliste, je le reconnais, que j'ai lue dans un roman de gare, dit-elle sur un ton mi-amusé et mi-sérieux : l'amour ne tient pas compte de l'âge.

– Mais le corps, Liatt, le corps en tient compte, lui !

– Eh bien, il a tort.

Est-ce encore un effet de ma folie ? Je prends une décision rapide : je vais épouser Liatt. Elle est à moi. Liatt appartient à Od. Il faut que cela soit écrit dans le Livre céleste où le Créateur inscrit ses jugements et ses décrets qui marqueront à jamais tous les individus et tous les peuples. Je suis sûr qu'à la page 1031 de ce début de siècle, il est consigné qu'Od et Liatt vont unir leurs vies et leurs destins.

Sans le faire exprès, nous sommes arrivés devant l'immeuble où se trouve mon appartement. L'inviter à monter avec moi ? Elle le prendrait peut-être mal. La renvoyer chez elle ? Hors de question.

– Écoute, Liatt. Je vais te faire une proposition :

tu m'accompagnes chez moi et nous restons ensemble un certain temps. Pour réfléchir à ce qui vient de nous arriver. Ensuite, chacun de nous décidera ce qu'il veut faire.

Est-ce que je crains de la décevoir ? Nous passons la nuit non pas dans ma chambre mais dans le salon. Les heures s'écoulent. Détendus, nous bavardons, écoutons de la musique en buvant du café. Liatt inspecte la cuisine, les armoires, consulte les livres, admire les tableaux.

À plusieurs reprises, j'ai envie de m'approcher d'elle mais une petite voix en moi, toujours la même, m'en empêche : « Ne fais pas cela, idiot. Elle te plaît, et après ! Tu lui plais aussi ? Oui, pour bavarder, mais pour rien d'autre. N'oublie pas tout ce qui vous sépare. » Je la laisse parler, je ne lui réponds pas. Elle prétend s'exprimer au nom de la raison, mais elle est la voix de la folie, me dis-je. N'est-il pas temps de m'en libérer ? Mais elle continue : « Tous les deux, vous croyez peut-être avoir l'éternité devant vous, mais mon pauvre, que feras-tu quand tu seras vraiment attaché à elle et qu'elle sera tentée, de son côté, par d'autres hommes, tous plus vigoureux que toi ? »

Cette fois encore, je laisse cette petite voix avec ses conseils ; elle finira par se fatiguer, et alors elle me laissera tranquille et libre de vivre ma vie, ou ce qui m'en reste, à ma guise : nul n'a le droit de me priver du bonheur que j'anticipe avec la femme que je me suis choisie.

Cependant, c'est Liatt qui fait vaciller ma volonté. Voilà qu'elle pose sa tasse de café sur la table et se tourne vers moi :

– Je crois que vous devriez entendre ce que j'ai à vous dire avant que nous prenions une décision qui pourrait nous lier l'un à l'autre.

– Je t'écoute.

– Je veux que vous compreniez mon comportement. Vous a-t-il surpris ? Moi, il m'a étonnée. J'ai déjà changé de vie une fois pour suivre un inconnu et l'ai laissé m'embarquer dans une aventure qui aurait pu m'anéantir. C'était une erreur et je m'en suis sortie. Mais je me suis promis que cela ne m'arriverait plus. Jamais plus.

Franchise, sincérité, honnêteté, sens moral : elle emploie tous ces mots pour expliquer pourquoi «cela», avec la meilleure volonté du monde, n'a aucune chance de réussir entre nous. Je ne l'interromps pas. Elle me parle de son caractère volage, de son tempérament volcanique, de ses sautes d'humeur. Elle essaie de me décourager, c'est évident. Mais qu'est-ce qui, soudain, la fait changer d'attitude ? Toutes ces heures de complicité, de tendresse, d'affection quasi amoureuse : où ont-elles disparu ? Et ces signes de consentement, d'encouragement, cette attention, ces promesses : envolés, tous ? Là-dessus, comme d'habitude, c'est moi-même que je mets en cause : j'ai peut-être dit ou fait quelque chose qui a provoqué ce recul sinon ce revirement chez Liatt, ou du moins ces hésitations que je n'imaginais pas un instant plus tôt.

– Puis, continue-t-elle, il faut que je vous fasse un autre aveu, plus grave peut-être. Je vous dois la vérité. Si j'ai consenti à entrer dans votre jeu, c'est parce que vous êtes apparu à un moment opportun dans ma vie. Dois-je aller plus loin ?

– Bien sûr, vas-y. Je t'écoute.

– C'est une histoire banale. Encore une. Car, voyezvous, j'ai recommencé. Je viens de vivre une rupture pénible, démoralisante. Un homme que j'aimais, et qui m'a aimée un temps, et qui ne m'aime plus. Je sais : ces choses-là arrivent, on pleure un peu, puis on se fait une raison. Il m'a quittée tout simplement parce qu'il en avait assez de moi. Il me l'a dit : «Je n'ai rien à te reprocher. Mais j'ai pris de toi tout ce que tu pouvais me donner. Voilà, c'est tout. Sois heureuse, mais sans moi. Adieu. »

Je la regarde pendant qu'elle parle. Elle n'est pas à son aise. C'est comme si elle se faisait violence. Assise sur le divan, elle évite mon regard. Son débit est lent, haché. Sait-elle qu'elle me fait mal ? Vais-je devoir à nouveau me réfugier auprès de mon dibbouk, dans ma folie familière et salutaire où nul ne peut m'atteindre ?

– Je vous ai suivi, continua-t-elle toujours sur le même ton, comme si c'était pour toujours, non pas parce que je pensais pouvoir vous aimer, mais pour punir mon amant. Pour qu'il apprenne qu'un homme riche et aimable m'avait choisie. Pour qu'il souffre comme je souffre, qu'il soit malheureux, plus malheureux que moi.

Puis, après un silence :

– Je vous demande pardon. Je me suis servie de vous, et je m'en veux. Je n'aurais pas dû, je le sais. C'était plus fort que moi. Voilà.

Un nouveau silence, puis :

– Qu'allons-nous faire à présent ?

Elle se lève, s'étire, va chercher son manteau, le tient sur son bras. L'aider à l'enfiler ? Je me sens la proie d'impulsions contradictoires. Mettre un terme à une aventure condamnée d'avance ? Ce serait plus prudent, et plus sage. Ou bien la retenir, alors qu'elle est toujours entichée d'un autre ? Qu'aurais-je fait si j'avais été plus jeune ? Surtout rester calme :

– Écoute-moi, ma petite Liatt. Je vais t'ouvrir la porte. Tu vas rentrer chez toi. Réfléchis bien. Si tu reviens demain, tu resteras avec moi. Et nous vivrons ensemble les quelques années qui viennent. Je veillerai à ce qu'elles soient le plus souvent paisibles et jamais ennuyeuses. Toi et moi, nous le savons : ce ne sera pas toujours facile pour l'homme vieillissant que je suis de vivre avec une jeune femme belle et active; et pour toi de partager les jours et les nuits avec un homme tel que moi. Pour ma part, je suis prêt à essayer. Tu me diras que je suis fou, tu le penses sûrement. Mais moi aussi, je le pense. Sauf que je le sais depuis longtemps. Je me suis toujours battu avec mon dibbouk et mes démons, sans vraiment vouloir m'en défaire. D'où ma question: Es-tu prête à les côtoyer sans les faire tiens? Tu me le diras demain, si tu veux bien. Si tu ne reviens pas, je ne t'en voudrai pas. Quoi qu'il nous arrive, je me souviendrai de ton nom.

Elle est émue. Émue aux larmes. Devant la porte, elle me demande avec un sourire forcé:

– Pourquoi faites-vous tout cela?

– Pourquoi je fais quoi?

– Pourquoi aimeriez-vous que je sois proche de vous? Que je joigne ma vie à la vôtre, alors que vous devinez combien tout cela sera difficile et risqué? Pourquoi ce défi à la logique sinon à la nature?

Elle ne sourit plus en continuant:

– Pourquoi voulez-vous tant m'aimer?

Là, je connais la réponse:

– C'est à cause de ton sourire. J'ai toujours su que j'aimerais la femme dont le sourire est celui d'un enfant effrayé.

Elle réfléchit un moment, puis s'en alla sans m'embrasser.

Chapitre 21

Le lendemain, je me rendis au cimetière pour me recueillir sur la tombe de mon oncle ; c'était l'anniversaire de sa mort. Ayant achevé de réciter les Psaumes appropriés, je m'aperçus soudain que je n'étais pas seul. Une vieille femme au visage ridé se tenait devant moi, enveloppée d'un châle noir.

– Ah, Avrohom, Avrohom. Je l'ai connu. J'étais proche de sa femme. Gittel. Morte elle aussi. Vous les avez connus ?

– Oui, je les ai connus.

– Comment ça ?

– J'ai grandi chez eux.

– Ah bon, vous êtes le neveu.

– Oui, le neveu. Vous ne me reconnaissez pas ?

– Je n'aime pas mentir, mais…

– J'ai beaucoup changé, je le sais.

Elle me regarda un long moment :

– Je pense à autre chose, dit-elle.

Moi, je revoyais mon oncle Avrohom. Il me manquait. Tout au fond de lui-même, il avait compris, sans me juger, ce qui se passait en moi. Convaincu que la foi était la réponse à toutes les situations, il souffrait du fait que la mienne soit une foi blessée. Mais, ne m'en veux pas, oncle Avrohom. Je ne t'ai jamais trahi. Pas même dans ma folie. Parfois une âme blessée est plus ouverte à la vérité que les autres.

— Je pense à un autre jour, dans un autre cimetière, dit la vieille femme.

Sa voix rauque était devenue songeuse :

— Savez-vous que ce n'est pas la première fois que nous nous voyons ? La première fois, c'était aux obsèques de vos parents, à Marseille. Je me souviens : vous étiez muet. Et puis, c'était imperceptible, mais moi, je l'ai vu, je m'en souviens comme si c'était hier : vous étiez tellement malheureux que vous souriiez... Vous, j'ai vu votre sourire... Il m'a fendu le cœur... C'était le sourire d'un enfant effrayé...

J'aurais voulu l'embrasser mais elle hocha la tête : non, il ne fallait pas.

Le soir même, Liatt est revenue.

Un an après, elle m'annonça qu'elle était enceinte. Et moi, je lui avouai que tout ce temps-là, tard dans la nuit et souvent à l'aube, pendant qu'elle dormait, j'écrivais des lettres aux deux êtres à qui je devais tout. En fait, je leur devais ma vie et ma survie. Ils étaient morts, mais ils ne me quittaient pas. C'est tout cela que j'ai raconté à mon père et à ma mère.

Je leur ai tout dit.

Et je savais que, dorénavant, ces histoires auraient un nouveau lecteur : notre enfant.

Alors, comme le voyageur qui, arrivé au sommet de la montagne, entrevoit le gouffre à travers les nuages est saisi d'un éblouissement angoissant, le vieil homme en moi fut pris d'un désir fou de danser.

Célébration hassidique
vol. 1, Portraits et légendes
Seuil, 1972
et « Points Sagesses » n° 3

Le Serment de Kolvillàg
Seuil, 1973

Ani Maamin
Un chant perdu et retrouvé
cantate, édition bilingue
Random House, 1973

Célébration biblique : portraits et légendes
Seuil, 1975
et « Points Sagesses » n° 42

Un Juif, aujourd'hui
récits, essais, dialogues
Seuil, 1977

Le procès de Shamgorod
tel qu'il se déroula le 25 février 1649
Théâtre
Seuil, 1979

Le Testament d'un poète juif assassiné
Prix du Livre Inter
Prix des Bibliothécaires
Seuil, 1980, rééd. 1987
et « Points » n° P 135

Célébration hassidique
vol. 2, Contre la mélancolie
Seuil, 1981

Paroles d'étranger
textes, contes, dialogues
Seuil, 1982
et « Points Essais » n° 159

Le Cinquième Fils
Grand Prix du roman de la Ville de Paris
Grasset, 1983
et « Le Livre de poche » n° 5974

Signes d'exode
essais, histoires, dialogues
Grasset, 1985

Job ou Dieu dans la tempête
(en coll. avec Josy Eisenberg)
Fayard/Verdier, 1986

Le Crépuscule, au loin
Grasset, 1987
et « Le Livre de poche » n° 6477

Discours d'Oslo
Grasset, 1987

Le Mal et l'Exil
(en coll. avec Michaël de Saint-Cheron)
Nouvelle Cité, 1988

Silences et mémoires d'homme
essais, histoires, dialogues
Seuil, 1989

L'Oublié
Seuil, 1989
et « Points » n° P 912

Célébration talmudique : portraits et légendes
Seuil, 1991

Célébrations : portraits et légendes
Seuil, 1994

Mémoires
vol. 1, Tous les fleuves vont à la mer
Seuil, 1994
et « Points », n° P 284

La Haggadah de Pâques
(illustrations de Mark Podwal)
Ramsay, 1995
et « Le livre de Poche » n° 14129
rééd. Bibliophane, 2001 (en coll. avec Serge Brodowicz)

Mémoire à deux voix avec François Mitterrand
Odile Jacob, 1995
et « Poches Odiles Jacob » n° 46

Se taire est impossible
(en coll. avec Jorge Semprun)
Arte Éditions/Mille et Une nuits, 1995

Mémoires
vol. 2, … et la mer n'est pas remplie
Seuil, 1996
et « Points » n° P 502

Célébration prophétique : portraits et légendes
Seuil, 1998

Le Golem : légende d'une légende
racontée par Élie Wiesel
(illustrations de Mark Podwal)
Le Rocher, 1998
et « Pocket » n° 10863

Les Juges
Seuil, 1999
et « Points » n° P 761

Le Mal et l'Exil : 10 ans après
(en coll. avec Michaël de Saint-Cheron)
Nouvelle Cité, 1999

Le Roi Salomon et sa bague magique
Le Rocher, 2000

D'où viens-tu ?
textes
Seuil, 2001

Le Temps des déracinés
Seuil, 2003
et « Points » n° P 1201

Et où vas-tu ?
textes
Seuil, 2004

COMPOSITION : PAO EDITIONS DU SEUIL

GROUPE CPI

Achevé d'imprimer en mars 2007
par **BUSSIÈRE**
à Saint-Amand-Montrond (Cher)
N° d'édition : 92680. - N° d'impression : 70372.
Dépôt légal : avril 2007.
Imprimé en France